111 Gründe, einen Mord zu begehen

YVONNE DE BARK

111 GRÜNDE, EINEN MORD ZU BEGEHEN

Ein Loblied
auf die konsequenteste Art
der Konfliktlösung

Mit Illustrationen von Jana Moskito

SCHWARZKOPF & SCHWARZKOPF

INHALT

»ICH BEKOMME ANGST VOR DIR!«

VORWORT

»Ich bekomme Angst vor dir!« Das ist der Satz, den ich in den Monaten vor der Veröffentlichung des Buches am meisten zu hören bekommen habe. Freunde haben sich nicht mehr unter vier Augen mit mir getroffen. Wenn mich jemand fragte, wie es mir ginge, antwortete ich glücklich: »Perfekt, ich habe heute schon zwei umgebracht!«

Mal unter uns: Haben Sie noch nie daran gedacht, den Parkplatzwegschnapper an den Nasenlöchern durch die Frontscheibe zu ziehen? Oder die Schwiegermutter für ihr ständiges Genörgel mal ein bisschen Putzmittel trinken zu lassen? Oder die laut telefonierende Kollegin mit ihrem Hörer zu erschlagen? Oder vielleicht den nervigen Nachbarn mit seinem eigenen Laubbläser einzusaugen? Seien Sie sich gewiss: Das ist aus psychologischer Sicht gut so. Es muss raus! Es wirkt befriedigend auf uns, wenn wir diese Gedanken zulassen. Warum? Weil wir dann so viel Energie darauf verwenden, es uns vorzustellen, dass der Körper ausreichend damit beschäftigt ist, das Adrenalin wieder abzubauen.

Die Geschichten, die Sie lesen werden, beruhen auf wahren Inspirationen. Besonderer Dank geht dabei an meinen Exmann Raoul W. Heimrich. Er hat ein paar wunderbare Ideen geliefert, die Messer gewetzt und wortgewaltig mit Gedärmen jongliert. Keine Sorge, weder Mensch noch Tier sind dabei real zu Schaden gekommen. In unserem Geiste aber flogen scharfkantige Gegenstände durch die Luft und Blut floss in rauen Mengen. Sie werden teilweise starke Nerven brauchen, wenn Sie lesen, wie sich belästigte Kinobesucher oder übervorteilte Hauseigentümer wehren oder wie sich die süße Omi im Altersheim am brutalen Pflegepersonal rächt.

In jedem von uns steckt ein wenig destruktive Energie. Und sie wird geschürt von Ungerechtigkeiten, von Dummheiten, von Rücksichtslosigkeiten und von Boshaftigkeiten anderer Menschen. Unsere Wut braucht ein Ventil. Ich lasse für Sie Dampf aus dem Kessel der unterdrückten Aggressionen, indem ich stellvertretend für Sie die umbringe, die in uns den Wunsch entfachen, dem Irrsinn ein Ende zu bereiten.

Bin ich eine Psychopatin? Nein, ganz bestimmt nicht. Ich liebe es nur mit der großen Zehe über eine Grenze zu tippen. Mental. Und dabei bleibt es. Fast immer …

Herzlichst,
Ihre Yvonne de Bark

1. KAPITEL

MORDE AUS REIN GESCHÄFTLICHEN GRÜNDEN

1. GRUND

Weil Geräuschemacher im Büro keinen Nickvogel mitbringen dürfen

Stille. Herrliche Stille. Nur das leise Klacken der Computertastatur legt sich sanft über die konzentrierte Ruhe dieses arbeitsreichen Büromorgens. Ich bekomme heute eine neue Kollegin. Das wird sicher nett. Schon zu lange sitze ich alleine in diesem Büro. »Hoffentlich ist sie nett«, ist der alles bestimmende Gedanke in meinem Kopf. Selbst wenn nicht, werde ich auf jeden Fall gute Stimmung verbreiten.

Schließlich werden wir auf unbestimmte Zeit gemeinsam in einem Raum sitzen, und da ist gute Stimmung doch Voraussetzung für eine angenehme Atmosphäre. Gute Stimmung bringt wenig später die erwartete neue Kollegin selbst mit.

Sie klackert mit ihren Absätzen auf mich zu: »Hi, ich bin Melanie Neuhier. Schön, Sie kennenzulernen.« Beim Händeschütteln fallen mir sofort ihre langen Fingernägel auf, die einen gefühlten halben Meter vor ihren Fingern meine Hand erreichen. Wie kann man denn damit schreiben?

»Guten Tag, ich bin Frau Schonlangehier, das ist Ihr Schreibtisch. Ich hoffe, Sie fühlen sich wohl«, begrüße ich Frau Neuhier freundlich.

»Aber ganz bestimmt, ich fühle mich überall wohl«, lacht Frau Neuhier und bezieht ihren Platz, indem sie ihr Jäckchen aufhängt, ein kleines Nickvögelchen aus Holz neben ihren Monitor stellt und ihr Handy auf den Tisch legt.

»Sagen Sie Bescheid, wenn Sie etwas brauchen, ich habe leider eine Terminsache, die heute noch raus muss. Der Chef ist da unerbittlich. Ach, und Privatgespräche mag er hier leider auch nicht so gern. Obwohl ich das nicht so eng sehe«, zwinkere ich ihr verschwörerisch zu.

»Dann ist's ja supi. Es kann losgehen. Ich habe auch gleich einen Haufen Arbeit als Begrüßungsgeschenk bekommen. Auf gute Zusammenarbeit!« Sie lugt hinter ihrem Monitor hervor.

Frau Neuhier tippt den Nickvogel an, der stoisch und geräuschlos vor sich hin nickt, verschränkt ihre Finger, dreht sie mit der Handinnenseite nach vorn – die Gelenke knacken hörbar. Der PC läuft warm. Ich fahre unbeirrt und hochkonzentriert mit meiner Arbeit fort. Der Chef erwartet die Bearbeitung noch vor dem Mittagessen, aber das schaffe ich schon.

Plötzlich dringt ein rhythmisches Klick-Klick-Klick-Klick durch den Raum. Klick-Klick-Klick-Klick. Jedes Mal, wenn Frau Neuhier mit ihren Nägeln eine Taste betätigt, klickt es. Es ist nicht dieses allgemeine Geräusch, wenn Tasten von normalen Fingern gedrückt werden. Das würde sich ja nach Arbeit an einem Computer anhören. Wenn Frau Neuhier schreibt, klingt es aber nach einer auditiven Foltermethode, die sich durch ihre Konsequenz wie ein bösartiger, gehirnzellenhungriger Wurm zwischen die Synapsen frisst. Klick-Klick-Klick-Klick. Ich atme tief durch.

»Ähm, Frau Neuhier, würde es Ihnen etwas ausmachen, etwas leiser zu tippen? Ich bin es nicht gewohnt, dass es hier so laut ist, und ich muss doch heute Vormittag noch fertig werden.«

»Oh, Entschuldigung!«, gibt sie leicht pikiert zurück und blickt auf meine praktischen, kurz gefeilten Nägel. In diesem Moment klingelt Frau Neuhiers Smartphone mit einem nervtötenden Handyklingelton. »Geh dran!«, flehe ich sie insgeheim an. Aber wer Wünsche nicht offen ausspricht, wird auch nicht erhört. Frau Neuhier blickt kurz auf das Display und flötet vergnügt: »Pah, der kann jetzt mal warten«, um nach Verklingen des Lärms sofort das Gerät in die Hand zu nehmen und zurückzurufen. Es ist ein Handy, es ist nicht irgendwo an einer Schnur festgebunden, man kann es MITNEHMEN und WOANDERS telefonieren. Aber Frau Neuhier plappert ewige Minuten in einer Lautstärke, als könnte sie die möglicherweise schlechte Verbindung mit Anheben der Phonzahl wieder wettmachen. Als nach dem Gespräch Stille einzukehren droht, probiert sie den elektrischen Bleistiftspitzer aus. An allen Stiften, die sie findet. Dann fragt sie, ob sie MEINE auch noch spitzen soll. NEIN, DANKE!

Wenig später klickert es wieder auf der Tastatur. Dazwischen kommentiert Frau Neuhier alles, was sie in ihrem Computer sieht, mit Grunzen, Stöhnen oder Schmatzen. Wenn sie nicht gerade Geräusche von sich gibt, redet sie leise mit … ja, mit wem eigentlich, denn dabei starrt sie ausschließlich auf ihren Monitor. Dann wählt Frau Neuhier eine Nummer auf ihrem Festnetztelefon. Sie drückt auf die Lautsprechertaste. Eine Warteschleifenstimme bittet zu warten, bald würde sich der nächste freie Mitarbeiter um sie kümmern – gefolgt von einer fröhlichen Easylistening-Dudelei.

»Muss das unbedingt laut geschaltet sein?«, frage ich genervt, und mein Blick wandert schon nach einem Mordinstrument suchend im Raum umher.

»Ja, klar. Sonst höre ich doch nicht, wann ich dran bin. So kann ich nebenbei noch was anderes erledigen.« Dudeldudeldudel – bitte warten Sie, der nächste freie Mitarbeiter …

Das sich anschließende Telefonat ist so laut, dass auch die Kollegen im Nachbargebäude eine zusammenfassende Inhaltsangabe darüber anfertigen könnten.

Um die Mittagszeit schlage ich Frau Neuhier vor, in die Kantine essen zu gehen. Das Essen dort sei wirklich hervorragend. Insgeheim ärgere ich mich, dass ich nicht mit dem Koch geschlafen habe, dann könnte ich ihn bitten, ihr Zyankali ins Essen zu mischen!

Frau Neuhier klickt ein letztes Mal auf ihre Tastatur und verschwindet. In diesen wertvollen Minuten versuche ich nun, meine volle Konzentration zu bündeln und in das Projekt zu stecken. Noch zwei Seiten durcharbeiten, dann bin ich fertig. Das könnte ich sein – wenn mir nicht dieser zeitraubende Totschlag dazwischengekommen wäre. Aber dazu gleich mehr. Wenn ich in meine Arbeit versunken bin, bin ich schnell, präzise und kreativ. Da

merke ich nicht, was um mich herum passiert. Als ich gerade zu einer brillanten Zusammenfassung ansetzen will, werde ich durch ein seltsames Kratzgeräusch vom Schreibtisch gegenüber jäh aus meiner Konzentration gerissen. Krschk, krscht. Ich blinzle um die Ecke meines Monitors und sehe Frau Neuhier einen Joghurt essen. Krscht, kratzt der Löffel am Plastikbecher, um auch ja kein Molekül des kostbaren Nahrungsmittels darin verbleiben zu lassen. Krscht, krscht.

Es war eine Sauerei, das gebe ich zu. Aber wie kann man Finger in einem Bleistiftspitzer spitzen, ohne dass das Blut überall hinspritzt? Der Teppich war besudelt, aber das kam eher vom Urin, den Frau Neuhier in Todesangst von sich gegeben hat, als ich sie auf dem Stuhl festband, knebelte und den Nickvogel so positionierte, dass er ihr in seiner stoischen Gelassenheit ununterbrochen auf den Kopf tippte. Tipp, tipp, tipp. Es dauerte nur wenige Stunden, bis er sich emsig und hartnäckig durch die Fontanelle der bereits bewusstlosen Frau Neuhier hindurchgetippt hatte und sich jetzt weiter durch das Gehirn arbeiten wollte. Aber da war nichts. Ha!

2. GRUND

Weil Brom die Struktur des menschlichen Gewebes zerfrisst

»Chemiepraktikanten können so furchtbar nervig sein. Die wissen nix und können nix und halten einen nur auf, während man gewissenhaft an seiner Doktorarbeit werkelt.« So oder so ähnlich dachte wohl der Doktorand, der von seiner zu betreuenden Praktikantin Mechthild gefragt wurde, ob sie den Versuch Nummer 17 durchführen könne, obwohl sie noch nicht perfekt vorbereitet sei. Er sagte: »Klar, mach einfach. Ich muss jetzt weiter.«

»Aber ich bin mir nicht sicher, denn das ist ja mit Brom …«

»Doch, doch, klar, das schaffst du schon. Bis später.«

Mechthild ging zögernd zu ihrer Box, in der ihre fünf Mitstudenten schon neugierig warteten. »Und? Darfst du?«

»Ja.«

»Oh, super!«, kam es unisono zurück. Sie waren sichtlich erleichtert, dass nicht sie selbst den Versuch als Erste durchzuführen hatten. Brom ist eine hochgiftige Chemikalie, die schwerste Verletzungen hervorruft, wenn sie auf menschliches Gewebe trifft. Sei es in der Lunge beim Einatmen oder auf der Haut. Deswegen herrschten höchste Sicherheitsvorkehrungen, wenn jemand mit Brom arbeitete. Dazu gehörte zum Beispiel, dass Mechthild die Box am Labortisch für diesen Versuch alleine zum Arbeiten bekam.

Mechthild bereitete den Versuch vor, sie stellte eine Schüssel mit Eis unter die Apparatur, zog sich Handschuhe an, schaltete den Abzug in der Box ein und platzierte die Flasche mit der giftigen Flüssigkeit vor sich auf dem Labortisch. Wenn sie jetzt den Deckel aufschraubte, musste sie schnell handeln, denn sobald Brom mit Luft in Kontakt kommt, entwickeln sich ätzende Dämpfe, die man auf keinen Fall einatmen sollte. Entschlossen, aber äußerst respektvoll schraubte sie den Deckel ab, führte vorsichtig die Pipette ein, sog etwas Brom in die Pipette und zog diese heraus. Da Brom aber seinen physikalischen Eigenschaften entsprechend sehr schwer ist, schwerer als beispielsweise Wasser, tropfte es aus der Pipette wieder in die Flasche zurück. Aufsteigende Dampfschwaden begannen sich schon sanft über den Flaschenhals in die Umgebungsluft zu schieben. Der Abzugssog zog an den Schwaden und nahm sie in dünnen Nebelfäden mit in das Loch über Mechthilds Kopf. Aber bald schon würde der Abzug nicht mehr mit dem sich schnell entwickelnden Dampf klarkommen, und der gesamte umgebende Duftraum würde kontaminiert sein. Mechthild musste schnell handeln.

Deshalb beeilte sie sich, die Pipette noch einmal zu füllen und rasch in Richtung Versuchsapparatur zu führen. Doch das Brom war zu schwer. Auf dem Weg zur rettenden Öffnung zwängten sich durch die Schwerkraft mehrere Tropfen aus der Pipette und fielen auf die Tischplatte. Mechthild hielt geistesgegenwärtig über dem Eisbecken unter der Apparatur inne, denn Brom löste sich zwar im Wasser, aber es reagierte nicht weiter. Der Rest der Pipette ergoss sich ins Becken, und in Sekundenbruchteilen färbte sich das Eiswasser dunkelbraun. Mechthild erstarrte. Aus den Tropfen auf dem Tisch entwickelten sich inzwischen gefährliche Dampfwolken, die sich rasch ausbreiteten.

Mechthild blickte sich panisch um. Im Raum arbeiteten ungefähr 60 Studenten, die hoch konzentriert über ihren Versuchen hingen. Mechthild spürte, wie die Panik ihr Gehirn in einen dumpfen Wattebausch verwandelte. Im letzten Aufbäumen ihres noch intakten Handlungsvermögens zog sie die Glastrennscheibe an der Box herunter. In der Box wurde die Luft sofort von gelblichbraunem, hochgiftigem Bromdampf verdrängt. Mechthild starrte auf den farbigen Glaskasten, in dem nun die hohe Konzentration stark ätzender Chemikalie versuchte, nach außen zu dringen.

Plötzlich stürmte ein Praktikant hinzu, der den Versuch schon gemacht hatte. »Schnell, ihr müsst zum Neutralisieren eine Thiosulfatlösung ansetzen.«

Eimerweise wurde nun das Pulver gerührt und gerührt, während sich der lebensbedrohliche Dampf immer drängender an die Scheibe zu pressen schien. Endlich war die Lösung fertig. Mechthild schob die Scheibe für einen kleinen Schlitz hoch und goss die erste Ladung mit einem beherzten Schwung über die Tischplatte. Die giftige Eigenschaft der Bromrückstände auf der Platte wurde neutralisiert. Nach einiger Zeit konnte die Klappe geöffnet werden.

Nun musste auch noch das Brom im Eisbecken neutralisiert werden. Aber wie? Die neutralisierende Lösung musste irgendwie in das Becken gelangen, aber das war bis obenhin voll. Also musste Mechthild ganz vorsichtig die neutralisierende Flüssigkeit hineinfließen lassen und die verseuchte gleichzeitig auffangen. Ganz vorsichtig. Es durfte kein nicht neutralisierter Tropfen der hochgiftigen Flüssigkeit in den Abfluss der Kanalisation geraten.

Nach einer halben Stunde, die einer gefühlten Ewigkeit gleichkam, war der Arbeitsplatz endlich dekontaminiert. Mechthild sank erschöpft auf einen Laborhocker. Als sie sich umblickte, sah sie, dass der Raum sich inzwischen geleert hatte. Feierabend. In diesem Moment schlenderte der betreuende Doktorand den Gang entlang und linste durch die Tür: »Na, alles klar?«

Mechthild blickte auf. Schuldbewusst gab sie zu: »Nein. Mir ist Brom aus der Pipette getropft.«

Der Doktorand schmunzelte: »Ja, hast du denn keine Kanüle benutzt, mit der man Brom üblicherweise aufnimmt?«

»Wie bitte?«

»Ja, klar. Brom ist doch viel zu schwer für eine Pipette. Na ja, ist ja alles gut gegangen, und wie ich sehe, habt ihr Thiosulfat zum Neutralisieren genommen. Fein, fein. Ich muss weiter.«

Kam er leider nicht. Studenten wurden auf das Geschrei aus der hintersten Box aufmerksam und stürzten hinzu. Manche drehten sich um und gingen lächelnd weiter, als sie sahen, wer da in der Box mit der umgefallenen Bromflasche eingeschlossen war. Andere, die zu philanthrop waren, suchten nach Natriumthiosulfat. Der Doktorand schrie vor Schmerzen und presste hilfesuchend sein Gesicht an die Glasscheibe. Auf seiner Haut erkannte man schon dicke, verätzte Beulen, seine Augen traten aus den Höhlen, er hielt sich röchelnd den Hals. Ein Student griff nach der Klappe, um sie zu öffnen. Ein anderer schlug ihm die Hand weg: »Bist du irre? Dann sterben wir alle!«

»Natriumthiosulfat!«

Aber in diesem Raum war kein Molekül mehr der lebensrettenden Lösung zu finden.

3. GRUND

Weil eine Hochzeit der schönste Tag im Leben ist

»Wir brauchen ein Hochzeitsvideo. Ein schönes. Da findet man doch bestimmt Leute, die so was professionell machen.« Was gibt es Schöneres, als den schönsten Tag im Leben für die Ewigkeit zu konservieren und für alle, die an dem großen Glück teilhaben wollen, sichtbar zu machen?

Das Internet ist voll von filmwütigen Anbietern, die die tollsten HD- und Hightech-Spaceshuttle-NASA-Technik haben und einem das Nonplusultra für die Bilder vom wunderschönsten Tag versprechen. Aber wir vertrauten lieber auf Mundpropaganda. Der Freund eines Freundes der Schwester eines guten Kollegen hatte mal Kontakt zu einem, der jemanden kennt, der so was wohl schon mal gemacht hatte.

Wir trafen uns mit ihm, und er machte einen guten Eindruck. Dass das alles sein würde, was er gut machte, stellte sich für seine Hinterbliebenen leider zu spät heraus. Schrecklicher Anblick … aber dazu gleich.

Ich sah einfach hinreißend aus. Das jedenfalls sagte mein Mann. Und alle anderen auch. Brave Leute. Wir hatten auf Hochzeitsgeschenke verzichtet und alles gespendet. So sollte unsere Ehe perfekt und mit einem erkauften guten Omen starten. Und tatsächlich: Wir sind immer noch verheiratet. Und mit so ein bisschen Blut wird eine Ehe doch erst richtig besiegelt, auch wenn es das Blut des Freundes eines Freundes der Schwester …

Wir waren furchtbar aufgeregt. So, wie es sein musste. Das Wetter war großartig. So, wie es sein musste. Alle waren pünktlich. So, wie es sein musste. Der, dessen Stunden gezählt waren, flog schon seit den Morgenstunden mit seiner Kamera emsig um mich herum. Wie eine lästige Fliege. Aber es sollte ja auch alles schön werden.

»Ich brauche das Footage«, sagte er und meinte damit, dass er einfach ununterbrochen die Kamera auf uns halten müsse, damit er genügend Material zum Schneiden hätte. Sehr gewissenhaft. »Sie werden sich wundern, wie das dann aussieht. Die von Charles und Diana war eine Mäusehochzeit dagegen«, fügte er noch hinzu.

Er filmte, während ich geschminkt wurde, während ich mich umzog, während ich meinen Panikheulkrampf bekam und auch während des ganzen Telefonats mit meiner Mutter, deren Flieger aus Kapstadt gestrichen worden war, sodass sie nicht bei meiner Hochzeit würde dabei sein können. Aber ich beruhigte mich, denn wir würden ja alles aufgezeichnet haben.

Die Zeremonie war sensationell schön. Dann kam die Rede des Pfarrers. Wir wollten sie nicht zu lange dauern lassen, das hatte uns bei anderen Hochzeiten immer gestört. Und tatsächlich kam er rasch zu der Stelle, die einem die gebührende Ehrfrucht einjagte. »Willst du … Michael Schmidt … die hier anwesende …« Sie kennen das ja. Meine Hand zitterte ebenso wie die meines Mannes. Ich weiß nicht einmal warum. Wir liebten uns, und es gab keinen Grund, nervös zu sein. Bis zum Ende des Lebens … etwas Schöneres konnte ich mir mit diesem Mann nicht vorstellen.

Als wir uns die Ringe ansteckten, kam der Filmfuzzi mit seiner Kamera ganz nah heran, damit ihm auch nicht die kleinste Regung entging. »Sie werden gar nicht merken, dass ich da bin«, hatte er versprochen. Und jetzt war er der, der als Einziger außer dem Brautpaar und dem Pfarrer in diesem intimen und bedeutungsvollen Moment des Glücks dabei war. Und ich kannte nicht mal seinen Namen. Filmfuzzi.

Die Ringe steckten an den richtigen Fingern, mein Mann lächelte mir glücklich zu, und nun setzte ein leises, wunderschönes *Ave Maria* ein. Von meiner besten Freundin, einer großartigen Sängerin, vorgetragen. Ich hatte Tränen in den Augen. Ich versuchte, diesen Moment für immer in meinem Gedächtnis zu speichern. Nur war ich zu überwältigt, um mich auf jedes Detail zu konzentrieren. Brauchte ich ja auch nicht, wir hatten ja Filmfuzzi. Noch vor den Flitterwochen würden wir uns den Film wieder und wieder ansehen, und auch nach Jahren würden wir unseren Kindern und dann deren Kindern diesen Moment des unsagbaren Glücks zeigen können.

Nach dem kirchlichen Zeremoniell bat uns der selbst ernannte »Mr. Spielberg«, noch ein paar Extraaufnahmen auf der Wiese machen zu dürfen. Ich lugte hinter einem Baum hervor, Michael lief auf mich zu, ich näherte mich ihm, mein weißes Kleid wehte im Wind, wir standen voreinander, sahen uns in die Augen, unsere Lippen trafen sich. Wie romantisch. Ich überlegte insgeheim, ob ich das vielleicht als Castingband nach Hollywood schicken könnte. »Cut«, rief er hinter der Kamera hervor, »jetzt haben wir alles. Nur noch ein bisschen was von der Party, und dann mach ich mich ans Schneiden.«

Auf der Party gab es zu später Stunde nur wenige, aber delikate Ausfälle. Sagen wir mal: Mit solchen Filmaufnahmen konnte man den Bruder des Ehemannes, der betrunken seinen Nachtisch im Mundraum der eigenen Großcousine suchte, durchaus erpressen. Aber so weit musste es ja nicht kommen.

Es kam auch ganz anders … Eine Woche später trat ich Filmfuzzi auf die Füße, wann denn das Video fertig sei. Die Rechnung über 850 Euro hatten wir nämlich schon erhalten.

»Oh, ich hab so viel zu tun. Hat das noch ein wenig Zeit?«

»Nein, eigentlich nicht, übermorgen kommt meine Mutter, und die muss am nächsten Tag schon wieder zurück.«

»Gut, ich schicke das Rohmaterial«, schlug er vor. »Bitte überweist doch das Honorar jetzt auf das angegebene Konto.«

Ich überwies, sonst würde er nicht schicken. Mafiamethoden! Aber dann hatte ich es. Ich hielt die DVD wie ein wertvolles Juwel in den Händen. Aufgeregt legte ich sie in den Player.

Wie das wohl alles aussah, wie ICH wohl aussah, wie das alles wohl wirkte … Tausend Fragen schwirrten mir durch den Kopf.

»Charles und Diana … Mäusehochzeit dagegen«, kamen mir seine Worte in den Sinn.

Die DVD startete. Der Film begann mit Einstellungen von meinem Kleid auf dem Bügel, als ich es noch nicht anhatte. Dann Schminkutensilien. Mein Kopf von hinten, meine Schuhe, mein Handy auf dem Tisch. Der Blumenstrauß, ein Wasserglas. Ein Telefonat von hinten mit schluchzender Braut. Na ja. Das konnte man ja im Zweifelsfall rausschneiden. Viel wichtiger war die Kirche.

Kirche innen. Musik setzte ein, gleich würde ich durch die Tür schreiten. Der große Moment. Ich starrte auf den Bildschirm. Die Flügel öffneten sich und … etwas trat hindurch. War ich das? Da war eine weiße Gestalt. Ja, das musste ich sein. Ich sah … irgendwie … verschwommen aus.

Ich rieb mir die Augen. Es wurde nicht besser.

Beim restlichen Weg zum Altar lag die Schärfe auf Tante Moni, Opa Friedrich, auf der Kirchenbank, dem Blumenmädchen … Oh, mein Gott! Ich war ein verschwommenes Häufchen in Weiß.

Doch halt! Da war ich scharf! Bei den letzten Schritten auf den Altar zu. Aber da war ich auch schon wieder fast aus dem Bild verschwunden. Nur noch ein Hauch meines traumhaften Kleides entwischte aus dem sichtbaren Bereich.

Die Zeremonie konnte man eher hören als sehen, denn die meiste Zeit blickte man in die lauschenden Gesichter der Gäste, man konnte die Pracht der Kirchenkuppel bestaunen, und im Moment des Treueschwurs füllte der Ring auf einer zitternden Hand das Bild aus. Als der wilde Schwenk auf das sich küssende Brautpaar folgte, war wieder alles unscharf.

Der Hollywoodfilm auf der Wiese sah aus, als würden zwei Untote aufeinander zulaufen, die aber eh nur schemenhaft im Gegenlicht zu erkennen waren.

»Er musste sterben, Herr Polizeioberhauptkommissar«, blickte ich dem Beamten unschuldig in die Augen, als die Handschellen sich fest um meine Gelenke schlossen.

»Aber musste es so grausam sein? Die Ärzte mussten ihn komplett aufschneiden, um das ganze Kameraequipment aus seinem Darmende zu entfernen«, schüttelte er verständnislos den Kopf.

Ich lächelte irre.

4. GRUND

Weil man Handwerkerhintern am liebsten im Betonmischer sehen würde

»Das ist in der Karenz«, sprach's, packte seinen Maßstab wieder ein, stieg in seinen verbeulten Pick-up, und zurück blieb eine kleine Staubwolke – und im Herzen Enttäuschung, Wut, und der immer größer werdende Wunsch, einen fetten Bauarbeiterhintern in den Tiefen eines sich drehenden Betonmischers zu sehen.

»Karenz« bedeutet bei Handwerkern so etwas wie: »Ich konnte es nicht besser, komm damit klar.« Oder: »Hab jetzt Feierabend und außerdem noch eine viel lukrativere Baustelle als die hier.«

Handwerker sind freundliche, zuvorkommende und angenehme Zeitgenossen. Solange sie immer ihren Kaffee bekommen, niemand ihre Verspätung anmerkt – wenn sie denn überhaupt gekommen sind – und wenn man ihren Pfusch nicht aufdeckt, bemerkt oder gar beseitigt haben will.

Dass Handwerker zu spät kommen, liegt daran, dass sie erst gegen Feierabend die Fähigkeit erlangen, die Uhr zu lesen. Das ist aber nicht schlimm, denn wer braucht schon eine Uhr, wenn er sowieso die meiste Zeit Pause macht? Um die Zeiten dazwischen zu messen?

Wenn etwas nicht passt, dann sagen sie freundlich lächelnd: »Wir können gerne alles wieder abreißen und neu machen.« Bei dem Wort »abreißen« kommt Ihnen aber plötzlich die Vorstellung, ihm den Kopf abzureißen und sprudelndes Blut mit dem Lötkolben zu stoppen.

Auf Ihre zaghafte Frage: »Brauchen wir das alles?« mit ungläubigem Blick auf die Rohre, die bereit für die Installation auf dem Lkw liegen, antwortet Bob der Baumeister lächelnd: »Aber natürlich, das sieht nur so viel aus. Sie wollen es doch vernünftig gemacht haben, oder?« Und später wünschen Sie sich, Sie hätten doch einmal einen genaueren Blick auf die Rechnung geworfen, als der Lkw klappernd und schwer beladen von Ihrer Baustelle abzieht. Leider haben Sie dann auch kein Rohr mehr übrig, durch das Sie seine Eingeweide ziehen könnten.

Und wehe, wenn Sie einen Nachbarn oder Freund um Hilfe bitten! Sie müssen bedenken, dass fast alle Männer sich für tolle Handwerker halten. Es aber nicht sind. Was Sie bald feststellen werden, wenn die Silikonfuge künstlerisch wertvoll breit neben der Fuge verläuft, wenn die Fliesen einem Alpenrelief gleichen und wenn die Tapeten sich herzallerliebst wieder von der Wand kräuseln. Wozu braucht man Handwerker, wenn man Freunde hat.

5. GRUND

Weil die Nach-mir-die-Sintflut-Kollegen eine Gesichtskopie verdient haben

Kollegen müssen manchmal sterben. So ist das eben. Es ist ja oft auch gar keine Absicht, wenn man sie tötet. Es passiert einfach aus Versehen. En passant. Im Vorbeigehen. Oft tut es noch nicht mal weh. Dem Täter.

Der Gehirnzellen-Diarrhötiker, Kopierrambo und Nahversorger Herr Klamm hinterließ den Kopierraum regelmäßig so, dass ein flüssiges Arbeiten unter keinen Umständen mehr möglich war. Sah man Herrn Klamm aus dem Kopierraum treten, konnte man davon ausgehen, dass sich die eigene ersehnte Mittagspause um eine halbe Stunde verschob, weil man erst dessen Papierstau beseitigen musste. Es half wenig, ihm zu erklären, dass Büroklammern entfernt werden sollten, BEVOR man das zu kopierende Papier einlegt. Und es half auch wenig, ihm einen kleinen Kurs in Papierstaubehebung zu geben. Er schlich sich auf leisen Sohlen aus dem Kopierraum. Egal, was darin gerade geschehen war und ob das klägliche, kraftlose Surren der Kopierelektronik nach dem Gnadenstoß wimmerte.

Herr Klamm hatte noch andere – sagen wir mal – Eigenheiten. In seinem Gehirn gab es eine unerklärliche partielle Wahrnehmungsstörung, die das Papiereinzugsfach des Druckers vollständig aus seinem Sichtfeld zu radieren schien. Er legte nämlich nie Papier nach, wenn das Fach leer war.

Sollte der Schredder auf der Büroetage voll sein und Herr Klamm war der Nächste, der ihn benutzte, konnte man bewundern, wie sich doch tatsächlich immer noch ein Packen Papier hindurchquälen ließ, der dann nach erfolgreicher Zerkleinerung im Behälter verblieb. So lange, bis sich einer erbarmte und ihn leerte. Aber das war nicht Herr Klamm. Der war zu sehr damit beschäftigt zu überlegen, von welchem Büromaterial er zu Hause Verwendung finden könnte: ein paar Büroklammern, Klebezettelchen, Schreibblöcke für die Kinder und natürlich die Firmenkugelschreiber, die so schön malten. Am Tage seines Todes sollte es der neue Etikettendrucker sein, den er zu Hause gut gebrauchen zu können glaubte.

Herr Klamm war nicht sonderlich beliebt. Deswegen freute er sich auch, als er an diesem Tag kurz vor Büroschluss von einem Kollegen in den Kopierraum gerufen wurde, um eine Gesichtskopie von sich anfertigen zu lassen. Für die »Hall of face« – eine Sammlung der »beliebtesten Kollegen«. Dazu musste er seinen Kopf auf den Kopierer legen und die Augen schließen. In diesem Moment krachte die Kopiererklappe nach unten und traf ihn mit voller Wucht am Hinterkopf. Es knackte laut. Die Klappe brach. Blut schoss aus Herrn

22
23

Klamms Nase. Er richtete sich noch einmal auf und torkelte zurück, dann fiel er und stürzte mit dem Gesicht voran auf den Schredder. Es knackte wieder. Diesmal hörte es sich an wie das Zerbersten von Knochen. Aber es war nur der arme überfüllte Schredder, den es böse erwischt hatte. Herr Klamm blieb reglos liegen. Dem eintreffenden Notarzt bot sich ein grausames Bild. Herr Klamm war auf den Etikettendrucker gefallen, den er in seine Brusttasche gesteckt hatte, um ihn mit nach Hause zu nehmen, und dieser hatte ihm eine Rippe gebrochen, die sich bis in sein Herz bohrte.

Als der Notarzt Herrn Klamms Tod feststellte, fragte er: »Er muss hier schon eine ganze Weile liegen. Warum hat denn niemand etwas bemerkt? Vielleicht hätte man ihn retten können.« Die umstehenden Büroangestellten wichen seinem Blick aus und schauten interessiert auf ihre Füße oder zogen plötzlich das Handy heraus, als hätten sie eine SMS bekommen.

6. GRUND

Weil Chefsessel extra für Riesenärsche gemacht sind

Eine Reise nach Hannover. Diese Reise kann man schon mal auf sich nehmen, wenn man einen so netten Anruf bekommt, dass man bitte bei einer Firma vorstellig werden soll, die so angesehen ist, dass selbst der Pförtner in Hollywood Karriere machen könnte, wenn der Name in seiner Vita steht. Natürlich würde ich kommen! Ich erkundigte mich per E-Mail nach Ort und Zeit. Ich hatte eine Mail der Chefsekretärin dieser Firma, Frau Kepplen, auf MEINEM Computer! Wieder und wieder las ich den Absender. Die Sekretärin schrieb sehr freundlich, jede Mail endete mit »herzliche Grüße«. Sie teilte mir mit, ihre Chefin würde sich sehr freuen, mich am Soundsovielten kennenzulernen. Oh, und ich mich erst!

Endlich wieder ein voller Kühlschrank, neue Klamotten für die Kinder, vielleicht mal ein Auto für mich.

Ich bereitete mich vor. Tagelang las ich alles, was ich über die Firma finden konnte. Des Nachts gab ich mich dem Kurzstudium über Small Talk hin, und tagsüber legte ich mir Strategien zurecht, wie ich meine Fähigkeiten am besten präsentieren konnte. Ein günstiger Hosenanzug kostete mich circa 50 Euro und die Fahrkarte nach Hannover und zurück mit einer Mitfahrgelegenheit 20 Euro. Der Babysitter war kostenfrei, dafür passte ich auch manchmal auf Bettys Kinder auf, wenn sie in Not war. Wenn ich mit der Chefin gut klarkam, dann war meine Zukunft gesichert. Wie viele sich danach alle Finger lecken würden! Es durfte nichts schiefgehen.

Zum vereinbarten Datum stand ich geschniegelt und gestriegelt am Treffpunkt für die Mitfahrgelegenheit. Mein Fahrer rauchte im Auto. Das würde keinen guten Eindruck machen, wenn ich stank wie ein überquellender Aschenbecher. Ich wusste doch, dass die Chefin und die ganze Firma rauchfrei waren, sie legten viel Wert auf Gesundheit und darauf, politisch korrekt zu sein. Aber ich musste durchhalten. Vorsichtig öffnete ich das Fenster einen Spalt. »Ey, mach bitte zu, das ist fucking kalt draußen!«

»Würde es dir was ausmachen, nicht zu rauchen oder nur bei offenem Fenster?« –

»Das ist mir aber zu kalt. Ist doch nicht so schlimm, das bisschen.«

Nun ja, irgendwie einigten wir uns darauf, dass ich keine andere Gelegenheit hatte, pünktlich nach Hannover zu kommen, und er deshalb so viel rauchen konnte, wie er wollte.

In Hannover ließ er mich an der vereinbarten Bushaltestelle aussteigen. Ich schnupperte an mir. Furchtbar! In einem türkischen Einzelhandelsgeschäft kaufte ich mir Kaugummis, ein Parfüm, das nicht zu sehr nach Tausendundeiner Nacht duftete, und eine Mandarine. Während ich mit dem Bus zur Adresse der Firma fuhr, kaute ich auf fünf Kaugummis herum, hüpfte durch eine versprühte

Wolke von »Nicht zu sehr Tausendundeine Nacht«-Duft und rieb die freien Stellen meines Körpers mit Mandarine ein. Ich hatte mal gehört, dass der Geruch alles überstrahle, was an altem Rauch noch in den Falten einer Kleidung festsäße. So umnebelt schwebte ich aus dem Bus. Seltsamerweise fuhr der Fahrer danach ein paar Meter mit offener Tür weiter. Keine Ahnung warum.

Endlich stand ich vor dem Gelände. Viel zu früh. Zeit, meinen Kindern eine SMS zu schreiben. *»Bin gut angekommen, drückt mir die Daumen.«* Nach ein paar Sekunden kam im Familienchat zurück: *»Lieben dich, Mama. Gib alles!«*

Ich zog meine Jacke etwas enger um mich, checkte mein Make-up, trug etwas Lipgloss auf und betrat das Gelände. Am großen Tor stoppte mich eine Schranke. Ich beugte mich zum Pförtner an die runde, gelöcherte Scheibe hinunter. Er sah mich freundlich an: »Wo möchten Sie denn hin?«

Ich »möchte« nicht, ich war eingeladen. Hochoffiziell. Ich dachte daran, wie viele Menschen er wohl schon abgewimmelt hatte, die hier auf das Gelände wollten. Mit stolzgeschwellter Brust erklärte ich: »Ich habe einen Termin bei Frau Dr. Bühlig.«

Der Pförtner stutzte kurz, behielt aber sein Lächeln bei, bat mich zu warten und nahm den Telefonhörer in die Hand. Nachdem er fertig telefoniert hatte, wies er mir den Weg zum Haupteingang: »Gehen Sie bitte da rein, und dann melden Sie sich an der Rezeption. Frau Meier weiß Bescheid.«

Als ich die Halle betrat, erstarrte ich vor Ehrfurcht: Marmor, schwarze Ledersofas, Flatscreenbildschirme zur Unterhaltung der wartenden Gäste. Ich trat an die Rezeption und sprach die Dame mit der Hochsteckfrisur und im Businessanzug an: »Guten Tag, ich soll mich hier melden, ich habe um 14 Uhr einen Termin bei Frau Dr. Bühlig.«

Die Dame lächelte künstlich, nickte und nahm den Hörer ab. »Da ist jemand für Frau Dr. Bühlig … Ja, ich weiß, aber sie sagt, sie habe einen Termin … Okay, ich weiß Bescheid, danke.«

Dann wandte sie sich wieder künstlich lächelnd an mich: »Bitte, nehmen Sie dort Platz, Frau Kepplen wird Sie gleich abholen.« Frau Kepplen? Die Sekretärin?

»Aber das ist doch nicht nötig, ich kann doch alleine hochgehen«, bot ich höflich an.

Frau Meier, oder wie sie hieß, lachte plötzlich auf und verlor für den Bruchteil einer Sekunde die Contenance: »Ja, genau!« Okay, dann eben nicht.

Ich ließ mich auf das schwarze Ledersofa nieder und versank augenblicklich in dem weichen Polster. Herrlich, hier würde ich arbeiten. Sie wollten mich! Ich ging noch einmal alles durch, was ich Frau Dr. Bühlig gleich sagen wollte.

Der große gläserne Aufzug öffnete sich, und eine gut gekleidete Dame betrat die Halle. Sie sah mich sitzen und ging geradewegs auf mich zu. »Guten Tag, Frau … ähm … Wartbrug?«

»Wartburg, ja, wir hatten E-Mail-Kontakt und kurz telefoniert.«

»Ähm, ja, Sie sind ein wenig früh dran.«

»Das weiß ich, aber draußen war es kalt, und ich kann ja hier warten, bis Frau Dr. Bühlig Zeit hat.«

»Tja, ähm, haben Sie denn meine E-Mail nicht bekommen?«

Ein kalter Schauer huschte mir den Rücken hinunter. »Welche E-Mail?«

Der rot bemalte Mund vor mir tätowierte es für ganz Dumme laut und eindringlich in meinen Gehörgang: »Frau Dr. Bühlig hat heute keine Zeit. Sie ist außer Haus.«

»Außer Haus? Was meinen Sie mit ›außer Haus‹? Wir haben doch einen Termin?«

»Tja, dann hätten Sie mal Ihre E-Mails lesen müssen, da steht es drin, dass sie heute keine Zeit hat.«

»Aber ich bin extra aus Leverkusen gekommen, habe meine Kinder wegorganisiert, habe mich vorbereitet. Hat sie denn nicht wenigstens kurz Zeit für mich? Der Termin ist doch lange geplant. Wie kann sie denn jetzt keine Zeit haben?«

»Also, wenn ich sage, sie ist nicht da, dann ist sie nicht da.« Und mit einer stoischen Gelassenheit der Überlegenen fügte sie hinzu: »Hätten Sie Ihre Mails gecheckt, dann hätten Sie Bescheid gewusst.«

»Ich habe keine Mail bekommen!«

Mit einem geschäftsmäßigen Lächeln stand sie auf und streckte mir die Hand entgegen. Wie in Trance ergriff ich sie schlaff.

Sie drehte sich um und schritt mit klackenden Absätzen Richtung Aufzug. Ich kramte mein Handy hervor, gab den Code ein. Der Homebildschirm erschien. Im Mailprogramm formte sich eine winzige rote Eins. Ich tippte mit zitterndem Finger darauf. *»Liebe Frau Wartbrug, leider kann Frau Dr. Bühlig den Termin mit Ihnen nicht wahrnehmen. Gruß, Ursula Kepplen«*, gesendet 13:54 Uhr.

7. GRUND

Weil Formaldehyd Biolehrerinnen von innen schön macht

»So, bis morgen möchte ich das fertige Heft sauberst auf meinem Schreibtisch haben. Wer es nicht abliefert, bekommt eine Sechs. Ich lasse keine Entschuldigung gelten.«

Im Biologiesaal breitete sich eine Welle des Entsetzens in fast allen Tischreihen aus. Nur die Streber ganz vorne nickten beflissen.

Paul schluckte. Er besah sich sein Heft. Das sollte bis morgen sauber abgeschrieben werden? War das ein neuer Sport der Lehrer, Hefte ins Reine schreiben zu lassen? »Das soll die Sechstklässler zu mehr Ordnung zwingen«, hatte ein älterer Schüler mal gesagt.

Paul war eigentlich ein recht guter Schüler. Seine Mutter war sehr stolz auf ihn. Nur mit der Ordentlichkeit haperte es eben. Aber er würde das Heft sauber abgeben.

Als er spätnachmittags aus der Schule kam, setzte er sich sofort in seinem Zimmer an seinen Schreibtisch und begann sorgsam und mit akribischer Präzision, die Texte und Zeichnungen in ein unberührtes, neues Heft zu übertragen. Er benutzte verschiedene Farben und Stifte für Überschriften und Unterüberschriften. Malte Kästen zur Verdeutlichung. Klebte Bildchen ein. Später klopfte es an der Tür. Es war seine Mutter, die ihn zum Abendessen holte. Müde stopfte er sein Brot in sich hinein.

»Machst du immer noch Hausaufgaben?«

»Ja.«

»Dann mach sie mal zügiger, ich komme in einer halben Stunde Gute Nacht sagen.«

Nach einer halben Stunde betrat Pauls Mutter das Zimmer. »Ich wollte nur Gute Nacht sagen. Ich hab doch gesagt, du sollst dich ein bisschen beeilen. Was trödelst du da so rum? So viel kann das doch nicht sein! Jetzt mach mal hin!«

»Aber ich muss das fertig haben.«

»Was musst du denn da machen?«

»Das Heft muss ich morgen sauber abgeben, das wird benotet.«

»Oje! Gut, dann mach noch ein bisschen, aber du musst auch irgendwann schlafen.«

»Ja. Ich bin gleich fertig.«

»Gut. Gute Nacht, mein Schatz.«

Als die Mutter gegen elf Uhr ins Bett gehen wollte, bemerkte sie noch Licht in Pauls Zimmer.

»Sag bloß, du bist immer noch nicht fertig?«

Paul hatte tiefe Ränder unter den Augen, arbeitete aber wie besessen weiter, unterstrich wichtige Worte mit Lineal und malte Zellquerschnitte aus.

»Ja, ich bin gleich so weit. Nur noch die vier letzten Seiten. Kannst du mir das bitte mal kopieren? Das muss ich einkleben.«

»Ich kopiere hier gar nichts mitten in der Nacht, da hättest du mal früher dran denken können. Du weißt bestimmt schon seit Wochen, dass ihr das machen sollt, und jetzt kommst du wieder in der letzten Minute. Da musst du eben auch mal zu deiner Schludrigkeit stehen. Du hörst jetzt auf und gehst ins Bett, sonst bist du morgen so müde, dass du in der Schule gar nichts mehr mitkriegst.«

»Aber Mama ...«

»Nein, Schluss jetzt.«

Damit schloss sie die Tür hinter sich und ließ ein Häufchen erschöpften Elends zurück.

Als Paul sich sicher war, dass seine Mutter eingeschlafen war, knipste er das Licht wieder an und arbeitete weiter. Noch drei Seiten. Er musste dieses eine Blatt kopieren. Leise schlich er ins Arbeitszimmer und murmelte ein Stoßgebet, dass seine Mutter von dem Surren des Druckers nicht erwachte. Es klappte.

Um Mitternacht wurde er auf seinem Heft wach, er war am Tisch eingeschlafen. Die Seite, auf der er mit seinem Gesicht gelegen hatte, war verschmiert. Paul sah Frau Neubauers Miene vor sich. Würde sie ihm glauben, dass er eingeschlafen war? Nein, sie würde sagen, dass er einfach grundsätzlich ordentlicher arbeiten soll – und das hätte er jetzt davon. Er wollte diese Eins. Endlich, um halb zwei Uhr nachts, klappte er das fertige Heft zu. Stolz, müde und völlig kaputt. Er würde es allen zeigen. Seiner Mutter, seiner Lehrerin, der ganzen Welt.

Am Morgen schleppte er sich zum Frühstück. Dann schlief er im Bus ein, das Heft fest in beiden Händen. In der Schule legte er es wie ein kostbares Juwel vorsichtig vor sich auf den Tisch.

Es läutete zur Stunde. Aber Frau Neubauer erschien nicht. Einer der Streber machte sich auf, um nachzusehen, was los war. Nach einigen Minuten kam er zurück und verkündete, er habe die Dame vor dem Lehrerzimmer mit dem gut aussehenden Sportlehrer in ein Gespräch vertieft gesehen. Paul rückte das Heft zurecht. Gleich würde sie kommen, und er würde eine Eins erhalten. Dann würde er zu seiner Mutter nach Hause gehen und stolz davon berichten. Eine Eins!

Wenige Augenblicke später betrat Frau Neubauer das Klassenzimmer. Sie rückte ihre Bluse zurecht und sortierte ihre Haare.

Paul setzte sich aufrecht hin. Wenn sie nach dem Alphabet aufriefe, würde er als Zweiter nach vorn gehen und sein Heft abgeben dürfen. Dann würde sie einen Blick hineinwerfen und ihm wohlwollend zulächeln. Bingo!

Frau Neubauer begab sich zum Schrank mit den in Gläsern konservierten Tieren und holte ein Anschauungsobjekt heraus, das sie vor sich auf das Pult stellte. Dann sah sie auf und sagte: »Heute beschreibt ihr, was ihr hier seht und was ihr darüber bereits wisst. Auf Seite 127 findet ihr weitere Informationen. Fasst das bitte zusammen und tragt es in eure Hefte ein.«

Die Schüler sahen sich verwundert an. Einige freuten sich. Da meldete sich der Streber: »Aber wir sollten doch heute die Hefte abgeben.«

Frau Neubauer blickte auf. »Ach ja ...«

Paul straffte sich.

»Das machen wir heute nicht, das ist doch Blödsinn, und mir bringt es nur unnötig Arbeit. Macht euch jetzt an die Aufgabe.«

Paul öffnete den Mund: »Aber ...«

»Pschschscht«, herrschte ihn Frau Neubauer an.

Aus Pauls Ohren stiebten kleine Dampfwölkchen, sein Gesicht war purpurrot und seine Augen spien Blitze.

Er sprang über alle Bänke nach vorne und knallte Frau Neubauer das Heft auf das Pult. Entsetzt wich sie zurück. »Aber Paul, was soll das denn?«

»SIE ... SAMMELN ... JETZT ... MEIN ... HEFT ... EIN!«

»Nein, Paul, das werde ich nicht tun«, versuchte Frau Neubauer, ruhig zu bleiben.

Paul ergriff das Heft und sprang um das Pult herum. Er packte Frau Neubauer bei den Haaren und bog mit aller Kraft, die sein kleiner Körper aufzubringen vermochte, ihren Hals nach hinten. Damit öffnete sich ihr Mund, sie wollte schreien, aber Paul erstickte den Schrei mit seinem Heft, das er ihr gewaltsam in die Mundöffnung stopfte. Und als sie noch zappelte, stopfte er alles, was er auf ihrem Pult fand, hinterher. Bis hin zu den eingelegten Tieren aus dem Glas.

Todesursache: Formaldehydvergiftung.

8. GRUND

Weil Bankangestellte immer schuld sind

Mitte Dezember. »Nein, es ist, wie ich sagte: Die EC-Karte funktioniert nicht«, bestätigte die Verkäuferin an der Kasse der Spielzeugabteilung dem verunsicherten Mann im durchschnittlichen Büroanzug, der schnell in seiner Mittagspause nur schnell Geschenke für die Kinder kaufen wollte. Marco Kastus starrte irritiert auf die wartende Verkäuferin. »Aber ich habe noch genug drauf, das kann eigentlich nicht sein.« Unverrichteter Dinge verließ Marco Kastus den Laden.

Kein Geld mehr? Karte funktionierte nicht? Marco verlängerte seine Mittagspause und suchte seine Bank auf.

»Hallo? Ich möchte jemanden sprechen, der mir über mein Konto Auskunft geben kann, ich bin Herr Kastus.«

»Ja, guten Tag, Herr Kastus. Moment …« Der schmallippige Bankangestellte tippte auf seiner Tastatur herum. »Ah ja, da haben wir es … Aufgrund einer Anzeige des Inkassobüros soundso wurde das Konto gesperrt.« Marco Kastus konnte es nicht glauben. Er hatte noch nie mit einem Inkassobüro zu tun gehabt. In finanziellen Angelegenheiten war er eher ein sehr umsichtiger Mensch, und da er eine vierköpfige Familie hatte, konnte er sich keine großen Sprünge leisten. Er hielt sich immer zurück und hatte stets im Griff, wie viel er ausgab.

»Können Sie das bitte noch mal überprüfen? Das kann nämlich nicht sein«, bat er den Bankangestellten. Oder doch? Marco Kastus trat Angstschweiß in den Nacken. Eine Stunde später entschuldigte sich der Angestellte, dass es sich um ein Missverständnis gehandelt habe. Es habe eine Namensverwechslung gegeben.

Marco Kastus war erleichtert: »Also komme ich jetzt wieder an mein Konto ran?«

Der schmallippige Bankangestellte kniff die Lippen noch mehr zusammen und nuschelte dann dazwischen hervor: »Das Konto kann erst wieder eröffnet werden, wenn die Bank eine selbstbezogene Auskunft vom Inkassobüro bekommen hat. Das dauert leider, bitte haben Sie ein wenig Geduld, Herr Kastus.«

Herr Kastus trat von einem Fuß auf den anderen. Diesmal hatte er sich extra frühzeitig auf den Weg gemacht, um Geschenke zu besorgen. Jetzt konnte er doch wieder am 24. Dezember loseilen und sich mit Hunderten ungewissenhaften Spätentschlossenen durch die Geschäfte drängeln. Und wer weiß, ob es da noch alles das gab, was er brauchte.

Er bat Herrn Bankangestellten, ihm sofort Bescheid zu geben, sobald das Konto wieder verfügbar sei. »Selbstverständlich«, versicherte ihm der Bankangestellte hinter dem glatten grauen Bürotisch.

Die Tage vergingen, der Nikolaustag kam, Weihnachtsschulaufführungen kamen – aber was nicht kam, war der Anruf der Bank.

Herr Kastus bevorzugte ein persönliches Gespräch und besuchte seinen Bankbetreuer erneut.

»Es ist nun schon eine Woche her. Morgen ist der 21. Ich brauche jetzt unbedingt Geld. Ich muss Geschenke kaufen, Rechnungen bezahlen.«

»Das kann ich mir schon vorstellen. Aber haben Sie Geduld. Alles wird gut, Sie haben ja später keine Nachteile, Sie haben ja nichts verbrochen. Blöd, dass jetzt gerade Weihnachten ist, aber bald sollte das Thema ja durch sein«, nuschelte ihm der schmallippige Bankangestellte deeskalierend entgegen.

»Aber bis wann denn? Ich brauch das Geld JETZT!«

»Das kann ich mir vorstellen, aber bitte haben Sie noch ein wenig Geduld. Eine selbstbezogene Auskunft dauert eben länger.«

»Kann das Inkassobüro denn nicht einfach die Sache aufklären? Per E-Mail oder Anruf oder so?«

»Das geht leider nicht, wir brauchen eine …«

»Ja, ich weiß …«

Am 24.12., kurz vor Schließung der Bank, betrat ein gewisser Marco Kastus mit steifen Schritten die Filiale und steuerte mit irrem Blick auf Herrn Schmallippe zu. Dieser wurde hinter seinem Schreibtisch unruhig.

»Herr Kastus, beruhigen Sie sich doch, Sie brauchen sicher das Geld, und heute ist schon der 24. Und die Geschäfte schließen bald. Aber es tut mir leid, wir benötigen so eine selbstbezogene Auskunft …«

Weiter kam er nicht. Herr Kastus hatte ihn mit voller Wucht mit dem Schreibtisch gegen die Wand gedrückt, ein Mal, zwei Mal. So lange, bis ein hörbares Knacken in dem Bankangestelltenrumpf und dessen deutlich hervorgetretene Augen ihm Genugtuung verschafft hatten.

9. GRUND

Weil Stars auch nur kleine Fuzzihimmelskörper sind

Petra Z. entdeckte sie bei Facebook. *Monique*, so nannte sie sich, war eine Künstlerin, die sich mit lustigen Divasprüchen bereits eine kleine Fangemeinde geschaffen hatte. Petra Z. schickte ihr eine Freundschaftsanfrage auf ihrem Profil. Diese wurde beantwortet: *»Eigentlich nehme ich keine Leute an, die ich nicht kenne. Aber du bist mit einer Freundin von mir befreundet, da mache ich mal eine Ausnahme.«*

Monique hatte eine Show im Internet. Petra Z. fand diese großartig, witzig und charmant. Sie wollte einmal zu den wenigen Gästen zählen, die bei der Aufzeichnung live dabei sein durften. Deshalb fuhr sie 300 Kilometer weit, um das zu erleben.

Die Show war grandios! Petra war begeistert. Sie überlegte, wie sie mithelfen könnte, dass die Show noch mehr Fans bekam. Als sie Monique darauf ansprach, sie unterstützen zu wollen, lud diese sie ein, zum Aftershow-Get-Together-Besäufnis im kleinen Kreis zu bleiben.

Monique behielt in der feuchtfröhlichen Runde ihre Rolle als Diva bei. Sie kommandierte ihre Vasallen herum, regte sich auf, als das Bier alle war, und pöbelte den Nachbarn an, als er wegen Lärmbelästigung an der Tür klingelte. Das fand dann allerdings keiner mehr witzig.

Monique verabschiedete Petra mit Hinblick auf die geplante Zusammenarbeit mit den Worten: »Lass uns da mal was machen.«

Petra Z. legte los. Sie war motiviert, Monique zu helfen, hatte derzeit keinen Job und konnte und wollte ihre Zeit und Manpower gern zur Verfügung stellen. Sie sammelte Ideen für die Show, entwickelte ein Konzept für den Ausbau von Moniques Bekanntheitsgrad.

In einer Mail schrieb sie ihr: »*Wenn du willst, lass uns mal telefonieren, ich habe ein paar Ideen gesammelt. Hier ist meine Nummer …*«

Zwei Tage später rief Monique an. Das Gespräch dauerte lang, denn Monique redete gern. Sie hörte sich aber auch die Vorschläge an und sagte huldvoll, sie wolle darüber nachdenken. Sie stöhnte darüber, dass diese Shows in der Organisation so aufwendig seien, und äußerte den Wunsch, sich gerne nur auf ihre Kunst anstatt auf das Drumherum zu konzentrieren. Petra Z. bot ihr an, Pressemitteilungen zu schreiben. Monique zögerte ein wenig: »Hm, ja, ich muss aber schon erst wissen, ob du das auch kannst.«

Petra Z. schrieb eine Probepressemitteilung. Monique war begeistert: »Das ist großartig! Übernimm doch bitte die Betreuung meiner Fanseite auf Facebook, die Akquise der Gäste und kümmere dich um die Entwürfe von Plakaten und die Organisation der Show. Weißt du was? Ich werde dich fest anstellen. Als persönliche Assistentin.«

Petra Z. wurde schwummrig vor Überraschung und Glück. Endlich wieder ein richtiger Job!

»Als Erstes schreibst du alle Produktionsfirmen und Sender an, die sollen mein Konzept kaufen. Wir werden ganz groß rauskommen.«

Petra Z. wandte ein: »Aber ich hab doch so was noch nie gemacht.«

»Ja, willst du den Job nun oder nicht? Deine Auslagen bekommst du natürlich erstattet. Du müsstest es nur erst mal vorstrecken.«

Voller Eifer machte sich Petra Z. an die Arbeit. Sie schrieb, telefonierte und organisierte.

Monique bat sich aus, niemals vor Mittag gestört zu werden, sie wollte lieber selber anrufen, wenn es ihr passte. Schließlich sei sie sehr beschäftigt. Wenn sie anrief, musste Petra sofort alles mitschreiben – egal wo sie sich gerade befand –, denn Monique war es lästig, Mails mit den Informationen zu verfassen.

Als Petra fragte, wann Monique sie einstellen würde, antwortete diese: »Bald. Bis dahin arbeite einfach nur, wenn du Lust hast und wie es dir Spaß macht. Wenn du die Arbeit gut machst, dann kannst du ja sogar zu mir nach Pusemuckel ziehen und bekommst ein richtig eigenes, geiles Büro.«

Petra Z. konnte ihr Glück kaum fassen: eine feste Anstellung, ein eigenes Büro. Dazu musste die Show aber auch ein Erfolg werden, und daran arbeitete Petra wie besessen. Als Zweifel aufkamen, weil wieder mal ein Gast abgesagt hatte, tröstete Monique sie und versprach: »Wenn die Show kein Erfolg wird, dann nehme ich dich mit auf Tournee. Für all den Organisationskram. Natürlich mit Gehalt.«

Monique und Petra hatten einen gemeinsamen Kalender, in den alle Termine eingetragen wurden.

Eine Woche vor der nächsten Show waren Moniques Tage mit Terminen pickepacke voll und so unkoordiniert, dass Petra ständig Feuerwehr spielen musste, um alles andere aufzufangen und abzuarbeiten. »Hast du dich um die Bestuhlung gekümmert? Mir fehlen noch Lampen, das Catering ist abgesprungen, die Sponsoren haben noch nicht zugesagt …« Das waren nur einige der plötzlich auftauchenden Baustellen, die nur mit einem Zauberstab lösbar waren. Petra bat um ein bisschen Unterstützung, aber Monique wehrte das ab. In diesen Zeiten müsse man eben sein eigenes Leben hintanstellen, wenn man etwas erreichen wolle. Es würde sich ja schließlich lohnen.

Petra buchte von dem Geld, das sie noch hatte, die Reise nach Pusemuckel, um Monique vor Ort bei der Show zu unterstützen. Aufgrund des geringen Kartenverkaufs wurde die Veranstaltung dann aber kurz vorher abgesagt. Monique bat Petra, dennoch zu kommen, damit sie die weitere berufliche Zusammenarbeit besprechen könnten. Sie würde sich auch richtig viel Zeit für sie nehmen.

Petra durfte dann nach einer mehrstündigen Reise huldvoll bei Moniques Gesangsunterricht zusehen. Danach setzten sie sich in ein Café, Petra packte ihre Unterlagen auf den Tisch, und Monique begrüßte unterdessen einen Freund am Nebentisch. Na ja, sie war ja die Prominenz des Dorfes. Nach einer Stunde und weiteren acht Audienzen von Bekannten brach Monique das Treffen ab, weil sie nun einen Termin habe. »Komm doch heute Abend zum Trailerdreh in den Veranstaltungsraum. Und bereite bitte alles vor«, vertröstete sie Petra.

Und Petra bereitete alles vor. Sie lockerte die Absätze an Moniques High Heels, schüttete ein bisschen Abführmittel in das Bier und legte Strom an den Sessel. Dann verschwand sie.

10. GRUND

Weil man heute einfach kein Weihnachtsgeld mehr zahlt

Die nun folgende Geschichte basiert bis auf das bisschen Blut am Ende auf einer wahren Begebenheit, und ich bin sicher, sie passiert so oder in ähnlicher Form immer wieder ...

Margot flog wie eine kleine, emsige Biene zwischen Kunden, Lager und Schaufenster hin und her. Sie war die einzige Mitarbeiterin, die gleichzeitig drei Kundinnen bedienen und nebenbei den Laden auf Weihnachten umdekorieren konnte. Wenn man Margot bei der Arbeit zusah, konnte man sich gut vorstellen, wie sie ganz alleine zu Hause den Haushalt und die Kinder wuppte. Ihr Mann war nach der Geburt des dritten Kindes mit einer Kinderlosen abgehauen. Es wurde ihm alles zu eng, hatte er gesagt. Tschüss.

Margot war seit einem Jahr Storemanagerin. Als sie damals den Job bekam, war sie überglücklich. Zwar gab es nur 1.000 Euro netto am Anfang, aber ihre neue Chefin sagte ihr 20 Prozent Umsatzbeteiligung zu, wenn sie bis Weihnachten mehr als 500.000 umsetzen würde. Darauf hoffte Margot. Um das neue Leben einschließlich bezahlter Krankenkassen der Kinder und neuer Stiefel für die Kleine zu feiern, waren sie mit ihrem klapprigen Fiat Uno zu McDonald's gefahren, und jeder durfte sich aussuchen, was er wollte.

Die Chancen standen gut, dass Margot den Umsatzdeal schaffen würde. Deswegen gab sie im Dezember noch einmal richtig Gas. Sie arbeitete oft länger als notwendig, sprang ein, wenn ihre Chefin auf einem Gänseessen war, und verlor nie das Lächeln, egal was passierte. Ihre Kundinnen konnten nicht wissen, dass Margot ihnen viele Stunden unbezahlt die neueste Kollektion präsentierte und den Laden erst abschloss, wenn auch die Letzte von ihnen zufrieden gegangen war.

Sie rechnete jeden Abend ab und sah schon Mitte Dezember die erlösende Zahl unter dem Doppelstrich. YES!

Zuerst schickte sie ihrer Großen eine SMS: »*Schatz, du wirst auf die Klassenfahrt nach Paris mitgehen! Und einen neuen Rucksack bekommst du auch! Sag Jule und Marie, der Weihnachtsmann schafft es dieses Jahr auf jeden Fall zu uns. Mit Baum und Gans und allem! Hab dich ganz doll lieb!*«

Dann betrat sie das Büro ihrer Chefin und legte ihr stolz die Zahlen vor.

Unbeteiligt nahm diese die Information zur Kenntnis: »Jaja, danke, ich werde mit meinem Steuerberater Rücksprache halten.«

Am nächsten Nachmittag versuchte Margot, das Programm zu öffnen, um den Gewinn des heutigen Tages hinzuzufügen, aber ihr Zugang im Computer war irgendwie gesperrt.

Klopf, klopf.

»Herein«, rief die Chefin mit gut gelaunter Stimme.

»Guten Tag. Die hier ...«, Margot stellte lächelnd zwei mit Tannenbäumchen und Engeln beklebte Kerzen auf den Schreibtisch, »... haben meine Kinder für Sie gemacht.«

»Oh, das ist aber süß ... stellen Sie sie bitte auf die Unterlage, der Tisch ist echte Eiche, die Oberfläche sehr empfindlich ... Danke«, lächelte die Chefin zurück.

»Ähm, noch etwas: Ich kann mit dem Computer nicht mehr in die Buchhaltung. Da muss wohl ein Fehler vorliegen.«

»Ja, wahrscheinlich ...« Die Laune der Frau hinter dem großen echten Eichenschreibtisch schlug plötzlich um.

»Ähm, was sagt denn nun Ihr Steuerberater?«

»Tja ...« Die Chefin faltete ihre Hände auf der Tischplatte und holte tief Luft. »Wissen Sie, seit der Euroumstellung ist alles nicht mehr so, wie es mal war. Alles ist sozusagen nur noch die Hälfte wert. Wenn Sie verstehen, was ich meine.«

»Nicht ganz«, erwiderte Margot irritiert.

»Also, es ist so, dass ich die Zusage nicht halten kann, die ich Ihnen gegeben habe. Sehen Sie, alles ist teurer geworden. Dieser Pelzmantel zum Beispiel« – sie deutete auf einen Nerz, der an der

Garderobe hing – »kostete früher 8.000 Mark. Gestern habe ich 8.000 Euro dafür bezahlt, das müssen Sie sich mal vorstellen!«

Margot glaubte langsam zu verstehen. Sie spürte, wie ihr der Boden unter den Füßen weggezogen wurde, und musste sich mit einer Hand am Stuhl abstützen.

»Wir müssen alle sparen! Und wo wir schon dabei sind: Das Weihnachtsgeld muss ich leider auch streichen, das zahlt heute ja keiner mehr. Das können Sie Ihren Kolleginnen gern auch gleich mitteilen, vielen Dank. Ich muss jetzt weitermachen, schöne Feiertage Ihnen und Ihrer Familie.«

Traurig, dass die Dame *ihre* Feiertage nicht mehr genießen konnte. Sie verbrannte jämmerlich bis zur Unkenntlichkeit in ihrem Pelzmantel, der ihr vorher mit gewöhnlichen Tackerklammern aus dem Montblanc-Hefter sorgfältig an der Haut befestigt worden war. An den Stuhl gefesselt, war es ihr nicht möglich, dem grausamen Tod zu entkommen. Entzündet hatte sich der Pelz wohl durch eine heruntergebrannte weihnachtlich beklebte Kerze.

2. KAPITEL

MORDE AUS REIN NACHBARSCHAFTLICHEN GRÜNDEN

11. GRUND

Weil der Nachbar keine Stuhlprobe gibt

Die Frage, die sich als Erstes stellt, ist: Wer soll büßen? Der am Leinenende in der Schlaufe oder der, der sie mit festem Griff umklammert und pfiffelnd konzentriert auf die andere Seite der Straße guckt, bis sein bellender und sabbernder Exkremententransporter sein Geschäft auf meinem Rasen erledigt hat?

Ich will nicht, dass meine Kinder zum Nachmittagskaffee hereingerufen werden und stolz präsentieren: »Mama, guck mal, ich hab Schokolade im Vorgarten gefunden, die ist aber schon alt, riech mal.«

Es gibt eine interessante Methode, anhand einer Kotanalyse den Schuldigen zu finden. Aber ich glaube kaum, dass mein Nachbar bereit ist, mir freiwillig seine Stuhlprobe zu geben.

Hundekot ist so ziemlich das Widerlichste, was einem am Fuß kleben kann. Es sei denn, man ist bereit, den sonntäglichen Parkspaziergang auf Schuhen mit Pfennigabsätzen zu absolvieren. Da bekommt man den braunen, klebrigen Schleim nämlich ganz einfach weg, indem man entweder den Absatz nach Verunreinigung abbricht oder den Ehemann um neue Schuhe anwinselt.

Die Konsistenz des Straßengoldes ist entscheidend für dessen erfolgreiche Entfernung. Ist sie sehr fest, so machen Sie sich keine weiteren Gedanken um den Verursacher. Er wird sowieso bald sterben. An innerer Vergiftung. Ein Hund mit Darmverschluss ist ein guter Hund.

Ist die Konsistenz weich bis schleimig und hat sich in Ihr Sohlenprofil gefräst, so gibt es nur noch eine Möglichkeit: Schuhe in Tüte, Tüte in Gefrierfach, warten, gefrorenes Hundedarmgut mit Hammer abklopfen und mit Gabel rauskratzen, wüst schimpfen, Chlorlauge versuchen.

Denselben Hammer und dieselbe Gabel benutzen, um Hundehalter abzuklopfen und auszukratzen. Ist auch eklig, bringt aber Befriedigung und riecht süßlich, wenn genug Blut fließt. Entstandene Wunden bitte mit Chlorresten auswaschen.

Um Hundekot im eigenen Vorgarten zu vermeiden, hilft gemahlener Cayennepfeffer an der Grundstücksgrenze, der feine Hundenasen abschreckt. Oder Sie installieren eine bewegungssensible Selbstschussanlage, allerdings fehlen dann der Spaß und die Befriedigung vom »Selbermachen«.

12. GRUND

Weil Streuverweigerer nur Eiszapfen im Kopf haben

Im Winter ist es kalt. Das ist auch gut so. Denn das gehört zum Lauf der Natur. Apropos Lauf: Tiere sind naturbedingt dazu fähig, sich im Winter fortzubewegen. Wir Menschen weniger. Wenn wir es sportlich sehen, schnallen wir uns bestenfalls lange Bretter unter die Füße oder rutschen elegant auf geschliffenen Metallschienen über zugefrorene Seen. Wir packen uns in dicke Hüllen aus mit Daunen gefüllter Polyesterhaut, streifen uns wollene Zweithände über und deckeln unseren Kopf mit Selbstgestricktem oder totem Kaninchenfell.

Kaum wagen wir uns vor die Tür – und wenn, dann nur, um dem jeweiligen Straßenreinigungs- bzw. Landesstraßengesetz Genüge zu tun und den Weg vor unserem Haus mit Sand oder Splitt (Streusalz ist auf Gehwegen ja in den meisten Gemeinden verboten) so trittfest zu gestalten, dass sich die Menschen bis zum Ende des Winters gefahrlos die Wege entlangschleichen können. Und auch ich finde: Lieber ein Stückchen Stein im Profil als ein gebrochenes Handgelenk im Handschuh.

Die meisten denken so. Zum Glück. Und streuen. Nicht so der Vermieter von Frau Meising, der im Erdgeschoss des Mehrfamilienhauses wohnte. Körperlich wäre er zu diesem Einsatz in der Lage und auch zeitlich. Er war Rentner. Rüstig und fit. Aber irgendetwas hielt ihn davon ab, morgens mit ein paar Handvoll Splitt dem unsicheren Rutschen und Schlittern der Passanten Einhalt zu gebieten.

Frau Meising musste jeden Morgen irgendwie zu ihrem Auto kommen.

So auch an jenem eiskalten Januarvormittag. Nur war das ein besonderer Tag. Nicht nur, weil dicke Eiszapfen schwer von Vordächern und Regenrinnen hingen, sondern auch, weil sie heute in der Mittagspause mit Herrn Amor essen gehen würde. Frau Meising sendete gut gelaunt und strahlend eine Bestätigungs-SMS an den Mann zurück, der sie in der Kantine schon immer so herzlich angelächelt hatte.

Mit kleinen Schritten tippelte sie über den rutschigen Gehweg. Gleich würde sie das rettende Auto erreicht haben. Doch plötzlich spreizten sich ihre Beine zum Spagat, sie ruderte wild mit den Armen, und da lag sie auch schon mit verdrehten Extremitäten auf der spiegelglatten Eisfläche. Das Knie schmerzte höllisch, der Ellbogen bot nicht ausreichend Speckschicht, um als Puffer dienen zu können, und schwoll sofort an. Frau Meising rappelte sich mühsam hoch. Ihr Blick fiel wütend und voller Hass auf die kleine Eingangstür der Wohnung von Herrn Vermieter. Sie sah, wie die Gardine im Fenster sanft zurückschwang. Frau Meising sammelte die Einzelteile ihres Handys auf, humpelte zur Tür und klingelte. Nach einer gefühlten Ewigkeit wurde diese langsam und bedächtig geöffnet. Herr Vermieter hatte eine Tasse Kaffee in der Hand und blickte Frau Meising unschuldig an.

»Is' was?«

»Ich bin auf dem Gehweg ausgerutscht und habe mich verletzt!«

»Und?«

»SIE HABEN WIEDER NICHT GESTREUT!«

Herr Vermieter wies ungerührt und auffordernd mit dem Kopf auf eine Schneeschaufel und einen Sack Splitt neben der Tür. »Bitte.«

5

Von innen keifte eine weibliche Stimme: »Hermann, mach die Tür zu, wir heizen nicht für draußen!« Und schon flog die Tür mit einem Krach hinter Herrn Vermieter ins Schloss.

Und was dann kam war ein Unfall. Alle Mieter des Hauses können das bezeugen. So ein Eiszapfen kann eine wahre Mordwaffe sein, wenn er sich durch eine winzige Erschütterung vom Vordach löst und die Schädeldecke eines zufällig darunterstehenden Menschen durchschlägt, sich in sein Gehirn bohrt und sich nach »getaner Arbeit« nur als kleine Pfütze mit dem langsam aussickernden Blut vermischt.

13. GRUND

Weil man für Laubentfernung auch kleine Kinderhände nehmen kann

»Waaas? Wie bittäh? Ich kann Sie nicht verstehen?«, plärre ich ins Telefon. RRRRRRRR! Der Anrufer brüllt zurück: »WAS IST DENN BEI IHNEN LOS?« – »ACH, DAS MEINEN SIE!«, meine Stimme wird schrill. Kurz überlege ich, ob der Anrufer verstehen würde, wenn ich ihm sagte, dass mein Nachbar tatsächlich unweit meines Fensters ein Laubblatt nach dem anderen von der einen in die andere Ecke zu blasen versucht. Mit einem Laubbläser. Eigentlich müsste das relativ leicht gehen, weil er vorher bereits in stundenlanger Feinarbeit seinen Rasen auf zwei Zentimeter getrimmt hatte. Mit einem Rasenmäher mit Verbrennungsmotor. Inklusive Randhalmtrimmen mit einem elektrischen Rasentrimmer mit gefühlten drei Stunden Akkulaufzeit und 9.000 U/min. Das Parkett für Laubblätter wäre also bereitet, um sie in gezielten Bewegungen in eine Ecke zu pusten – wenn er denn unbedingt pusten muss. Er schafft es aber, den Blätterhaufen immer genau in der Mitte zu treffen, um ihn mit einem einzigen Windhauch wieder in alle Himmelrichtungen zu zerstreuen, woraufhin er mit einer Engelsgeduld von vorn beginnt. RRRRRRRR!

Ich will das alles nicht mehr! Ich überlege, ob ich nach meiner Mami rufen soll. »ES TUT MIR LEID! KÖNNEN WIR SPÄTER NOCH EINMAL TELEFONIEREN, WENN ICH IM CAFÉ NEBEN DER GROSSBAUSTELLE BIN? DA HAB ICH MEHR RUHE!!!«

Dabei gibt es so wunderbare Alternativen, um einen laubfreien englischen Rasen zu erhalten. Sobald das erste Laubblatt fällt, schicke ich meine Kinder aus dem Haus und lasse sie erst wieder rein, wenn ihre kleinen, flinken Hände jedes Molekül von abgelebtem Blätterwerk gesammelt, nach Größe und Baumart sortiert und dem Baumbesitzer mit Dank zurückgegeben haben. Das spart Strom, die Kinder sind an der frischen Luft, mein Garten ist sauber, und ich muss mich nicht strafbar machen, weil ich mit aggressivem Geschrei auf den Baumherrn zurenne, um ihm seinen grässlichen Laubbläser von einem Ohr zum anderen durchs Gehirn zu stecken.

14. GRUND

Weil Ihre Affäre aufgeflogen ist, wenn die neugierige Nachbarin scheinheilig um ein paar Eier bittet

Nehmen wir einmal an, Sie hätten einen Geliebten oder eine Geliebte. Jedenfalls jemanden, bei dem es von Vorteil ist, dass niemand aus Ihrer näheren Umgebung von seiner Existenz weiß. Außer Ihnen. Also ein/e Schattenmann/frau. Und nehmen wir mal weiter an, er/sie würde Sie einmal die Woche zu Hause besuchen. Vielleicht ist nicht genug Geld für ein Hotel zur Verfügung, oder es ist bequemer, oder Sie machen sich sonst keine Gedanken darüber … Und außerdem ist es ja so herrlich gemütlich im eigenen Bett.

Gut, es ist weniger frivol in einem Hotel, aber Sie genießen es und freuen sich auf jeden »Termin«, an dem sich Ihre heimliche Liebe zu Ihnen stiehlt und bei dem Sie wunderschöne, zärtliche Stunden verbringen. Und beim Abschied verdrücken Sie jedes Mal eine Träne über das nicht vorhandene Alltagsleben mit Ihrem/Ihrer Liebsten, im schmerzhaften Wissen, dass er/sie jetzt zu seinem/seiner Partner/in zurückkehrt.

Oder die Ausgangssituation ist die, dass Sie eine/n Geliebten/Geliebte haben, aber ganz zufrieden damit sind, keine alltäglichen Verpflichtungen ihr/ihm gegenüber zu haben. Sie genießen die zärtliche Bestätigung Ihres Egos und wollen dies auf keinen Fall missen. Sie nehmen das mit, was er/sie Ihnen bietet, wie er/sie Sie befriedigt, und freuen sich, wenn er/sie wieder gegangen ist, weil Sie dann tiefenentspannt Ihrer normalen Arbeit nachgehen können.

Oder Sie haben eine leidenschaftliche Affäre mit Ihrem Chef, der nicht nur äußerst attraktiv ist, sondern Ihnen auch als Folge Ihrer körperlichen Zuwendung nach Büroschluss oder nur schnell mündlich in der Mittagspause jeden Urlaubsschein unterschreibt. Oder der Sie bei der letzten Personalversammlung lobend erwähnt hat. Und Sie genießen die heimlichen Blicke und das Augenzwinkern, das er Ihnen schenkt.

Oder Sie führen ein Leben in Saus und Braus, weil Sie einem älteren, verheirateten Mann körperliche Befriedigung verschaffen, Ihren jungen, makellosen Körper zur Verfügung stellen, ihm das Gefühl geben, 20 Jahre jünger zu sein, und dafür von ihm aus Dankbarkeit oder Dummheit mit reichlich Schmuck und teuren Schuhen entlohnt werden.

Bei allen oben genannten Ausgangssituationen ist Diskretion oberstes Gebot. Egal für welche Variante man sich entschieden hat, es darf auf keinen Fall auffliegen. Was aber, wenn doch?

Da kommt so eine abgeranzte Nachbarin eines Tages vom Briefkasten, grüßt Sie scheinheilig und bittet Sie um ein paar Eier. Das reicht schon. Denn genau in diesem Moment wissen Sie, dass Ihre Affäre nur noch Seiten in Ihrem Tagebuch der Fantasie füllen wird. Die Nachbarn wissen Bescheid! Und Sie werden vermutlich mit ein paar fuzzeligen Eiern nicht mehr davonkommen. Mal werden Sie um die Zeitung gebeten werden, mal um ein bisschen Grillgut. Dann dürfen Sie Ihr Auto verleihen, und wenn das nicht sauber genug ist, dann lässt Ihr Nachbar so ganz nebenbei den Satz fallen: »Und wie geht es Ihrem Mann/ Ihrer Frau?« Ihre tolle Affäre ist am Ende. Außer, Sie töten Ihre Nachbarin und hoffen, dass sie für den Fall ihres plötzlichen Ablebens keinen erklärenden Brief bei ihrem Anwalt hinterlegt hat.

Ebenso nah am unerwarteten, durchschlagenden Kopfschuss leben alle anderen, die die leidenschaftliche Qualitätsverbesserung Ihres Liebes-, Sexual-, Berufs- und Luxuslebens durch allzu neugieriges Verhalten gefährden. Schon so manche wissensdurstige Sekretärin fand sich geschreddert im Mülleimer des Bürotraktes wieder. Und überhaupt: Wozu gibt es die russische Mafia?

15. GRUND

Weil Dauergriller gegrillt werden müssen

Es gibt doch wohl nichts Schöneres, als es sich nach Feierabend oder an einem wohlverdienten Wochenende auf seinem Balkon gemütlich zu machen. Den Blick in den nahen Stadtpark schweifen zu lassen und einen leckeren Wein oder ein gut gekühltes Bier zu genießen. Herrlich, wenn einem die frische Luft ums Gesicht streicht! Vor allem, wenn man die ganze Woche in einem miefigen Büro zugebracht hat. Einmal im Monat wurde dann auch schon mal der Grill angeworfen. Natürlich ein elektrischer! Man wollte ja seine Nachbarn nicht belästigen. Die aber offensichtlich mich und meine kleine WG. Ein Stockwerk unter mir war vor zwei Monaten das pure Grauen eingezogen. Immer dann, wenn ich es mir auf meinem Balkon gemütlich gemacht hatte, stiegen mir plötzlich Rauchschwaden von verbrannter Holzkohle in die Nase. Sobald das Wetter es zuließ, draußen zu sitzen, wurde unter uns gegrillt! Natürlich haben wir – meine anderen Mitbewohner und ich – mit den Neuen darüber gesprochen und ihnen gesagt, wie unangenehm es sei, jeden Tag zugegrillt zu werden. Viel erreicht haben wir damit allerdings nicht. Natürlich haben wir das Ordnungsamt und die Polizei eingeschaltet. Und natürlich haben wir uns auch beim Vermieter darüber beschwert. Bisher alles ohne Erfolg. In der Nachbarschaft munkelte man schon, dass die Dauergriller dafür bezahlt wurden, um uns aus unseren Wohnungen zu vertreiben. Aber so weit sollte es nicht kommen! Heute Nacht würde zurückgegrillt!

Als Erstes bin ich losgezogen und habe folgendes Equipment besorgt: eine Packung Nürnberger Würstchen, eine Packung eingelegtes Schweinefleisch, ein Baguette, ein Sixpack Bier, zwei Einweggrills, einen Rucksack, ein Infrarotnachtsichtgerät, einen Sitzgurt und zwei Bergsteigerseile sowie einen großen Weidenkorb.

Als es dunkel wurde und die Grillterroristen unter mir endlich den Balkon verlassen hatten, startete die Aktion »Grillback«. Als Erstes befeuerte ich auf meinem Balkon den Einweggrill. Während er sich richtig schön einglühte, befestigte ich die zwei Bergsteigerseile an meinem Balkongeländer. Die Würstchen, das Baguette und das Fleisch sowie das Nachtsichtgerät wanderten in den Rucksack auf meinem Rücken. Ich legte den Sitzgurt an und klickte den Karabiner ein. Dann stieg ich am Bergsteigerseil gesichert über das Balkongeländer. Ich war froh, dass es dunkel war. Ich weiß nicht, ob ich es gewagt hätte, wenn ich die Tiefe unter mir gesehen hätte. Langsam ließ ich mich am Seil hinab. Nach wenigen Augenblicken erreichte ich den Balkon des Grillfeindes.

Leise kletterte ich hinein. In der Ecke stapelten sich die Bierkisten und kiloweise Grillkohle. Durch mein Nachtsichtgerät konnte ich alles in einem fluoreszierenden Gelbton erkennen. Ein Schnarchen ließ mich herumfahren. Das Grillpärchen grunzte hinter der angelehnten Balkontür im Schlaf um die Wette. Ich legte meinen vollen Rucksack ab und zog mich wieder hinauf zu meinem Balkon.

Jetzt sollte der gefährlichste Teil meiner Unternehmung kommen. Ich musste den Einweggrill im Weidenkorb hinunterjonglieren. Die Kohle brannte nicht mehr, sondern war schön weißglühend. Genauso, wie ich es zum Grillen brauchte. Den Weidenkorb ließ ich am zweiten Seil hinab, kletterte hinterher und trug den Grill ins Schlafzimmer. Als Nächstes versicherte ich mich, dass alle Fenster verschlossen waren. Es tat mir schon fast ein wenig leid um die leckeren Würstchen, als ich sie auf dem Grill verteilte. Schnell füllte sich der Raum mit aromatischem Geruch nach saftigen Nürnbergern.

Dann verließ ich das Schlafzimmer und zog die Balkontür fest hinter mir zu. Ich kletterte wieder hinauf, entfernte die Seile und kam nun zum letzten Ausrüstungsgegenstand. Ich öffnete ein Bier aus meinem Sixpack und feierte damit den gelungenen Abend.

Zwei Wochen später wunderte sich in der gesamten Hausgemeinschaft niemand, als die inzwischen nicht mehr taufrischen Leichen der beiden Griller hinausgetragen wurden. Für alle war klar, dass die beiden auch in der Wohnung gegrillt haben mussten, so wie die drauf waren. Und alle empfanden es als gerechte Strafe, dass sie sich dabei eine Kohlenmonoxidvergiftung zugezogen hatten …

16. GRUND

Weil fast alle Nachbarn Psychopathen sind, aber nur wenige davon Simpsons-Fans

Eins vorweg: Ich bin ein ganz normaler Mensch! Ich liebe es, wenn alles in Ordnung ist, alles seinen gewohnten Gang geht und ich meine Ruhe habe. Ja, das ist das Wichtigste. Ich will meine Ruhe haben! Meine Wohnung muss sauber sein. Selbstverständlich habe ich Plastiküberzieher über meinen Möbeln, alles andere wäre ja nicht hygienisch, nicht wahr?! Urlaub mache ich seit 20 Jahren auf Mallorca; in dem Hotel, in dem ich immer das gleiche, besser gesagt sogar dasselbe Zimmer habe, werde ich mit meinem Namen angesprochen. Da fühlt man sich doch gleich wie Prinz Charles, nicht wahr? Mehr möchte ich eigentlich nicht über mich erzählen, Sie sollten nur wissen, dass ich ein ganz normaler Mensch bin, der weiß, wie man lebt.

Bis vor acht Wochen war mein Leben also perfekt. Doch dann geschah das Unfassbare! Ich war gerade dabei, meinen Balkon abzusaugen, da sah ich, wie ein Krankenwagen vorfuhr, und wenige Minuten später trugen sie die nette Frau Ulbricht von nebenan hinaus. Sie kam nicht wieder. Drei Tage später starb sie im Krankenhaus. Schrecklich, nicht wahr?

Nun war aber der plötzliche Tod der alten Dame nicht unbedingt das Schlimmste, was mir widerfahren war. Nein, es kam noch viel schlimmer, als ich es mir in meinen schlimmsten Albträumen ausmalen konnte. Neue Nachbarn zogen ein! Es war schon widerlich, wie freundlich die mich grüßten. Ich kannte sie doch gar nicht. Bevor man sich so freundlich grüßen durfte, müssen schon ein paar Jahre des Nebeneinanderwohnens vergehen! Die hatten doch bestimmt etwas zu verbergen. Das hätten Sie doch auch gedacht, oder?

Nun gut, dass man beim Einzug ein wenig Lärm macht, das ist ja noch zu tolerieren, aber was danach kam, war einfach unfassbar! Jeden Abend um 18 Uhr und zehn Minuten ging für mich die Welt unter! Widernatürliche Geräusche ertönten aus der Nachbarwohnung. Und wenn ich mein Ohr an die Wand legte, konnte ich zudem seltsame Stimmen hören. Dazu gesellte sich dann noch das Gelächter der neuen Mieter. Natürlich bin ich beim ersten Mal sofort rüber und habe geklingelt. Es musste ja auch leiser gehen!

Aber die Tür wurde nicht geöffnet. Als ich lauschte, hörte ich nur, wie der Mann vergnügt bekannt gab: »Wer während der *Simpsons* klingelt, hat 'ne Meise!« Daraufhin rief ich bei der Polizei an, um mich über den Krach zu beschweren. Die fragten mich, ob ich mir einen Scherz erlauben wolle, weil man doch um die Zeit schon noch etwas lauter Fernsehen schauen dürfte. Das war unverschämt von den Beamten, nicht wahr? Wofür zahle ich denn Steuern?!

Ich habe einen mehr als ehrbaren Beruf, der unser aller Wohlergehen zuträglich ist. Ich bearbeite bei der städtischen Behörde gewissenhaft die Strafzahlungen für Falschparker. Dort verwendete ich am nächsten Tag meine Mittagspause auf die Recherche, was unter diesen »Simpsons« eigentlich zu verstehen war. ich machte mich also erst einmal schlau über »Die Simpsons«. Überraschenderweise fanden sich im Internet viele Treffer zu diesem Begriff. Es handelte sich wohl um eine gelbhäutige Zeichentrickfamilie, bestehend aus einem fettleibigen, glatzköpfigen Vater, einer Mutter mit blauem Turm auf dem Kopf, einem Mädchen mit Perlenkette und einem Jungen, der jedem anbot, seine Hosen zu essen. Sie waren in einer amerikanischen Kleinstadt namens Springfield zu Hause. Aber wie konnte man sich nur über diese dummdreisten gelben Figuren so amüsieren? Und wieso war man sogar bereit, einen Nachbarschaftskrieg vom Zaun zu brechen, um ja nicht beim Gucken gestört zu werden? Meine Nachbarn waren hundertprozentig geistesgestörte Psychopathen. Sie stellten gewiss eine Gefahr für ihre Mitbürger dar, das lag doch auf der Hand.

Es vergingen mehrere Wochen, in denen ich tagtäglich dem abendlichen Terror der »Simpsons« ausgesetzt war. Ich hatte schon ernsthaft in Erwägung gezogen umzuziehen. Sie sehen daran, wie verzweifelt ich wurde. Und heute habe ich mich entschieden, dem Treiben ein Ende zu setzen! Ich besorgte mir einen großen Hammer und einen großen Eimer mit gelber Farbe. Ich wartete, bis es dunkel wurde, dann kochte ich mir eine große Kanne köstlichen Kaffee. Es gibt doch nichts Besseres, um wach zu bleiben! Gegen Mitternacht kletterte ich dann über meinen Balkon hinüber zu den Nachbarn. Schrecklich, wie es da aussah! Ich kann Ihnen gar nicht beschreiben, wie unordentlich es da war. Aber das war ja wohl typisch für Psychopathen. Wer seinen Balkon nicht in Ordnung hält, der ist bestimmt auch bereit, die Welt zu vernichten, nicht wahr? Über das noch unaufgeräumtere Wohnzimmer gelangte ich ins Schlafzimmer der Familie. Die schliefen sogar in Bettwäsche mit diesen abstoßenden gelben Kreaturen! An den Wänden hingen überall Poster von diesen Geschöpfen drogenabhängiger Drehbuchautoren. Ich musste mich fast übergeben, so widerte mich das an. Um nicht zu lange in diesem abscheulichen Chaos verweilen zu müssen, schritt ich schnell zur Tat.

Mit dem großen Hammer schlug ich einmal auf den Kopf des Mannes, das Gleiche wiederholte ich mit dem Kopf der Frau. Beide schliefen so tief, dass ich von ihnen nicht bei meiner Tat gestört wurde. Interessant: Das Gehirn dieser beiden Psychopathen sah genauso aus wie bei anderen Menschen. Langsam ergoss sich das Blut auf »Simpsons«-Bettwäsche. Um meine Arbeit zu beenden, nahm ich die gelbe Farbe, musste aber feststellen, dass ich in der Eile einen Pinsel vergessen hatte. So nahm ich also den Eimer und übergoss die beiden mit der Farbe. Jetzt sahen sie wie ihre geliebten Figuren aus dem Fernsehen aus! Einen schöneren Tod hätten die sich doch gar nicht wünschen können, nicht wahr?! Dann beeilte ich mich, wieder in meine Wohnung zu kommen. Auch wenn der Kaffee noch in mir wirkte, wurde ich nun langsam müde. Als ich dann endlich im Bett lag, betete ich: »Lieber Herr, lass die nächsten Nachbarn normale Menschen sein!« Damit schlief ich beruhigt ein.

17. GRUND

Weil alle Nachbarn Psychopathen sind, außer die Simpsons-Fans

Ich darf mich kurz vorstellen: Mein Name ist Dorian, und ich bin mit Lara verheiratet. Na ja, nicht ganz, wir leben seit ungefähr elf Jahren in wilder Ehe. Tagsüber schaffe ich in einer Fleischerei, und meine Frau ist Sekretärin in einem Möbelhaus. Wir haben uns auf einem Comic-Treffen kennengelernt. Es hat sofort gefunkt! Wir beide hatten das gleiche Simpsons-T-Shirt an. Endlich hatten wir jemanden gefunden, der unser Hobby teilte! Bis vor Kurzem wohnten wir noch in einer kleinen Einzimmerwohnung, doch dann hatten wir Glück. Die Großtante eines meiner Kumpels war im Krankenhaus gestorben und ihre Wohnung wurde frei. Noch bevor die Verwaltung die Wohnung inserieren konnte, standen wir auf der Matte – und schon hatten wir die Bude!

Beim Einzug lief mir dann unser neuer Nachbar über den Weg. Mann, zog der eine Fresse, als wir ihn freundlich grüßten! Aber der ganze Schlamassel mit ihm fing erst an, als wir endlich unseren Fernseher angeschlossen hatten – gerade noch pünktlich, um *Die Simpsons* nicht zu verpassen. Da klingelte es doch tatsächlich an der Tür. Meine Süße wollte aufstehen und die Tür öffnen. Ich verkündete vergnügt: »Wer während der *Simpsons* klingelt, hat 'ne Meise!« und zog sie zurück auf die Couch.

Das war aber erst der Anfang. Das Geklingel und Geklopfe ging dann jeden Tag so weiter. Pünktlich nachdem *Die Simpsons* angefangen hatten, klingelte es an der Tür. Irgendwann reichte es mir, und ich lugte dann doch durch den Spion, um mir den Störenfried mal anzusehen. Da entdeckte ich das verkniffene Gesicht unseres Nachbarn. Der musste doch wohl spinnen! Wir hatten den Fernseher nun wirklich nicht zu laut. Und wenn er uns als Nachbar etwas sagen wollte, musste er es doch nicht genau zur Zeit der *Simpsons* machen!

Lara und ich überlegten, was wir wohl tun könnten, damit diese Störung endlich ein Ende fand. Wenn wir nachts in unserer Simpsons-Bettwäsche lagen, konnten wir deswegen kein Auge zubekommen. Aber es kam doch am Ende alles, wie es kommen musste.

Ich war heute etwas eher zu Hause. Der Chef hatte mir wegen guter Führung, wie er es ausdrückte, früher freigegeben. Da stand, als ich die Treppe zur Wohnung hinaufstieg, der »nette« Nachbar vor seiner Wohnung und versuchte, seine Tür aufzuschließen. Neben sich hatte er einen großen Eimer mit gelber Farbe und darauf lag ein großer Vorschlaghammer. Er hatte es endlich geschafft, die Tür zu öffnen, nahm gerade den Eimer hoch, da sprach ich ihn an: »Guten Tag, Herr Nachbar, ich wollte mal …« Weiter kam ich nicht.

Der Mann erschrak so fürchterlich vor mir, dass der Hammer vom Eimer herunterrutschte und ihm auf den Fuß fiel. Ich wollte ihm spontan helfen und hob den Hammer auf. Der Nachbar bekam große Augen, als ich so mit seinem Hammer vor ihm stand. Jetzt ließ er den Eimer mit der Farbe fallen, dieser schlug auf dem Boden auf und öffnete sich. Die ganze schöne gelbe Farbe ergoss sich über den Boden und lief die Treppe hinab. Ich schaute ihn verwundert an und streckte die Hand mit dem Hammer nach ihm aus. Seine Augen weiteten sich, er wich langsam vor mir zurück, als hätte er den Leibhaftigen gesehen.

Dann geschah es: Der Nachbar rutschte beim Zurückweichen auf der gelben Farbe aus, verlor den Halt und stürzte die Treppe hinab. Stockwerk für Stockwerk. Dabei verteilte er die Farbe über das gesamte Treppenhaus. Erst ganz unten, im Erdgeschoss, blieb er mit seltsam verdrehten Gliedmaßen liegen und bewegte sich nicht mehr.

Irgendwie sieht es jetzt hier aus wie bei Itchi und Scratchy, der Maus und der Katze bei den Simpsons. Bevor ich die Polizei rief, brachte ich den Hammer in meine Wohnung. Was sollten die denn sonst von mir denken? Ich hoffte nur, die würden sich beeilen, es waren nämlich nur noch 90 Minuten bis zur Sendung!

18. GRUND

Weil der Winter so schön sein könnte

Winter ist doch etwas Wunderbares. Herrlich, wie sich die Luft nach frischem Schneefall anfühlt! Wunderschön, wenn außer den Tapsen einer Katze noch nichts den weißen Belag auf der Straße zerstört hat. Wenn ich weiß, dass es schneien wird, stehe ich freiwillig etwas eher auf, um in Ruhe die Schönheit des Winters zu genießen. Die Betonung liegt dabei auf freiwillig! Denn seit drei Wochen ist es aus mit der Schönheit! Nicht etwa, weil der diesjährige Winter verregnet und grau ist. Nein, ganz im Gegenteil, wir haben seit Wochen das herrlichste Winterwetter! Es ist aus, weil ein Neuer in der Nachbarschaft eingezogen ist.

Dieser Fakt alleine wäre ja nicht weiter dramatisch – dramatisch ist es, weil der Neue einen Möchtegern-Geländewagen besitzt und diesen direkt vor meinem Schlafzimmerfenster parkt. Das Parken alleine wäre ja nun auch kein so großes Problem, außer, dass er mir den Blick auf die schöne weiße Straße verwehrt. Das Problem ist, dass der Neue jeden Morgen seinen Möchtegern-SUV – sage und schreibe – eine halbe Stunde warm laufen lässt.

Hat dieser Mensch noch nichts von Umweltschutz gehört? Hat dieser Mensch niemals die Straßenverkehrsordnung gelesen? Und hat dieser Mensch überhaupt keine Ahnung, was er mir damit antut? Jeden Morgen dieser Lärm vor meinem Fenster und – was noch viel schlimmer ist – der Gestank! Normalerweise schlafe ich ja bei offenem Fenster, aber der Mief ist einfach nicht auszuhalten. Und wer möchte schon jeden Morgen in Autoabgasen aufwachen? Seit drei Wochen leide ich nun unter dem Neuen! Wenn er wenigstens eine Standheizung hätte, die wäre leiser und stänke nicht ganz so stark. Aber dafür hatte es bei seinem Möchtegernwagen wohl nicht mehr gereicht. Ich habe mal gegoogelt: Laut Typenbezeichnung hat sein tolles Auto nicht einmal Allradantrieb. Die ganze große Kiste ist reines Blendwerk, anscheinend nur erschaffen, um mir den Winter madig zu machen.

Vorgestern hab ich beschlossen, den Neuen mal ein wenig von seiner eigenen Medizin kosten zu lassen. Ich ging also in den Baumarkt und besorgte mir einen Gartenschlauch mit fünf Zentimetern Durchmesser. Dazu noch ganz dickes, festes Klebeband und einen Glasschneider. Gestern früh bin ich dann sehr, sehr zeitig aufgestanden. Ich muss sagen, es tat mir schon leid, als ich mit meinen Hausschuhen die weiße Pracht zerstörte, die in der Nacht gefallen war. Ich schlich mich an das Heck des Fahrzeugs heran. Ich schaute mich noch einmal um, aber glücklicherweise war nachts um drei weit und breit keine Menschenseele zu sehen. Dann stülpte ich den Gartenschlauch über den Auspuff. Bei der Gelegenheit sah ich, dass das Doppelrohr auch nur ein Fake war. Es gab nur eine Blende über einem ganz stinknormalen Einfachauspuffrohr.

Dann schnitt ich mit dem Glasschneider ein Loch in die Heckscheibe des Blenderautos. Dazu musste ich erst die Scheibe mit dem Klebeband komplett zukleben, sonst wäre das Sicherheitsglas gleich in tausend feine Stücke zerbröselt. Natürlich zersprang das Glas beim Schneiden, aber die Klebestreifen hielten es an seiner Stelle. Nachdem das Loch fertig war – meine Finger waren inzwischen blau gefroren –, steckte ich das Ende des Schlauches hindurch. Dann machte ich mich auf den Rückweg. Erschrocken sah ich meine eigenen Fußspuren im Schnee. Mir blieb nichts anderes übrig, als einen Besen zu holen und den Weg zu räumen.

Müde legte ich mich auf Beobachtungsposten hinter die Gardine. Der Neue kam. Zum Glück verhielt er sich wie immer. Er kam von vorn an sein Möchtegernvehikel, öffnete die Fahrertür, startete den Motor und verschwand wieder. Dann kehrte er eine halbe Stunde später zurück. Diesmal waren es sogar drei Minuten weniger. Der Mann schien etwas in Eile zu sein. Mir konnte es nur recht sein, so würde er sicher nicht auf seine Heckscheibe achten. Er stieg hektisch in sein Gefährt und raste mit durchdrehenden Vorderrädern davon.

Am nächsten Morgen erwachte ich endlich wieder von alleine. Kein Krach, kein Gestank! Als ich aus dem Fenster schaute, konnte ich den wundervollen Blick auf die unberührte weiße Straße genießen. Winterzeit ist doch herrlich, ach ja!

19. GRUND

Weil arbeitslose Nachbarn ihre ewige Ruhe brauchen

Es war einmal ein Wohnhaus. In dem lebten mehrere Familien. Ach … Eine kleine Familie mit einem dreijährigen Kind und einem arbeitslosen Vater im ersten Stock und eine kleine Familie mit einem Dreijährigen und einem Neugeborenen im zweiten Stock darüber. Wenn die Geschichte hier aufhören würde, wäre nie ein Mensch zu Schaden gekommen …

Eines Nachmittags klingelte es an der Wohnungstür der Familie Guternachbar im zweiten Stock. Herr Bösernachbar aus der Wohnung darunter hatte sich aufgemacht, Familie Guternachbar sein Anliegen vorzutragen.

»Hallo, Frau Guternachbar, ich wollte Ihnen sagen, dass ich Sie höre, wenn Sie abends um zehn Uhr in der Wohnung herumlaufen. Ich möchte Sie bitten, sich um diese Uhrzeit ruhig zu verhalten, wir gehen nämlich früh schlafen.«

Frau Guternachbar reagierte verdutzt: »Aber wir sind doch ganz ruhig. Mein Mann oder ich legen uns ja immer um diese Zeit zu unserem Ben, damit er einschläft. Aber danach fängt bei uns der Feierabend an – da wollen wir dann gern noch eine Weile fernsehen oder Radio hören.«

»Also, ich höre Ihren Sohn doch immer noch nach zehn herumlaufen!«

»Sie hören die kleinen Tapser eines Dreijährigen?«

»Ja. Den ganzen Tag.«

»Sollen wir ihm vielleicht die Beine zusammenbinden?«

»Verhalten Sie sich bitte ruhiger.«

»Aber wir haben doch extra einen Teppich gekauft, damit der Boden schallisoliert ist. Und tagsüber ist mein Sohn doch sowieso im Kindergarten. Und mit Verlaub: Sie haben doch selber Kinder, und wir haben auch nichts gesagt, als Ihr Kind in den ersten beiden Jahren jeden Tag mehrere Stunden lang geschrien hat. Auch abends.«

Wenige Tage später …

Klingklong. »Wie Sie in dem Schreiben der Hausverwaltung gelesen haben, sollen Sie für Ruhe sorgen. Das haben Sie aber nicht getan.«

Frau Guternachbar: »Wir haben uns ruhig verhalten, aber nach zehn Uhr wollen wir eben gern noch eine Weile fernsehen. Es tut mir leid, wenn Sie sich dadurch gestört fühlen. In dem Schreiben steht auch, dass Sie ein Protokoll führen sollen.«

»Ja, das habe ich auch gemacht. Gestern Abend nach 18 Uhr haben Sie Möbel gerückt.«

»Da waren wir gar nicht zu Hause! Ich war noch mit Ben beim Zahnarzt.«

»Ich habe es doch gehört.«

»Ein Poltergeist? Wir waren es jedenfalls nicht, es war ja gar niemand da.«

Ein paar Tage später bei den Briefkästen.

Herr Bösernachbar: »Ich möchte Sie doch noch einmal bitten, das Getrampel und Geschrei einzustellen. Und die Musik bitte ich Sie auch leiser zu machen.«

»Jetzt reicht's aber! Mein Mann hat extra eine schalldämpfende Schaumstoffunterlage für die Boxen gekauft, und wir hören sowieso nur Kinderlieder in angemessener Lautstärke!«

»Das genügt eben nicht. Frau Guternachbar, wir sind ja nun wirklich die Letzten, die Stress wollen, aber Sie lassen uns keine andere Wahl, als Klage einzureichen.«

Wenige Tage später war dann in der Lokalpresse zu lesen:

»Schrecklicher Fund in einem Mehrfamilienhaus: Blutiges Ende eines Nachbarschaftsstreits? Ein Mann war offensichtlich den schweren Verletzungen an Trommelfell und Gehirn durch extremen Lautstärkeeinfluss über einen Kopfhörer erlegen.«

3. KAPITEL

MORDE AUS REIN FAMILIÄREN GRÜNDEN

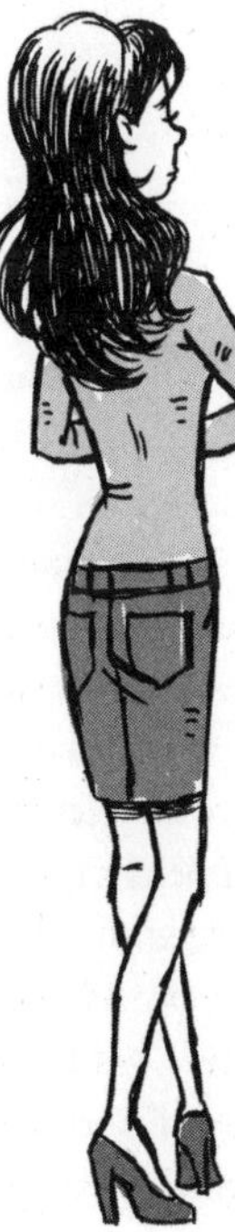

20. GRUND

Weil der Letztes-Klopapierblatt-Nehmer-und-nicht-wieder-Auffüller den goldenen Arschkorken verdient

Da, wo Menschen auf engstem Raum zusammenwohnen, gibt es häufig Konfliktstoff. Die meisten Streitigkeiten lassen sich durch das Zusammenkommen in einem Stuhlkreis, um die Dinge auszudiskutieren, aus der Welt schaffen.

Es gibt aber eine Sache, die jenseits jedweder Diskussion steht. Die Menschengattung, deren Existenzberechtigung infrage gestellt wird: Das sind die »Letztes-Klopapierblatt-Nehmer-und-nicht-wieder-Auffüller«!

Da wirft man sich mit zugekniffenem Schließmuskel in den rettenden Saal, reißt sich gerade noch rechtzeitig die Hose herunter und genießt seufzend die Erlösung.

Beim Griff zum Toilettenpapier zieht sich der Schließmuskel plötzlich panikartig wieder zusammen, aber da ist es meist schon viel zu spät.

Botelli jacta sunt – die Würstchen sind geworfen. Während man sich entweder mit der Hose zwischen den Knöcheln hopsend und stolpernd auf den Weg zum Schrank macht, um das rettende Baumendprodukt zwischen seine Beine streichen zu können, malt man sich aus, welche Sanktionen man dem letzten Klobenutzer angedeihen lassen wird. Bilder vom goldenen Arschkorken bis zum Ansatz versenkt, erscheinen vor dem inneren Auge.

Wenn im Schrank an der üblichen Klopapieraufbewahrungsstelle lediglich ein Staubabdruck darauf hinweist, dass dort üblicherweise ein Vorrat von Klopapier sein müsste, dann hat der »Letztes-Blatt-Klopapier-Nehmer« sein Leben gänzlich verwirkt, wenn ich ihn erwische, und er kann froh sein, wenn er seinen Kopf heil aus dem Flachspüler wieder herausbekommt.

21. GRUND

Weil Nachwürzer geschmacklos sind

Wir alle lieben unsere Partner. Das wollen wir zunächst mal festhalten. Oder? Höre ich Einwände? Die paar Macken, die sie ab und zu an den Tag legen, können wir doch großzügig übergehen. Alle? Nein, fast alle.

Haben Sie auch so einen zu Hause? Ich nicht mehr.

Da kocht man und macht und tut und das alles nur, weil man sich als gute Ehefrau beweisen möchte, weil man unbedingt die neuen Wildlederpumps haben möchte oder weil die Karotten weg mussten.

Dann endlich – nach Kochlöffel schwingenden, Gemüse jonglierenden zwei Stunden des Schnippelns und Hackens, Brutzelns und Rührens – geht die Tür auf, und der Herr des Hauses betritt schnuppernd den Flur.

»Du hast gekocht?«

Wegen seiner Intelligenz hatte ich ihn offensichtlich nicht geheiratet.

»Ja, setz dich.«

Während ich ihm auftue, frage ich beflissen: »Ich hoffe, es schmeckt?« Meine lieben Männer, wenn eine Frau sagt: »Ich hoffe, es schmeckt«, dann ist das gleichzusetzen mit: »Wie findest du meine Frisur?« oder »Findest du, ich bin zu dick?«. Alarm! Antworten Sie so, als ob Sie an diesem Abend noch Sex haben wollten, sonst war's das mit dem Bekochtwerden, bis dass der Tod euch scheidet.

»Bestimmt«, nuschelt er, nimmt den Salzstreuer und salzt sein Essen nach.

»Aber du hast ja noch gar nicht probiert.«

Wenn dann eine Flasche Ketchup über dem knusprigen Entenbein ausgegossen wird, dann ist es Zeit, auch die scharfen Messer aus der Schublade zu nehmen und weiter zu tranchieren.

Ruhe in Frieden.

22. GRUND

Weil eine SMS lebensrettend sein kann – oder auch nicht

Smartphones sind ein Segen. Wo man sich früher bei Gesprächen um Themen bemühen musste, zückt man heute einfach das Handy und zeigt Fotos oder schreibt wichtige SMS, die keinesfalls warten können. Während der Mittwochssitzungen werden Mails an die Geliebte geschrieben oder/und mit der Ehefrau das Wochenende geplant und Nachrichten gelesen.

Es ist aber auch faszinierend, wie multitasking wir geworden sind. Wir schaffen es, einer Rede zuzuhören und gleichzeitig ein Geburtstagsgeschenk für unsere Nichte zu besorgen. Nebenbei checken wir noch, ob wir neue Facebooknachrichten haben, und gucken uns das Video an, das der Kollege gerade gepostet hat. Dieses schicken wir dann schnell weiter, weil wir es unseren Fußballkumpels nicht vorenthalten wollen.

Egal wo, egal wann, wir sind immer online, starren auf den kleinen, viereckigen Kasten mit den vielen bunten Bildern und verschlingen gierig die Buchstaben, die er uns zum Fressen vorwirft. Menschen laufen mit gesenkten Köpfen durch die Straßen, lassen ihre Finger auf Touchdisplays hin und her flitzen und erleben die Welt um sie herum nur noch über den Anschluss an das immer verfügbare Netz der Informationen. Manchmal ist es aber sinnvoll, den Blick vom Minibildschirm zu lösen.

Auf der Straße. Ein Pärchen geht spazieren.

Sie: »Schatz, kannst du das Ding nicht mal einstecken?«

Er: »Mach ich gleich, Schatz. Nur noch schnell die Mail wegschicken.«

Sie kuschelt sich im Gehen an ihn: »Schatz, eigentlich habe ich dich wirklich lieb …«

Er tippt abwesend seine Mails: »Ja, das ist nett. Warte, bin gleich bei dir.«

Sie: »Jetzt hör doch mal auf, ich bin auch noch da.«

Er: »Ja, gleich.«

Wütend löst sie sich von ihm. Er geht weiter. Auf die Straße. Sie tippt schnell etwas in ihr Handy und drückt auf Senden. In seinem Display erscheint eine SMS. Er liest sie, runzelt verwundert die Stirn. Er bemerkt zu spät, wie der tonnenschwere Lkw auf ihn zurollt. Sekundenbruchteile später ist er zu einem unansehnlichen Brei von Fleisch und Knochen zermatscht. Auf dem Display des blutbespritzten Handys, das der Sanitäter in eine durchsichtige Plastiktüte packt, steht: *»Schau jetzt nicht nach oben ...«*

23. GRUND

Weil Gäste, die nicht gehen wollen, gegangen werden müssen

»Boah, ich freu mich total, dich wiederzusehen«, flötete ich Babette in die Handymuschel. »Wann kommst du denn, und wie lange bleibst du?«

»Ich dachte, so zwei Tage? Halt so, dass wir uns nicht auf die Nerven gehen, hihi.«

»Klar, gerne.«

Babette kommt, ich freu mich. Ich habe sie seit der Schulzeit nicht mehr gesehen, wir haben uns bestimmt viel zu erzählen, dachte ich. Emsig bereitete ich alles vor, bezog das Bett im Gästezimmer, legte ihr eine kleine Tüte Gummibärchen aus dem Süßigkeitenvorrat meiner Kinder auf das Kopfkissen und stellte ihr Hausschuhe hin, falls sie kalte Füße bekommen sollte. Eine Wasserflasche fand ihren Weg neben das Bett – für den nächtlichen Durst.

»Hallo, Babette!« Wir fielen uns um den Hals, als wären nicht 14 Jahre vergangen, seit wir uns das letzte Mal von niedlichen Jungs

erzählt und über die dicke Marlene aus der Parallelklasse gekichert hatten, als die beim Bocksprung mit ihren massigen Oberschenkeln hängen geblieben war.

»Hast du keine Tasche für die zwei Tage?«, fragte ich und blickte über ihre Schulter.

»Im Auto, die hol ich später.«

Also setzten wir uns ins Wohnzimmer und rissen in feuchtfröhlichen Stunden gackernd unsere verpassten Jahre ab. Ich erzählte von meinen Kindern, die schon im Bett waren, von schwangeren Freundinnen und von all dem Kram, den eine alleinerziehende Mutter so beschäftigt. Babette erzählte von ihrem Mann, der beruflich viel unterwegs war, weshalb sie sich schrecklich langweilte. Kinder fände sie ganz toll, aber es habe einfach nicht geklappt.

Am Boden der zweiten Flasche Wein angekommen, musste ich das Wiedersehens-Update auf den nächsten Tag verschieben, weil ich Sanne und Luis schon früh am Morgen für den Kindergarten fertig machen musste.

»Oh, ich freu mich schon, sie zu sehen«, trällerte Babette ein wenig angetrunken und verschwand im Gästezimmer. Ich schob noch ein »Schlaf gut« durch den sich schließenden Türspalt hinter ihr her.

Am nächsten Morgen gebot ich Sanne und Luis, still zu sein, während sie frühstückten. Babette hatte zwar gesagt, dass sie die Kinder sehen wollte, aber das hatte ja noch Zeit. Sollte sie sich ruhig ausschlafen, und die Kleinen konnten sich ja wohl auch einmal Socken in den Mund stopfen.

Ich brachte die Krümel in den Kindergarten, ging einkaufen, um den am Abend vorher geleerten Kühlschrank halbwegs gefüllt aussehen zu lassen, und holte meinen Hosenanzug aus der Reinigung. Als ich gegen Mittag zu Hause ankam, war die Tür zu Babettes Zimmer immer noch zu. Erst als ich das Mittagessen kochte und der Duft sich einen Weg nach nebenan suchte, trat Minuten später eine verschlafene Dame in meinem Bademantel aus der Tür. »Guten

Morgen«, lächelte sie mich an. »Mann, hab ich gut geschlafen. Ich hab mir deinen Bademantel geliehen, is doch okay, oder?«

»Ähm, ja klar«, gab ich irritiert zurück.

»Wo sind die Kinder?«

»Die hol ich gleich wieder aus dem Kindergarten ab.«

»Was? Schon so spät?«

»Ähm, ja.«

Babette setzte sich an den Tisch, in meinem Bademantel. »Was hast du Schönes gekocht?«

»Frikadellen mit Kartoffelbrei.«

»Oh, wie lecker! Morgen koch ich mal was, ja?«

»Das muss nicht sein, aber wenn du darauf bestehst, gerne«, freute ich mich darüber, einmal nicht kochen zu müssen.

»Was machen wir heute?«, fragte Babette einige Augenblicke später, mit vollem Mund kauend.

»Ich hole gleich die Kinder, dann bringe ich Luis zur Klavierstunde, und Sanne hat um vier Ballett.«

»Meine Güte, das ist ja ein Programm! Komm doch mit nach Köln rein.«

Äh, wie?, dachte ich und sagte: »Ich kann die Kinder doch nicht alleine lassen.«

»Hol dir doch 'nen Babysitter.«

»Das ist so teuer, ich mach das nicht gerne.«

»Ach komm, ich bin doch nur heute da. Lass uns einen draufmachen, ja?«

Ein paar Stunden später sang eine pickelige Nachbarstochter meine Kinder in den Schlaf, und Babette und ich prosteten uns in einer Kneipe in der Altstadt mit Kölsch zu. Noch ein Kölsch. Dann zerrte mich Babette in einen Club. Ich war seit Jahren nicht mehr in einem Club, und ich wusste auch warum. Laut, dunkel, Singles, die keiner wollte.

Am nächsten Morgen schlief Babette wieder aus. Ich versorgte die Kinder, den Haushalt, machte Besorgungen, und als es Mittagszeit war, warf ich müde ein paar Fischstäbchen in die Pfanne, denn die Kinder mussten ja essen.

»Mensch, ICH wollte doch was kochen!« Babette schob sich gegen zwei Uhr nachmittags frisch erholt aus dem Zimmer. »Gut, dann mach ich das morgen, okay?«

Oh, also wollte sie noch einen Tag länger bleiben. Ähm, wie schön. Mein Bademantel stand ihr gut.

Als ich später das Zimmer betreten wollte, um ihr das Duftfläschchen zu bringen, klemmte die Tür. Komisch, das hatte sie doch vorher nicht gemacht. Ich schob noch ein bisschen nach, und als ich sie weit genug geöffnet hatte, dass ich ins Zimmer sehen konnte, bemerkte ich, dass ein großer, orangefarbener Koffer mir den Zugang erschwert hatte. Dahinter schob sich ein Berg weiterer Koffer und Taschen in die Höhe. Auwei!

Ich rief belustigt ins Bad: »Sag mal, meinst du, du hast genug Klamotten dabei?«

»Du, wenn nicht, dann leih ich mir einfach was von dir, okay?«

»Klar«, lachte ich zurück, aber eine kleine Falte auf meiner Stirn verriet, dass die Lockerheit in meiner Stimme aufgesetzt war.

Am Abend saß sie auf dem Sofa vor dem Fernseher, während ich Sanne und Luis ins Bett brachte. Als ich ins Wohnzimmer kam, fragte sie mitfühlend: »Schlafen Funny und Leon schon?«

Ich seufzte und ließ mich in den Sessel fallen.

»Wein?«, fragte Babette gelöst.

Oh, sie hatte mein geheimes Weinversteck im Keller gefunden.

»Ist das nicht zu lustig«, kicherte sie mit Blick auf den Bildschirm, in dem Menschen auf einer Jacht kreischende Geräusche machten. Babette kreischte mit: »Roooobeeeert!« und hob das Glas Richtung Fernseher. Auf meinem Gesicht fügten sich die Falten zu einem großen Fragezeichen zusammen. »Müssen wir das sehen?«

»Nein, natürlich nicht«, schmollte sie und zog beleidigt die Füße unter ihren Po. Während ich durchzappte, begann sie, an ihrem Handy zu tippen.

»Du weißt aber, dass ich morgen wieder arbeiten muss. Ich habe gar keine Zeit für dich.«

»Das hättest du mir ja sagen können, dass du so beschäftigt bist, dann wäre ich gar nicht erst gekommen. Ich fühle mich jetzt irgendwie blöd.«

»Ähm, nein, ich habe mich doch gefreut, dass du kommen konntest. Alles gut, ich muss nur ein bisschen organisieren.«

»Das ist supi!«

Seit »supi« waren nun sieben Tage vergangen. Babette schlief täglich bis zum Mittag, ich weiß nicht, was sie nachts machte. Als ich am vierten Tag das Kabel an dem Fernseher im Gästezimmer lockerte, okkupierte sie bald darauf das Wohnzimmer. Schnell »reparierte« ich das lose Kabel wieder, und Babette konnte weiter Bildungsfernsehen konsumieren.

Ich kochte jeden Tag – wie immer –, und jeden Abend fragte mich Babette, ob ich mit nach Köln wolle. Nein, ich wollte nicht, weil ich die Kinder nicht alleine lassen konnte. Also ging sie alleine feiern und kam erst spätnachts wieder.

Gestern hatte sie ein Magen-Darm-Problem, sodass sie natürlich auf keinen Fall nach Hause reisen konnte.

Heute würde ich sie endlich rausschmeißen, mir reichte es. Sie fraß sich durch meinen Kühlschrank, soff meinen Wein aus und nervte mich mit ihrem unterirdischen Fernsehgeschmack. Die unsäglich dummen Gespräche kreisten um paillettierte Uggsboots und darum, dass H&M jetzt eine Designerlinie hat. Und mit Sanne und Luis hatte sie so gar nichts am Hut.

Als sie gegen Mitternacht wankend durch die Tür trat, empfing ich sie kühl und bot ihr einen Platz auf dem Sofa an.

»Kann ich dich mal sprechen?«, setzte ich mich in sicherer Entfernung auf den Sessel. Ich hasste solche Gespräche.

»Aber klar, was ist denn?« Sie griff nach der TV-Fernbedienung.

»Die Kinder schlafen.«

Babette verstand und legte sie wieder weg.

»Du bist ja nun schon eine ganze Woche hier.«

»Ja, und es ist wirklich total supi. Ich liebe es. Es ist so schön, wieder Zeit mit dir zu verbringen!«

»Ähm, ja. Weißt du, ich habe demnächst furchtbar viele Termine, und da habe ich gar keine Zeit mehr für dich.«

Babette richtete sich auf und blickte mich mit großen Augen an. »Du willst mich rausschmeißen?« Nach dem zu urteilen, was mir aus ihrem Hals entgegenstank, hatte sie sich quer durch die Kölschsorten gesoffen.

Ja, dachte ich und sagte: »Neeein, versteh das jetzt nicht falsch …«

»Ich verstehe das nicht falsch, ich verstehe das genau richtig.« Sie schnappte ein und schob ihre Unterlippe vor wie ein beleidigtes Kind.

Mein Handy durchbrach die nun eintretende eisige Stille. Ich war einerseits froh über die Ablenkung, hätte die Sache aber auch gerne geklärt.

»Ach, du Schreck! Jetzt schon?« Ich starrte auf die SMS.

»Was ist?«

»Einer Freundin ist die Fruchtblase geplatzt. Ich muss sie ins Krankenhaus fahren.«

Babette war plötzlich stocknüchtern. Sie schien den Ernst der Lage sofort zu begreifen. »Gut, mach das. Ich rock den Laden hier schon!« Dabei schlug sie ein Bein über das andere.

»Was? DU willst die Kinder versorgen?«

»Hallo? Aber klar! Das ist doch ein Klacks, die sind doch so süß, die Anne und der Juri! Und dann kann ich mir sozusagen meinen Aufenthalt verdienen«, zwinkerte sie mir verschwörerisch zu. Oh mein Gott. Aber da pingte eine neue SMS: *»Kommst du? Abstand 5 Minuten!!!«*

Es war eine aufreibende Geburt. Mit Notkaiserschnitt nach quälenden neun Stunden.

Aber das Baby war wohlauf, und der Mutter ging es den Umständen entsprechend auch gut. Alles okay.

Als ich über die Wiese unseres Vorgartens ging, sah ich, dass sich wohl ein Hund auf den Rasen erbrochen haben musste. Drecksviecher! Aber darum würde ich mich später kümmern.

Ich schloss die Tür auf. Es war totenstill im Haus. Im Eingang standen Sannes und Luis' Kindergartentaschen. Sie müssten doch längst weg sein! Als ich das Wohnzimmer betrat, schlug mir ein ekelerregender Geruch entgegen. Wie … Erbrochenes. Und als ich um das Sofa herumtrat, sah ich, dass es das tatsächlich war. Was zum …! Über den gesamten Teppich, den Sessel und das Sofa zog sich eine verschmierte Spur halbverdauten Essens. Ich jagte die Treppen hoch in die Kinderzimmer. Beide leer! Ich riss die Tür zum Gästezimmer auf. Babette lag im Bett und öffnete verschlafen die Augen. Noch bevor sie etwas sagen konnte, brüllte ich sie an: »WO SIND MEINE KINDER?«

Babette sah sich um. »Na, hier nicht, wie ich sehe«, versuchte sie einen Scherz.

In diesem Moment klingelte es an der Haustür und bewahrte mich vor etwas, was ich eventuell später bereut hätte.

Davor stand meine Nachbarin. »Ich wollte nur sagen, dass Ihre Kinder bei mir sind. Ich habe sie gebadet und ins Bett gelegt. Der Arzt war da und hat der kleinen Sanne eine Elektrolytlösung und etwas gegen das Fieber verschrieben. Tapfer, wie der kleine Luis sich um seine Schwester gekümmert und sie in ihrem Zustand an seiner kleinen, verschmierten Hand zu mir geführt hat. Es muss furchtbar gewesen sein. Allein in dem Haus und dann noch so krank. Sie waren völlig verheult und haben gezittert. Luis sagte, er dachte, die Frau sei tot, weil er sie nicht aufwecken konnte.«

Ich atmete tief ein und sagte freundlich: »Würden Sie die Kinder bitte noch einen Moment behalten? Ich habe noch etwas ganz Wichtiges zu erledigen.«

Weil es spezielle Schwiegermutterrezepte gibt

»Meine Mutter kommt für eine Woche, Schatz. Ist das nicht toll?« Ich überlegte fieberhaft, ob es ginge, jetzt noch eine Herztransplantation vorzugaukeln, oder wenn es dazu vielleicht schon zu spät wäre, an einem angeschnittenen Bungeeseil vom Fernsehturm zu springen. Aber schnell wurde mir klar: Da musste ich durch. »Schwiegermutter kommt« war der Satz, der mir die Nackenhaare aufstellte. Und das will was heißen, die Haare waren da nämlich gut 15 Zentimeter lang.

Wie viel Zeit hatte ich noch? Einen Tag. Wie eine angestochene Sau rannte ich vom Dachboden in den Keller, von der Küche in die Garage und drapierte in Windeseile Giselas Stickbilder im ganzen Haus an den Wänden, legte ihre Strickkissen überall aus und holte das Hochzeitsgeschenkgeschirr aus einer muffigen Kiste, putzte es und platzierte es so in der Küche, als würden wir täglich davon essen. Ich wollte es nie benutzen, weil das Auge ja bekanntlich mitisst und ich nicht verhungern wollte.

Ich ritt auf dem Staubsauger wie auf einem Hexenbesen durch die ganze Wohnung, bezog ein Bett im Gästezimmer neben unserem Schlafzimmer und sammelte herumliegende Socken aus allen Ecken.

Dann kam GISELA. Als sie aus dem Auto gestiegen war, rückte sie die Mülltonnen vor unserem Haus in eine Reihe. Nicht, dass sie vorher nicht in einer Reihe gestanden hätten, aber Giselas Reihe war eben besser. Dann begrüßte sie ihren geliebten Sohn Boris mit einem Kuss auf den Mund. Bah! Mir schenkte sie widerwillig eine Umarmung und achtete dabei sorgsam darauf, sie nicht zu innig zu gestalten.

»Wo sind denn meine Süßen?«, richtete sie diese Frage an Boris. Ich antwortete für ihn, denn er hatte den Stundenplan der Kinder bestimmt nicht im Kopf: »Ich hole sie um halb zwei aus der Schule ab.«

»Das kommt gar nicht infrage, das kann ich doch machen«, drängte sich Gisela vor. Ich kniff Boris heimlich in die Seite.

Gisela betrat das Haus: »Hach, war die Fahrt anstrengend. Kann mir bitte jemand das Gepäck aus dem Wagen holen?« Dabei blickte sie mich an.

Ich bemerkte kaum hörbar: »Es sind doch nur knapp 100 Kilometer.«

»Und die können nicht anstrengend sein? Der Boris weiß doch, wie ungern ich Auto fahre, gell, Boris?«

»Ja, Mutter.«

»Wann soll ich denn die Kinder aus der Schule holen?«

Ich wiederholte geduldig: »Um halb zwei. Darf ich dir den Mantel abnehmen?«

»Und wo willst du den hinhängen? Da ist doch vor lauter Verhau gar kein Platz an der Garderobe.«

Als sie sich umsah, bemerkt sie: »Habt ihr gar nicht mit mir gerechnet, weil hier noch nichts aufgeräumt ist? Bin ich zu früh? Mein Gott, Boris, wie du aussiehst! So mager und müde. Kümmert sich denn niemand um dich? Du arbeitest zu viel. Hast du denn keine Unterstützung zu Hause?«

»Soll ich dir eine Tasse Kaffee machen?«, bot ich ihr höflich an, während ich den Kloß im Hals einfach hinunterschluckte.

»Ja, gern. Ich helfe dir.« Gisela folgte mir in die Küche.

»Ach herrje, wo sind denn die Tassen? Da sind sie ja. Die sind aber nicht sehr effektiv eingeräumt. Du solltest sie weiter unten hinstellen, damit die Kinder besser rankommen.«

»Aber dann geht so viel zu Bruch«, rechtfertigte ich mich.

»Du traust ihnen zu wenig zu.«

»Nein. Aber ich kenne meine Kinder.«

»Und die Bretter würde ich dahin räumen und die Backsachen zu den Backsachen und das dahin, und dies hier käme dann darüber, so ist es viel effektiver, und man findet die Sachen auch leichter.«

»Na gut, du kannst die Tassen runterräumen, wenn du unbedingt willst«, gestand ich ihr zu. »Wir holen dein Gepäck und bringen es in dein Zimmer.«

Als ich wieder in die Küche kam, stand der Entsafter auf der Theke, das Waffeleisen war bereitgestellt und Gisela rührte Teig an.

»Wenn ich die Kinder abhole, kaufe ich gleich ein bisschen Obst ein, das fehlt hier im Haus. Kinder brauchen doch Vitamine.«

Mit einem letzten Aufbäumen entgegnete ich: »Die Obstschale ist leer, weil die Kinder heute Morgen Obstsalat zum Frühstück bekommen haben.«

»Na, da sollte aber schon längst wieder Nachschub da sein«, erwiderte Gisela lächelnd.

Mit ihrem Kaffee setzte sie sich an den Küchentisch und ließ ihren Blick schweifen. »Schön habt ihr's euch gemacht. Aber die Gardinen sind schon lange nicht mehr gewaschen worden. Machst du das nicht regelmäßig? Ich kann das für dich machen, wenn du das nicht kannst.«

Als Gisela mit den Kindern durch die Tür trat, hatten diese Schokoladenspuren um den Mund. »Gisela, hast du ihnen Schokolade gegeben? Wir essen doch gleich!«

»Ach, das bisschen macht doch nichts. Was kochst du denn?« Sie hielt ihre Nase schnuppernd in Richtung Küche. »Sind das Frikadellen? Das ist ja ganz schön fett. Meinst du nicht, die Kinder sollten etwas Gesünderes und weniger Kalorienhaltiges essen? …« Dann senkte sie ihre Stimme und raunte mir zu: »… vor allem Anna.«

Ich wischte Anna die Schokolade vom Mundwinkel und unterdrückte meine aufkeimende Wut.

Während des kurzen Essens – die Kinder waren ja schon satt nach Hause gekommen – wurde hier ein wenig über mangelnde Tischmanieren referiert, da ein wenig über Staub in den Ecken und alles mit mitleidigem Seitenblick zu mir.

Boris sagte nichts. Nicht während des Essens und nicht während des Abtragens und auch nicht, als Gisela die Kinder an die

Hand nahm und verkündete: »So, jetzt kauft die Oma euch mal was Anständiges zum Anziehen. So könnt ihr ja nicht rumlaufen, was sollen denn die Leute denken. Maja, du bekommst noch eine große Portion Pommes in der Stadt, damit du was auf die Rippen kriegst.«

»Aber sie haben heute ihre Kindergruppe – wie jeden Freitag. Heute wollen wir Pilze sammeln. Da freuen wir uns schon die ganze Woche drauf. Wir sind ja nur eineinhalb Stunden weg.«

»Aber ihr könnt das doch auch mal ausfallen lassen. Die Kinder müssen mal raus. Schau, wie sie sich freuen. Du gehst wohl nicht so oft mit ihnen raus?«

Ich schrie Boris mit meinem Blick an: »Töte sie!« Boris schwieg und überlegte, ob die Kinder vielleicht tatsächlich zu wenig rausgingen. Ich ging Pilze sammeln.

Am Abend brachte Gisela die Kinder ins Bett. Sie las ihnen eine lange Geschichte vor. Dann kam sie ins Wohnzimmer. Boris und ich sahen fern, das entspannte uns nach einem anstrengenden Tag. »Ich habe den Kindern was vorgelesen. Sie waren ja regelrecht ausgehungert nach Geschichten. Liest du ihnen denn nie was vor?«, richtete sie die Frage an mich.

»Doch, aber heute hast du das ja übernommen.«

»Ich habe nebenbei ein bisschen das Zimmer aufgeräumt. Anna ist ja ganz schön unordentlich. Woher sie das wohl hat? Gute Nacht und bis morgen früh.«

Als wir im Bett lagen, war Boris sehr verhalten. Ich kuschelte mich an ihn. Heute brauchte ich ein wenig mehr Überredungskunst als sonst, damit er mich liebte. »Aber wir müssen leise sein«, warf Boris einen verschwörerischen Blick zur Wand. Also waren wir leise. Das machte weitaus weniger Spaß, aber für dieses Mal musste es gehen. Als wir fertig waren, starrte Boris an die Decke.

»Ist was?«, fragte ich.

»Meinst du nicht, wir sollten ein wenig mehr Ordnung halten?«

»Wie bitte?«

»Na ja. Und die Kinder könnten auch wirklich mehr raus, glaube ich.«

»Wenn du jetzt noch sagst, dass Anna zu dick ist, dann schläfst du heute auf der Couch.«

»Guten Morgen, mein Schatz!«, trällerte Gisela Boris entgegen, als sie ihn am nächsten Morgen völlig zerknautscht auf dem Sofa vorfand. Wenig später kam ich ins Wohnzimmer. Gisela bedachte mich mit einem vorwurfsvollen Blick. »Ich habe schon mal Frühstück gemacht, und das Putzzeug steht auch schon bereit. Dann wird hier mal richtig sauber gemacht. Die Kinder schlafen ja ganz schön lang.«

Am Frühstückstisch saßen wir drei schweigend. Plötzlich seufzte Gisela und platzte heraus: »Also, so wie ich das sehe, hast du ihn nicht befriedigt, sonst hätte er ja nicht auf dem Sofa geschlafen. Mich wundert sowieso, wie ihr die Kinder machen konntet, so wie du beim Verkehr mit ihm umgehst. Da ist ja überhaupt keine Leidenschaft dahinter. Also, so hätte mein Günther auch keine Erektion bekommen ...«

»Möchtest du ein Omelett mit Pilzen? Keine Sorge, Boris hat gecheckt, ob sie alle okay sind.«

Boris blickte müde auf: »Hab ich?«

Kurz nach dem Verzehr des Omeletts begann Gisela, fasziniert die Raufasertapete zu fixieren. Sie faselte etwas von »Ameiseninvasion«, dann ließ sie sich auf den Teppich fallen, griff begeistert in den Flor und sagte immer nur: »Seht mal, seht mal!« Wir entdeckten nichts, aber fanden es höchst amüsant, sie so außer Kontrolle zu sehen. Gisela begann stark zu schwitzen. Plötzlich griff sie sich panisch in den Schritt, als müsste sie auf die Toilette. »Oh, es tut mir so leid, das wollte ich nicht. So was Dummes. Oh Gott, wie peinlich! Oh Gott, habe ich Durst! Ich habe so Durst!« Auf der Küchentheke stand ihr vorbereitetes Putzzeug. Sie schraubte den Verschluss des Putzmittels ab, und noch bevor Boris oder ich einschreiten konnten, setzte sie an und schüttete sich die grellgelbe Flüssigkeit den

Rachen hinunter. Es schäumte ein bisschen, als ich ihr Wasser zu trinken gab, und ich glaube, daran ist sie dann erstickt.

25. GRUND

Weil ein kranker Mann sowieso schon fast tot ist

Ein Mann, der keine Aufmerksamkeit bekommt, wird kreativ. Er legt sich, vermeintlich dem Tode geweiht, schon mal mit Wärmflasche und Fieberthermometer in den Sarg, sobald er in der Zeitung liest, dass eine Erkältungswelle im Nachbarland umgeht.

Kranke Männer leiden schrecklich. Beim ersten Kratzen im Hals lassen sie sich einen warmen Grog bringen. »Ich glaube, ich bekomme eine schwere Grippe«, ist die selbst gestellte Diagnose. Sofort legen sie sich mit einer Decke aufs Sofa. Nicht ins Bett, da würde ja niemand an ihrem Leid Anteil nehmen können. Sie winseln nach Hühnersuppe, lassen sich das gesamte Sortiment der nahe liegenden Apotheke in Griffweite drapieren, um dann vor der Einnahme der Medikamente zu kapitulieren, weil sie zu schwach sind, den kindersicheren Verschluss zu öffnen. Hat man sie dann nach dem dritten Anlauf dazu gebracht, sich ins Schlafzimmer zurückzuziehen, damit die Kinder den Heilungsprozess nicht durch ihr lautes Atmen stören, schicken sie erschöpfte, knappe SMS in die Küche, ob man ihnen auf die Toilette helfen könne, und wenig später, ob man ihnen eventuell ein kleines Gläschen Wasser bringen würde. Der gemeinsame Kontrollblick auf das Fieberthermometer, während das kühlende Tuch auf der Stirn gewechselt wird, zeigt 38,7 Grad. Kraftlos rechtfertigt sich der kranke Mann, dass er ja nie hohes Fieber habe oder dass vielleicht das Thermometer nicht funktioniere.

Mein Rat: den kranken Mann einfach liegen lassen und eine Woche das Zimmer nicht betreten. Der Rest erledigt sich von alleine.

Glauben Sie nicht, er läge nach dieser Zeit hinter dem Türschlitz, weil er unter Aufgebot seiner letzten Kräfte versucht hat aufzustehen, um sein Leben zu retten. Er wird in genau derselben Position liegen, wie Sie ihn zurückgelassen haben. Kranke Männer sind ohnehin der festen Meinung, dass sie sterben, deswegen unternehmen sie auch nichts, um diesen unvermeidlichen Gang des Schicksals abzuwenden. Lassen Sie ihn liegen, und wenn er daran stirbt, war er eh kein guter Kandidat für weitere Reproduktionen.

26. GRUND

Weil ratschlagende Mütter an ihren eigenen Windeln ersticken können

Mütter sind eine ganz eigene Spezies Mensch. Für manche ist das Kind ein Projekt, das in kleinen Etappen bestimmte Ziele erreichen muss, ohne natürlich dabei das Gesamtziel aus den Augen zu lassen. Das Gesamtziel wird auf einer Vorzeigeskala an bestimmten Aussagen anderer Mütter gemessen, und wenn das nicht erfolgt, wird einfach selber lautstark bilanziert:

»Also, meiner schlief mit drei Monaten schon durch.«

»Also, mein Kind war mit eineinhalb schon trocken.«

»Also, meiner konnte schon mit drei mit Messer und Gabel essen.«

»Also, meiner hatte nie Probleme in der Schule. Und ich wusste nicht einmal, was er aufhatte, weil er alles selbstständig gemacht hat.«

»Also, meiner räumt sein Zimmer einmal die Woche auf. Er mag das selber nicht, wenn es unordentlich ist.«

Diese Liste ist beliebig fortführbar.

Schmerzhaft, wenn man sich gerade den unverdauten Brei von der Bluse schnipst oder einen Kredit aufnehmen muss, um die Mathenachhilfe zu bezahlen. Aber darüber kann ich noch stoisch hinwegsehen. Was nicht geht, ist, einer ohnehin schon verunsicherten Erstmutter das Gefühl zu geben, sie sei eine schlechte Mutter und das Kind würde SO niemals das Gesamtziel erreichen.

Gute Ratschläge sind meist eingebettet in vorwurfsvolles Kopfschütteln – zum Beispiel, dass der Schnuller gefälligst JEDES Mal, wenn er auf den Boden gefallen ist, ausgekocht werden muss. Ratschlagende Mütter reden auch gerne bei einem Besuch ununterbrochen auf das schreiende Kind ein und wollen wissen, was es denn habe, ob es wohl Hunger habe oder müde sei. Dass dieses Kind vor Überreizung schreit und einfach nur sagen will: »Halt die Klappe und lass mich in Ruhe!«, ist nicht im Programm.

Diese Mütter sehen einen vorwurfsvoll an, wenn das ungeschickte, motorisch unterentwickelte Kind sich den Kopf an einem Tisch stößt. Den hätte man ja mal wegräumen können. Diese Mütter nehmen einen Softgummilöffel zum Füttern und setzen dem Kind eine Mütze auf, indem sie singen: »Sis is a hät … woht is sis? A hät!«

Neue Kleidung muss man immer erst mindestens ein Mal waschen, bevor das Kind sie tragen darf, auf dem Bobbycar braucht man Knieschoner, und Salzteig kann man auch mit Zucker zubereiten, das ist weniger schädlich, wenn mal was verschluckt wird.

Ich mag sie nicht, diese Mamis, die mir das Gefühl geben, ich mache alles falsch. Ich hasse suggestive »Wie kannst du nur«-Stiche, die mich mit feinstem Holzspielzeug aus dem Waldorfkindergarten in meiner Mutterseele verletzen, während ich verschämt die bunte Plastikmurmelbahn in die Ecke schiebe. Ich hasse diese Sofortwicklerinnen, die hysterisch beim ersten Pressgesicht des Babys mit einer frischen Windel wedeln und – sobald die Mimik des Kindes sich entspannt – egal, wo sie sich befinden, beginnen, in Seelenruhe zu wickeln. Und die vorwurfsvoll in Richtung meines Kindes die Nase rümpfen, um auszudrücken: »Willst du nicht auch mal wechseln?«, selbst wenn wir uns gerade auf dem Weg zum Bahngleis befinden, wo in fünf Minuten unser Zug abfährt.

Ich hasse Süßigkeitenpolizistinnen, die darauf bedacht sind, dem Kind nicht etwas so Todbringendes wie Gummibärchen vor dem dritten Lebensjahr zu verabreichen und stattdessen frohlockend mit der Biodinkelstange wedeln.

Oder die ihre Hände theatralisch über dem Kopf zusammenschlagen, mit schreckgeweiteten Augen auf die Schuhe meines Kindes starren und ausrufen: »Was, deiner trägt schon Schuhe??? Das ist doch voll gefährlich für die Fußausbildung und verhindert die Entwicklung des Gehirns aufgrund fehlender Fußreflexzonenmassage!!!«

Und weil unsere Carrerabahn pädagogisch total verwerflich ist, da die Autos keinen Allradantrieb haben und schneller aus der Kurve fliegen und das Kind deshalb äußerst frustriert sei, gab es eines Tages diese hässliche Sauerei mit der Windel, die – gut befüllt auf Mund und Nase gedrückt – die Sauerstoffzufuhr der Dame auf null reduzierte und ihr baldiges Ableben hätte garantierten können, wenn da nicht meine moralische Wertevorstellung von Familie einen Riegel vorgeschoben und mich zum Innehalten gezwungen hätte. Schließlich hätte ich damit eine Halbwaise produziert und dann … obwohl … Ach, egal: Immer drauf mit der Windel und schön feste drücken …

27. GRUND

Weil eine Scheidung während des Verkehrs effektiver ist als jede andere Methode

Der Beifahrerplatz ist der gefährlichste Platz im ganzen Auto … Wenn »er« einsteigt, dann geht das folgendermaßen: Krankenversicherungskarte einstecken, einsteigen, sich anschnallen, die rechte Hand betont lässig auf den linken Oberschenkel ablegen, linke

Hand auf der Handbremse, noch mal kurz die Position auflösen, um den Gurt erneut strammzuziehen.

Sollte sich der Pkw in einer Parklücke befinden, wird Herr Testosteron höflich anbieten, ob er nicht ausparken solle. Gut, wir Frauen fahren möglicherweise ein wenig bedachter, aber von A nach B kommen wir meist unfallfrei und zügig. Also können wir sowohl aus- als auch einparken. Dauert vielleicht länger, aber passt am Ende doch.

Dann beginnt die Fahrstunde, völlig kostenfrei:

»Rückspiegel sind übrigens nicht nur zum Schminken da.«

»Fahr nicht so schnell.«

»Fahr nicht so langsam. Die hinter uns werden schon nervös.«

»Du kannst überholen, der einzige Gegenverkehr ist gerade in Helsinki losgefahren.«

»Da ist ein Schlagloch.«

»Das andere links.«

»Soll ich fahren?«

Gerne bremst Mann auch im eigenen Fußraum mit, greift in jeder Kurve an den Griff über dem Fenster. Besonders wenn wir unser Baby auf dem Beifahrersitz in einer Babyschale transportieren, achten wir peinlich darauf, uns nicht von dem Geschrei irritieren zu lassen. Dem Baby stopft man einfach den Schnuller in den Mund. Aber haben wir immer eine Flasche Bier für den Mann dabei?

»Also, wenn das Baby dabei ist, fährst du aber nicht so, oder?«

»Wie denn?«

»Na, so.«

Ich fahre nicht SO, ich fahre immer umsichtig und vorsichtig, wenn ich das Liebste, was ich besitze, dabeihabe.

»Hast du denn auch immer den Airbag aus, wenn du die Maus hier umgedreht auf den Beifahrersitz schnallst?«

»Natürlich.«

Wie auch immer sich eine Konversation innerhalb eines Pkws zwischen Mann und Frau gestaltet, sie beginnt auf jeden Fall meistens mit »Du hast aber gesehen, dass …?«, zieht sich dann einspurig über die ganze Fahrt hin und wird angereichert mit leichtem Hinüberbeugen, um gespielt unauffällig und gleichzeitig demonstrativ auf den Tacho zu schauen.

»Fahr mal nicht so untertourig.«

»Das Auto hat fünf Gänge, die man übrigens auch benutzen kann.«

»Schalt nicht so früh hoch.«

»Setz den Blinker früher.«

»Schau mal, das ist der Knopf fürs Fernlicht. Kann man benutzen.«

Auch die Ampel bietet eine Fülle an Kommunikationsstoff:

»Du kannst ruhig früher bremsen, das schadet nicht.«

»Musst du schon in Frankfurt anfangen zu bremsen?«

»Du musst nicht mit eingelegtem Gang an der Ampel stehen.«

»Gelb … Gang einlegen.«

»Es ist grün.«

»Hast du den Airbag wieder eingeschaltet?«

»Ja.«

»Schließlich fährst DU ja wieder.«

»Keine Sorge, Schatz.«

Wenn wir die Männer nicht dabeihätten, wüssten wir gar nicht, wie wir den komplexen Vorgang des Überholens alleine bewerkstelligen sollten: »Warte noch, fahr nicht so dicht auf, jetzt kannst du, Blinker setzen, fahr rüber, mach schon, gib Gas, sonst schaffst du's nicht. Siehst du den Lkw nicht? Los, gib Gas und dann einscheren. GIB GAS!« …

Tja, und manchmal vergisst man dann doch, den Beifahrerairbag vor Antritt der Fahrt einzuschalten. Ups.

4. KAPITEL

MORDE AUS REIN HYGIENISCHEN BZW. OLFAKTORISCHEN GRÜNDEN

28. GRUND

Weil Toilettenverschmutzer tief in der Scheiße sitzen

Ist Ihnen das auch schon mal passiert? Haben Sie auch schon mal bis zum Hals in der Scheiße gesessen? Oder sich plötzlich in fremden Exkrementen wiedergefunden? Nicht? Dann gehören Sie wahrscheinlich zu den Glücklichen, die noch nie eine öffentliche Toilette aufsuchen mussten.

Jede öffentliche Toilette kann betroffen sein. Jede, die von fremden Menschen besucht wird, die sich ihrer Notdurft entledigen wollen. Sie können der Konfrontation nicht ausweichen. Am Flughafen, im Zug, an der Autobahnraststätte. Ich möchte Ihnen nicht unnötig Herpes an die Lippe tackern, deshalb bitte ich Sie, einfach weiterzublättern, wenn Sie es nicht ertragen, meine Ausführungen über Oktoberfest- oder Fußballstadiontoiletten zu lesen. Glauben Sie mir, es fällt mir selber schwer, darüber zu schreiben, aber ich spüre einen inneren Drang dazu.

Öffentliche Toiletten sind für manche per se schon ein Graus. Einige Kinder bekommen in einer bestimmten Phase ihrer Entwicklung eine natürliche Abneigung gegen Schulklos. Sie entlasten sich lieber zu Hause. Warum wohl? Kinderpsychologen meinen, es wäre darauf zurückzuführen, dass Kinder während dieser Phase gewisse Dinge lieber alleine und in vertrautem, geschütztem Rahmen machen. Ich aber – so wie auch das Reinigungspersonal an Schulen – kenne den wahren Grund: Es stinkt auf Schulklos. Es stinkt von danebengepissten Pfützen und nicht abgezogenen, verstopften Toiletten.

Aber manchmal geht es einfach nicht anders, und es gibt keine andere Möglichkeit, sich zu erleichtern, als sich an die Orte zu begeben, wo viele Hunderte am Tag ebenfalls hingehen, um ein paar Minuten Ruhe zu haben und ein paar Gramm leichter wieder herauszukommen. Wenn es denn ein paar Gramm WÄREN …

Ich weiß nicht, welche öffentlichen Toiletten die würgereizvollsten sind. Sind es die Zugtoiletten, bei denen man schon als Kind panische Angst hatte, hineingesaugt zu werden? Später als Erwachsener hat man Angst, von dem Gestank das Bewusstsein zu verlieren. Aber eigentlich geht das noch. Ich musste einmal in einem überfüllten Ersatzzug für zwei Stunden in der Zugtoilette Quartier beziehen, weil nirgendwo sonst Platz war und sich die Fahrgäste auf den Gängen wie Sardinen in der Büchse kuschelten. Da ich die Tür offen ließ, kam ich mit leichten bewusstseinsverändernden Halluzinationen davon. Ich fand's irgendwann nur noch lustig und kicherte, während sich die Dämpfe unerbittlich in mein Gehirn fraßen.

Oktoberfesttoiletten sind das Widerlichste, Abartigste und Ekelerregendste, was es gibt. Als ich sie gegen 21 Uhr aufsuchen musste, schob sich ein Mann vom Reinigungspersonal an mir vorbei, und ich glaubte, unter dem Tuch über seinem Eimer eine Haxe mit mindestens drei Maß Bier in bereits angedautem Zustand erkannt zu haben. In einer offenen WC-Tür stand ein junges Mädchen im Dirndl, das einem anderen Dirndl, das sich über die Schüssel beugte, über den Kopf strich: »Geht's?«

Der Putzmann kam gerade mit sauberem Eimer zurück, sah die Bescherung und grunzte in stoischer Gelassenheit, gepaart mit einer Prise Resignation: »Ah naaa, net scho wieda.«

Auf Raststättentoiletten an der Autobahn passieren die unglaublichsten Dinge. Oft funktionieren die alleinstehenden Häuschen nicht, da kann man ja auch mal daneben machen. Die Reinigung in diesen gefliesten Räumen ist relativ einfach. Hochdruckreiniger, ein bisschen Chemie, und die Sache läuft. Das funktioniert übrigens auch bei den Verursachern. Man muss die Düse des Hochdruckreinigers aber relativ weit in den After des Schmutzfinks einführen und dann auf »höchste Stufe« stellen. Jaaa!

Es ist gar nicht so lange her, da musste ich dem schrecklichen Druck am Flughafen nachgeben. Und zwar so schnell wie möglich, denn da ich schon sehr lange in meinem eigenen Körper lebe, war ich mir sicher, dass dieser Druck keinen weiteren Aufschub vertrug. »Letzter dringender Aufruf für den Flug blabla nach München, bitte begeben Sie sich umgehend zu Gate 60.« Also, schnell, schnell. Als ich den Toilettenvorraum betrat, erkannte mein geschultes Auge schon von Weitem, dass nur eine der drei Kabinen frei war. Ich stürzte hinein, zog die Hose herunter, öffnete den Deckel – und gerade als ich mich hinsetzen wollte, grinsten mich mindestens eine Portion Stuhlgang inklusive einem dicken Knäuel Klopapier von einer Vorbenutzerin an. Reflexartig zog ich die Spülung. Aber anstelle der rauschenden Erlösung quälte sich ein dünnes Rinnsal am Toilettenschüsselrand entlang. Ich spürte, wie sich mein Innerstes nach außen schob. »Ach, scheiß drauf!«

Als ich unendlich erleichtert die Toilettentür öffnete, blickte ich in das Gesicht einer Putzfrau. Sie hielt einen Hochdruckreiniger mit festem Griff umklammert. Ein kurzes Mustern der Schüsselsituation hinter mir ließ sie die Zähne fletschen, und die Schlagader an ihrem Hals begann sich zu füllen und wild zu pochen.

29. GRUND

Weil abgeschlagene Hände schon mal zwischen Obst liegen können

Das Leben ist voller Gefahren. Vor allem im Supermarkt. Wer hätte das gedacht? Ich fahre singend in meinem Auto die Straße entlang, die zu dem Supermarktparkplatz führt. Heute ist großer Wocheneinkauf. Das ist immer besonders schön, denn es bedeutet, dass die Familie die nächsten drei Tage auf jeden Fall knackiges, frisches Obst und Gemüse zur Verfügung hat. Und wer will eine gute Mutter und Ehefrau sein? ICH will eine gute Mutter und Ehefrau sein. Ich habe den Kindern beigebracht, »Bitte« und »Danke« zu sagen und sich vor dem Essen die Hände zu waschen. Und seit jeher steht gesunde Ernährung ganz oben in der Wertetabelle. So weit oben es eben geht.

Als ich mein Auto in die Einfahrt auf den Parkplatz lenke, zieht plötzlich eine Gestalt im Schatten des großen Gebäudes meine Aufmerksamkeit auf sich. Der steht da mit dem Gesicht Richtung Hauswand, so als würde er gerade ... Bah! Als er »abschüttelt«, gibt es keinen Zweifel mehr. Ein Freipinkler! Ich konnte nicht wegsehen. Wie bei einem Unfall. Und ich habe »ihn« sogar kurz gesehen. Notiz an mich: NIE mehr hinsehen, wenn irgendwo etwas abgeschüttelt wird!

Kopfschüttelnd parke ich mein Auto, hole einen Einkaufswagen und betrete den Supermarkt. Da lacht mir auch schon das frische Obst entgegen. Ich greife nach dem ersten saftigen Apfel, um ihn in eine Tüte zu packen, als ich eine Hand in der Apfelablage bemerke. Eine Hand, die zu diesem Zeitpunkt noch an einem Arm und dieser Arm an einem Mann hängt. An einem Mann, an dem ein »Ding« hängt, das ich unglücklicherweise gesehen habe, weil er es vor meinen Augen abgeschüttelt und wieder in die Hose gepackt hat. Ich zucke mit der Hand zurück. Aus den Augenwinkeln beobachte ich ihn weiter. Er rückt mit seiner rechten Hand etwas im Schritt zurecht und schüttelt sein Bein. Dann greift er in die Erdbeeren, betrachtet jede einzeln, riecht daran und legt sie wieder in das Schälchen zurück. Danach prüft er in gleicher Weise die Aprikosen. Gerade als er nach den Kiwis fassen will, springe ich todesmutig vor ihn, reiche ihm die Hand: »Guten Tag, wir haben uns aber schon lange nicht mehr gesehen ...«, ziehe die Hand über den scharfen Tütenabreißer und lasse sie mit einem gezielten Schwung auf den Trenner sausen. Jetzt kann er mal üben, freihändig abzuschütteln.

30. GRUND

Weil sich Saunaöfen für Kannibalen-Barbecue eignen

Saunieren ist ja so gesund. Es regt das Immunsystem an, und der Körper wird entschlackt. Nach einem Besuch in der Sauna fühlt man sich wie neu geboren. Könnte man meinen.

Wenn da nicht die fiesen Antik-Adonisse mit Langhaarfrisur vom Rücken bis zum Steißbein wären, die geradewegs an den Duschen vorbei in die Kabine schlüpfen, sich breitbeinig auf ihr Handtuch legen und den spärlich behaarten, feuchten Kopf auf das unbehandtuchte, saugfähige Holzkopfteil sinken lassen.

Aber egal. Das sollte mich nicht davon abhalten: Endlich mal wieder Sauna! Ich liebe Sauna. Man fühlt sich danach so herrlich entspannt. So sauber von innen, so relaxt, so rein.

In einer Sauna kann man sich schon am Einlass in der Schlange bei der freundlichen Handtuchverteilerin die Frage stellen: »Wer ist heute Opfer? Die übergewichtige, großbusige Dame mit Goldschmuck? Die ganzkörpertätowierte Rockerbraut? Der langhaarige, Knoblauch ausdünstende Brillenträger? Oder vielleicht sogar ICH?«

Als ich die heiligen Hallen für die porentiefe Entspannung betrat, stellte ich fest, dass viele andere ebenfalls auf die Idee gekommen waren, sich heute einen Wellnesstag zu gönnen. Während ich meine Tasche in das letzte freie Fach ganz oben im braunen Regal schob, scannte ich die Gäste. Nett. Das Interessante ist: Keiner guckt, wenn alle nackt sind, aber alle gucken. So auch ich. Leider. Hätte ich mal nicht geguckt!

Hinter mir schnaufte etwas. Ein älterer Herr schälte sich abgewandt aus seinem Bademantel und gab mir den Blick auf seine dezente Körperbehaarung am Rücken frei. Warum schnauft man beim Ausziehen seines Bademantels? Ich mag kein Schnaufen. Er sah mich an, nickte mir grüßend zu und nahm sein Handtuch aus dem Regalfach. Dabei spürte ich seinen Blick EINDEUTIG auf meinem Körper.

Ich wickelte mein Handtuch enger um mich und tippelte zu den Duschen. Die Gemeinschaftsduschen vor dem 90 Grad heißen Raum waren leer. Ich war endlich alleine. In einer Sauna ist alles sehr locker, und alle sind freundlich und höflich zueinander. Fast ein bisschen ZU höflich, das soll wohl andere in Sicherheit wiegen oder Selbstbewusstsein demonstrieren.

Als ich den Raum betrat, hüllte mich die wohlige, trockene Hitze ein. In der Mitte der großen Sauna war ein Ofen in der Größe eines Tisches. Dekorativ wurde er von beleuchteten Kristallen umrahmt. Schön. Ich suchte mir gesenkten Blickes – ich gehöre zu den Saunagästen, die NICHT jeden grüßen – den Platz auf dem mittleren Niveau, da konnte ich mich hinlegen. Auf dem Rücken liegend genoss ich, wie sich meine Muskulatur zunehmend entspannte. Herrlich. Als die laut quakenden Weiber endlich mal die Luft anhielten, kehrte Stille ein. Außer einem Schnaufen, das mir seltsam bekannt vorkam. Er war vor mir in die Sauna gegangen. Wie? Ich hatte ihn bei den Duschen gar nicht gesehen! Wääáh!

Ich setzte mich auf. Als ich zu ihm blickte, bemerkte ich, wie er schnell wegsah und sich den Schweiß vom Oberschenkel wischte. Wääáh!

Ich verließ die Sauna, darauf achtend, dass mein Handtuch mich gut verhüllte. Toll, genauso stellt man sich einen entspannten Saunagang vor!

Kalte Dusche. Schnaufer kam ebenfalls aus der Sauna. Ach was, ich war eh schon fertig mit dem Abduschen und wollte ihm Platz machen. Aber das war nicht nötig. Er sprang direkt ins Eisbecken. Wääáh!

Im Ruheraum suchte ich dann Stille. Er auch. Er fand sie. Und schnarchte dabei. Laut.

Falls Sie meinen ständigen Begleiter im Laufe der Geschichte lieb gewonnen haben sollten, dann müssen Sie jetzt ganz stark sein:

Denn Sie werden nie, nie wieder etwas von ihm hören. Es war erschreckend einfach gewesen. Erstaunlicherweise schrie er nur ganz kurz, was aber wohl daran lag, dass ich ihm das Gesicht in die glühenden Steine des frisch aufgegossenen Saunaofens gedrückt hatte. Ein bisschen duftete es nach Barbecue, wenn da nicht der Gestank von verbrannten Rückenhaaren gewesen wäre … Wäääh!

31. GRUND

Weil Kotze definitiv nie mehr aus den Polstern geht

Ich war auch mal jung. Irgendwann. Und ich habe auch gesoffen. Mal mehr und mal noch mehr. Aber ich konnte immer noch stehen, egal wie betrunken ich war. Zumindest, soweit ich mich erinnern kann.

Heute muss ich nicht mehr trinken. Ich bin gern mal der Fahrer. Macht mir nix aus. Pft. Sollen doch die anderen lachen, trinken, Spaß haben, sich amüsieren, am nächsten Tag und die darauffolgenden Jahre immer und immer wieder von diesem lustigen Abend erzählen und mit den Worten enden: »Ich weiß gar nicht mehr, wie ich nach Hause gekommen bin.«

Kann ich ihnen sagen: mit mir.

Sie lassen sich ins Auto tragen, und ich hoffe, dass sie den kurzen Weg nach Hause schaffen, ohne sich in meinem Auto zu erleichtern. Warum mache ich das bloß? Weil ich zu nett bin.

Ein einziges Mal hat mir jemand ins Auto gekotzt. Ein Mal. Dann nie wieder. Denn seitdem habe ich für solche Fahrten immer ein Stück sehr stark haftendes Klebeband im Handschuhfach, das ich dem lallenden Ethanolfass fest über den Mund klebe, damit sein Erbrochenes maximal ihn selbst beglückt, indem er es entweder wieder runterschluckt oder es sich andere Wege sucht, zum Beispiel in die Luftröhre. Eine Leiche bekommt man aus dem Auto raus, den Geruch von Kotze nie mehr.

32. GRUND

Weil Mietnomaden Exkremente lieben

Es stinkt nach Kot, Urin und Verwesung, Männer in blauen Ganzkörperplastikanzügen, mit Handschuhen und Mundschutz schieben mit großen Besen Berge von Müll vor sich her durch den Flur. Routiniert packen sie alles, was sie anfassen können, in stabile Müllsäcke. Fassungslos klammert sich Frau Pohl an ihren Mann. Er muss sie stützen. Alles, was ihnen von ihrer privaten Altersvorsorge geblieben ist, ist ein einziger Haufen Dreck. Das große Bad, das sie vor zwei Jahren so nett hergerichtet hatten, ist nicht wiederzuerkennen. Auf dem Boden liegt zwischen alten Zeitschriften, Tüten, dreckigen Unterhosen und Konservendosen das zerbrochene Waschbecken, die Toilette ist eine Kloake. In der Küche können die fleißigen Männer des Entsorgungsunternehmens nur für eine kurze Verweildauer arbeiten, aus die Gesundheit gefährdenden Gründen. Das Tier, das unter dem Spülschrank verwest, könnte eine Ratte oder ein Siebenschläfer gewesen sein, und die faustgroßen Pilzkörper, die in einer der Ecken wachsen, müssen sich nicht mit dem Schimmel über das reichhaltige Angebot an vergammelter Nahrung streiten.

Der Mieter war doch bei der Vertragsunterzeichnung so nett! So adrett, eloquent und höflich. Der Arbeitsvertrag als IT-Ingenieur wies auf ein gutes Einkommen mit fester Stelle hin. Die Infos über die Selbstauskunft, die er lächelnd zur Verfügung gestellt hat, waren zufriedenstellend und vertrauenswürdig, und sogar die Bonitätsauskunft gab keinen Hinweis darauf, dass er ein widerwärtiger

Parasit der Gesellschaft sein könnte. Herr und Frau Pohl stießen sogar noch mit einem Gläschen Sekt mit dem netten neuen Mieter an.

Die Monate zogen ins Land. Herr Pohl hatte Herrn Abschaum regelmäßig erfolglos auf die fällige Miete sowie auf die noch nicht gezahlte Kaution hingewiesen. Nichts. Keine Miete, keine Kaution, nicht einmal ein Kontakt kam zustande.

Der rüstige Rentner wusste sich aber zu helfen: Er strebte eine Räumungsklage mit der Hoffnung auf einen vollstreckungsfähigen Titel an.

Guten Mutes öffnete Herr Pohl einige Tage später den Brief seines Anwalts. Jetzt würde alles ein Ende haben. Die möglichen Renovierungskosten würden sie von ihrem Ersparten stemmen können, das hatte er schon durchgerechnet. Herr Pohl war einer dieser Gutmenschen, die keiner Fliege etwas zuleide tun können und an allem immer noch etwas Positives finden. Er riss den Brief auf und las ihn ... »lange Prozessdauer ... Klageerwiderungsfrist ... Räumungsfrist bis zu einem Jahr ... weitere Schäden entstehen ... ca. 20.000 € ...«

Der Emsigste des Entmüllungsteams ruft plötzlich laut aus der ehemaligen Gästetoilette: »Ach, du Scheiße!«

Sein Kollege schließt einen Müllsack und folgt dem Schreckensruf. Frau Pohl, immer noch am schützenden Arm ihres Mannes, reckt ihren Hals, um zu sehen, was da wohl los sei.

»Das ist nichts für Sie, gute Frau«, versperrt ihr der Müllmann den Blick.

In der Toilette steckt kopfüber ein menschlicher Kadaver. Er war mit Klebeband an der Schüssel festgebunden worden, und irgendein schwerer Gegenstand hatte ihn dazu gezwungen, an seinen eigenen Exkrementen zu ersticken. Zwischen seinen Beinen sah man den durch Todesangst verursachten Verlust der Kontrolle seines Schließmuskels.

Herr Pohl hält seine Frau im Arm und lächelt verträumt.

33. GRUND

Weil Gonokokken eine Luxusdusche verdienen

Sex verbindet auf eine animalische, für die Evolution notwendige Weise miteinander. Beim Orgasmus werden Hormone ausgeschüttet, die eine tiefere Bindung zum Sexualpartner gewährleisten, infolgedessen den Fortbestand der Art und im weiteren Verlauf auch die Versorgung der Nachkommen sichern. Sex ist also gut.

Weil das anscheinend viele wissen, üben sie den Geschlechtsakt aus, wo immer sich ihnen nur die Gelegenheit bietet. Da sind manche gar nicht wählerisch. Und wenn beim Üben auf nützliche Latexaccessoires verzichtet wird, freuen sich auch die süßen kleinen Chlamydien, Feigwarzen, Pilze und Gonokokken. Diese können sich endlich einen neuen Wirt suchen, sich vermehren und für Schmerzen, stinkenden Ausfluss und schlimmstenfalls Unfruchtbarkeit des Gastgebers sorgen.

Manche der hinterhältigen Biester bemerkt der Infizierte erst, wenn sie sich schon eine Weile getummelt und Großfamilien gebildet haben. Andere bemerkt er zwar, wischt sich aber den klebrigen Eiter ab, rückt sich die Hose zurecht und versucht, das Jucken und Brennen durch Reibung in einer eben kennengelernten Vagina zu mildern.

So auch Mike Notgeil. Er steuerte zielstrebig auf die einsame Dame an der Bar zu, kratzte sich im Schritt und setzte sich auf den Hocker neben ihr. Weil er ein leckerer Geselle war, hatte die Dame bald angebissen, und sie verschwanden gemeinsam in der Dunkelheit der Nacht.

Bei ihr zu Hause ging er ins Bad, wischte sich den Eitertropfen vom Penis und freute sich, dass der kleine Mike so schön empfindlich war und deswegen bei Berührung einer weiblichen Hand schnell seine Idealgröße erreicht haben würde. Zur Freude der Dame, davon war er überzeugt.

Wissentlich seine infektiösen Geschlechtsorgane an jemandem zu reiben, Schleimhäute miteinander schmusen zu lassen, das ist unterste Schublade und verdient tiefste Verachtung. Eine Therapie für solche Zeitgenossen wäre beispielsweise, ihnen einen scharfen Reiniger mithilfe einer Gartenspritze rektal einzuführen, pumpend den Druck zu erhöhen und sie minutenlang einmal komplett durchzuspülen, damit sie wieder sauber sind …

34. GRUND

Weil Bazillenschleuderer an sich selber verrecken sollen

Die nasskalte Jahreszeit. Überheizte Räume, in denen Viren, eingemantelt in niedliche Schleimtröpfchen, durch die Luft schweben und sich den leckersten Wirt aussuchen. Weihnachtsmärkte, auf denen man zusehen kann, wie hungrige, hochinfektiöse Lebewesen sich in der Wolke des ausgehusteten Atems in der Menge verteilen und sich in fremden Wimpern und auf unschuldigen Lippen festklammern, um sich rasant zu vermehren und die Menschheit auszurotten. Herrjemine, es hustet, rotzt und schleimt an jeder Ecke. Ich bin ja nicht hypochondrisch, aber mein Fläschchen Desinfektionsmittel habe ich immer in der Tasche. Für alle Fälle. Seit der Schweinevogelgrippe und seit Ehec bin ich sehr empfindlich. Und seit damals, als meine ganze Familie an der Influenza durch Viren Gattung A erkrankt war. Das war kein Spaß. Daran kann man sterben. Und so fühlte es sich damals auch an.

Influenza ist keine »Oh, ich glaub, ich hab die Grippe«-Infektion. Nein, sie ist das Schlimmste, was in den infektionsanfälligen Monaten ausgehustet werden kann. Plötzlicher Krankheitsbeginn mit hohem Fieber ist das prägnanteste Symptom. Und das Gefühl, demnächst in einen Sarg gebettet zu werden, zieht sich über Tage hin.

So was muss ich nicht noch mal haben. Und auch nichts anderes. Aber wie soll ich mich in dieser verseuchten Welt bewegen?

Glücklicherweise wissen die meisten Mitmenschen, dass sie ihre Bazillen verbreiten, wenn sie Körperflüssigkeiten ausscheiden, sei es im Sprühregen beim Niesen oder als kontaminierter Schleim an ihrer Hand.

Das Einkaufen stellt eine besonders große Herausforderung dar. Mutig greife ich, die Hand mit dem Jackenärmel umwickelt, den Griff des Einkaufswagens. Zügig navigiere ich durch die Gänge. Da beobachte ich, wie sich eine Frau an den Nudelsoßen zu schaffen macht. Ich greife nach der Verpackung, die sie noch nicht betatscht hat, und lege sie in den Wagen. Am Gemüsestand warte ich lauernd ab. Zwei Frauen unterhalten sich: »So ein Magen-Darm kann schon sehr unangenehm sein.« – »Ja, aber es ist schon besser«, antwortet die andere, legt den Apfel wieder in die Stiege zurück und wählt einen anderen. Ich entscheide: Heute gibt es für mich weder Obst noch Gemüse.

Als ich von Weitem mitbekomme, dass die Fleischfachverkäuferin von ihrer Chefin nach Hause geschickt wird, nachdem diese ihr den Handrücken an die Stirn gehalten hat, beschließe ich, dass es heute auch kein Fleisch geben wird.

Ich habe also nun eine Nudelsoße, kein Fleisch, kein Brot, kein Gemüse, die Milch werde ich zu Hause abwaschen und das Deo kommt in den Vaporisator. Noch schnell eine Zeitschrift eingepackt und ab zur Kasse. Nur raus hier!

Gleich habe ich es geschafft. Ich fahre an die einzige geöffnete Kasse, wo gerade die Kundin mit dem dicken Schal, der geröteten Nase und den tränenden Augen ein Taschentuch wegsteckt. »Ach, dieser verdammte Schnupfen …«, murmelt sie, wobei sie im Prospekt Seite für Seite durchblättert, nicht ohne vorher jedes Mal ihren Zeigefinger zu belecken.

Ich lege mit spitzen Fingern meine klägliche Ware auf das Band hinter ihren Multivitaminsaft. Sie dreht sich zu mir um, guckt kurz

HATSCHI
HATSCHI
HATSCHI

auf meine Zeitschrift und sagt freundlich: »Ach, die hatte ich mir vorhin auch angesehen, aber da steht ja nix Gescheites drin.«

Für solche Fälle bietet es sich an, immer ein Fläschchen Norovirus in der Tasche zu haben, das man dem rücksichtslosen Seuchenverbreiter als Gratisprobe offeriert. Den Supermarktbesuch kann man in aller Ruhe beenden, denn das Virus braucht ein paar Stunden, um sich im Darm einzukuscheln. Dieser reagiert mit einem fulminanten Brechdurchfall, der mindestens zwei Tage anhält. In dieser Zeit können Sie davon ausgehen, dass die infizierte Person die Öffentlichkeit nicht weiter belästigen wird, wegen schwallartigen Erbrechens, gepaart mit Durchfall, der eher als Durchfluss bezeichnet werden sollte. Dazu gesellen sich Bauchkrämpfe, Kopfschmerzen und vielleicht sogar Fieber. Sollte die Person nicht ausreichend Flüssigkeit zu sich nehmen, können Sie damit rechnen, in Zukunft von deren Anwesenheit auf dieser Erde verschont zu bleiben.

35. GRUND

Weil man beim Zugfahren einen Snack nicht ablehnen kann

Der Zug füllte sich. Das stellte für mich aber kein Problem dar. Ich hätte auch als Letzte einsteigen können, noch einmal auf die Toilette gehen, im Speisewagen einen Kaffee trinken, denn: ICH HATTE RESERVIERT!

Die paar Euro sind es immer wert, fand ich. Man muss dann nicht hinter der Masse hertippeln und immer mit dem Blick hysterisch rechts und links nach einem nicht leuchtenden Sitzplatzschildchen Ausschau halten. Mit Reservierung muss man nur in den richtigen Wagen einsteigen, sich hinsetzen, die Fahrt genießen und jovial den Fahrgästen ohne Reservierung, die vorbeiströmen, zunicken, während man sich gemütlich auf seinem reservierten Sitzplatz in die Polster lehnt. Der Platz neben mir war auch reserviert.

Ich wühlte in meiner Tasche nach einem Schokoriegel, fand aber nur ein Sandwich in einer Plastikdose. Komisch, das hatte ich gar nicht eingepackt. Darauf klebte ein Zettel mit kindlicher Schrift: »*Pausenbrot für Mama. Für den Notfall*«. Ach ja, ich erinnerte mich, dass ich diese Tasche auf der letzten Reise auch dabeihatte. Vor vier Wochen. Auf dem Sandwich war Mettwurst. Es lebte. Ich erinnerte mich an einen Artikel über Botulismus (Fleischvergiftung), in dem in schillernden Farben geschildert wurde, dass der Infizierte qualvoll an Lähmungen zuerst des Kopfbereiches, dann der inneren Organe und schlussendlich der Atem- und Herzmuskulatur verreckt. Und das innerhalb weniger Stunden. Schnell steckte ich das Sandwich wieder in die Dose zurück und verschloss sie fest, bis ich den nächsten Mülleimer erreichen würde.

Der Zug war übervoll, nirgends mehr ein Quadratzentimeter Platz. Aus dem Eltern-Kind-Abteil schrien die eingepferchten Minis nach Freiheit, weiter vorn stritten sich zwei Reisende mit dem Schaffner wegen eines doppelt belegten Sitzes, und neben mir nahm ein Mann seinen reservierten Platz ein. Während er sich hinsetzte, drängte sich eine Wolke Schweißgeruch, gepaart mit … irgendwas anderem, das nicht nach Veilchen duftete, in meinen frisch geduschten Dunstkreis.

Anscheinend hatte er meinen irritierten Blick bemerkt, denn er nickte mir freundlich zu. Oh nein, bitte nicht! Bitte kein »Bei einer Zugfahrt lernt man so viele nette Leute kennen«-Reisender. Schnell blätterte ich meine Zeitung auf und tat sehr vertieft. Dennoch bemerkte ich seinen verstohlenen Blick in meine Lektüre. Ich versuchte, mir meine Genervtheit nicht anmerken zu lassen, legte die Zeitung weg und nahm mein Buch zur Hand. Ein aufregendes Buch – ich war sehr auf das Ende gespannt. Doch auch jetzt spürte ich, wie sein Kopf sich unauffällig in meine Richtung neigte. Da ich aber fand, dass er kein Recht hatte, mir die Buchstaben aus meiner Lektüre zu klauen, klappte ich das Buch zu, ließ meinen Kopf an die Kopfstütze sinken und schloss die Augen. Sich schlafend oder tot stellen war immer noch die beste Lösung. Für alles.

Plötzlich begannen meine Augen zu tränen. Ein beißender Geruch stieg mir in die Nase. Ich schlug die Augen auf und sah mich um. Erst als ich den Blick nach unten richtete, bemerkte ich, dass er seine Schuhe ausgezogen hatte!

Dann hob er eine Pobacke, als ob er … Nein!

Sichtlich erleichtert warf er nun einen Blick auf das Buch auf meinem Schoß und sagte: »Tolles Buch! Am Ende hätte ich aber nicht erwartet, dass das Kind von ihrem Bruder ist.«

»Hunger?« Ich reichte ihm das Sandwich.

36. GRUND

Weil Hygieneverweigerer besser in der Kanalisation leben sollten

Wenn es stinkt, möchte ich die Gewissheit haben, dass ich es ändern kann. Wenn ich eine verschimmelte Orange im Netz finde, werfe ich sie in den Müll. Wenn ich auf die Toilette gehe, spüle ich es hinunter. Wenn ich verschwitzt bin, dusche ich.

Was aber, wenn der Grund des Gestanks nicht einfach die Toilette hinuntergespült werden kann? Was, wenn der Gülleherd ein Mensch ist? Wobei der Ausdruck »Mensch« für diese Individuen fast schon an Euphemismus grenzt.

Es gibt Kollegen, die sind sehr gepflegt und duften gut. Die lässt man gerne auch näher an sich herankommen. Beim Pläuschchen in der Kaffeeküche oder in der Kantine. Es ist ein wunderbares olfaktorisches Erlebnis, ihnen morgens zu begegnen.

Und dann gibt es Kollegen, so wie Herrn Manfred Odel, deren Erscheinen einem bereits übel aufstößt, wenn sie noch auf dem Parkplatz sind und man selbst bereits am Schreibtisch sitzt.

Wenn solche Stinker darauf angesprochen werden, reagieren sie meist ungehalten, wollen es nicht glauben oder sind eingeschnappt. Sollte er nun versuchen, Sie mit einem witzig gemeinten Konter von angelesenem Halbwissen wie »Wieso, König Ludwig XIV. stank doch auch« zu entwaffnen, schlagen Sie zurück: »Ja, und seine Maitresse schlug ihm vor, sich lieber der Religion zu widmen, anstatt sie weiter mit seinem stinkenden Fleisch zu belästigen.«

Bei Herrn Manfred Odel begann ich mit harmlosen Winken mit dem Zaunspfahl wie Deogeschenksets oder Parfümproben auf seinem Schreibtisch. Er meinte dazu, er sähe keinen Sinn darin, sich fremde Düfte aufzusprühen und damit seinen eigenen aufs Übelste zu verfälschen, das sei »so was von unnatürlich«. Und der Geruch von Duschgel würde außerdem ärgste Übelkeit in ihm erregen. Ich erzählte von tollen, synthetikfreien Baumwollhemden und davon, wie schädlich Polyesterkleidung sich auf die gesamte Gesundheit auswirken kann.

Leider erwies er sich als beratungsresistent, sodass mir nichts anderes übrig blieb, als an einem warmen Sommernachmittag einen »Harzer Roller« auf meinen Schreibtisch zu legen und den Ventilator so einzustellen, dass der sanfte Luftstrom genau auf den Stinker gerichtet war. Herr Odel freute sich über die Kühlung, fand es aber strategisch besser für das Raumklima und für uns alle, wenn der Luftstrom von hinter seinem Rücken käme, was übrigens auch seinen Füßen guttäte. Das war zu viel. Für uns alle.

Ich riss mich förmlich darum, ihn auf dem Weg zum Parkplatz zu begleiten. Dort wurde an der Kanalisation gearbeitet. Der Deckel stand offen, die Arbeiter machten Pause. Perfekt. Ich wartete, bis wir auf Höhe des offenen Kanalrohres waren, zog mein Parfüm aus der Tasche und besprühte mich nach Herzenslust. Von der hohen Konzentration an gutem Duft angewidert, trat Herr Odel erschrocken zur Seite. Es bedurfte nur noch eines korrigierenden Schubses, damit der kloakophile Geruchsknospenbelästiger das Gleichgewicht verlor und in den Schacht stürzte. Ich störte mich nicht daran, dass er beim Sturz mit dem Kopf am Rand aufschlug und mir das widerliche Knacken verriet, dass er bewusstlos unten aufschlagen würde. So war ich sicher, dass er nicht plötzlich zu schwimmen begann und wie eine Ratte an das rettende Ufer paddelte, sondern schön bis zur Kläranlage mitgezogen wurde, wo er durch die Sonderbehandlung von kotfressenden Bakterien und Chemikalien endlich mal ordentlich gereinigt werden würde.

37. GRUND

Weil Frischluftfanatiker gern draußen bleiben dürfen

Wenn Herr Neumann das Büro betritt, ziehen sich die Kolleginnen den Schal enger um das Dekolleté und schlüpfen in ihre bereitgestellten Lammfell-Hüttenstiefel. Für Herrn Neumann ist es irrelevant, welche Temperaturen sich gerade von außen gegen die Fensterscheibe pressen. Wenn ihm danach ist, springt er von seinem Schreibtisch hoch und reißt das Fenster auf. Ohne sich rückzuversichern, ob das für alle Anwesenden in Ordnung ist. Seit Herr Neumann in diesem Büro arbeitet, gibt es nicht ein Molekül schlechter Gerüche mehr. Die werden einfach schockgefrostet, fallen zu Boden und werden abends von der Putzfrau vom Boden aufgewischt.

Auch im Sommer kann ein geöffnetes Fenster äußerst unangenehm werden, wenn der Lärmpegel, verursacht durch das Leben vor dem Bürogebäude, mit Zunahme der Anzahl der wärmenden, die Menschen nach draußen lockenden Sonnenstrahlen ansteigt und man in einem Büro im ersten Stock arbeitet, wo man einen Blick auf die einzige Grünfläche der Stadt hat.

Wenn durch den Frischluftfanatiker im Winter der Kühlschrank der einzig warme Ort ist, oder wenn in den Sommermonaten der Kunde am Telefon wegen des Lärmpegels nachfragt, ob man sich gerade in Disneyworld befände, müssen Konsequenzen gezogen werden.

Man locke den notorischen Fensteraufreißer in ein Büro in den oberen Stockwerken. Dort lassen sich die Fenster oft nicht öffnen, weil sie gesichert sind. Das macht aber nichts. Vertrauen Sie seiner Psychose. Sie werden den Kollegen dort Platz nehmen und auf den Chef warten lassen. Die Heizung ist voll aufgedreht, und durch die Lüftung schiebt sich ein sorgsam vorbereiteter, leicht fauliger Duft von alten Socken, die vom schweißfüßigsten Mitarbeiter der ganzen Firma stammen. Das Fenster sollte in der Verankerung bereits gelockert sein, damit es leichtgängig wird. Der Kollege wird das Büro nicht verlassen, weil er ja auf den Chef warten soll. Er wird zum Fenster gehen und es zu öffnen versuchen. Diesen Moment werden Sie abpassen und leise das Zimmer betreten. Sobald er das Fenster versehentlich aus der Verankerung gelöst hat und verwundert in Händen hält, werden Sie mit einem kräftigen Ruck an dem Teppich ziehen, auf dem der vermeintliche Suizidant steht, und wenig später werden Sie mit allen anderen Kollegen in der Menge vor seinem Innereienbrei auf der Straße stehen und heuchlerisch ein Taschentuch zücken und beteuern: »Er war doch so ein Netter.«

38. GRUND

Weil Furzer einfach mal tief durchatmen müssen

Ich habe auch Blähungen. Ich bin ein Mensch wie jeder andere. Da bilden sich im Körper Gase, und die müssen raus. Aber doch bitte nicht immer und überall. Und ich will auch niemanden töten, der krankheitsbedingt Blähungen hat oder es aufgrund körperlicher Gebrechen nicht kontrollieren kann. Ein gepresster, entfleuchter Unfallpups ist auch noch gestattet. Sogar Winde, die dem Weibe während leidenschaftlichem, ekstatischem Sex entschlüpfen, sind irgendwie in Ordnung. Wenn ich Mordgedanken gegenüber Furzern hege, spreche ich von Absichtsfurzern, Rücksichtslosfurzern, Unbekümmertheitfurzern und »Meiner-stinkt-sowieso-nicht«-Flatulenzen, die vorrangig in folgenden Situationen blähen: Kino, Gottesdienst, Konferenzraum, Bus und Warteschlange.

Besonders die Halsschlagader anschwellen lassend sind Situationen, in denen man nicht fliehen kann: im Flugzeug, in der Bahn, im Wartebereich beim Arzt. Die oben genannten sind überall. Manchmal entlarven sie sich selbst durch verräterische, aber eindeutige Geräusche aus dem hinteren, unteren Bereich des Körpers. Meist aber geschieht der olfaktorische Mordanschlag eher leise und wird von uns Unschuldigen erst wahrgenommen, wenn es schon zu spät ist.

Profiüberallfurzer husten im richtigen Moment. Das hat nicht nur den Effekt, dass die anderen den geräuschvollen Luftabgang nicht hören, sondern dieser wird durch das kurzzeitige, ruckartige Kontrahieren des Körpers durch das Husten auch wesentlich einfacher und geschmeidiger gemacht.

Im Büro. Manche Chefs denken, sie haben ein Furzerprivileg. Da hört die Sekretärin im Nebenzimmer kurze Zeit nach der Mittagspause ziemlich deutlich, ob es heute bei Chefs leckere Hülsenfrüchte zum Lunch gab.

Im Zug oder Flugzeug gibt es kein Entrinnen. Da gibt es die Morgenfürze, die sogenannten »Vorfürze«, die den Stuhlgang ankündigen. Morgendliche fremde Flatulenz im geschlossenen Raum ertragen zu müssen gehört zu den grausamsten Prüfungen der Selbstbeherrschung. Nach dem Mittagsessen kann es ähnlich geruchsintensiv werden, und wenn man dann keinen Ortswechsel vornehmen kann, bleibt einem nur noch, die Lüftung aufzudrehen oder sich ein feuchtes Tuch vor Mund und Nase zu halten. Seien

Sie aber wachsam: Der, der als Erster die Lüftung aufdreht, ist meist der Verdächtigte.

Manche »Genussbläher« leiden unter einer für ihre Umwelt schrecklichen Verzerrung ihrer Eigenwahrnehmung. Sie denken, dass kleine Räume IMMER beduftet und markiert werden müssen. Kaum betreten sie einen Fahrstuhl, öffnen sie das Ventil ihres wohlgefüllten Gasreservoirs.

Diese Menschen furzen, wo auch immer sie sich befinden. Immer mit den geformten Worten auf den entspannten Lippen: »Alles muss raus, was keine Miete zahlt.«

Leider erledigt sich die Beendigung der Belästigung nicht immer so einfach wie einst bei einem Mann aus Sinai nach seinem bescheidenen Festmahl aus Bohnen, Kraut und Zwiebeln. Gesättigt hatte er sich in seinem winzigen Kämmerlein auf seiner Bodenschlafstätte zur Ruhe gelegt und war an seinen eigenen Methanfürzen erstickt. Tod durch Furzen.

Sollten Sie nachhelfen müssen, sich unserer Lebensqualitätsräuber zu entledigen, wenden Sie folgende simple Methode an: Führen Sie kleine Tiere wie Ratten, Fische (die haben gute Schlupfeigenschaften), Würmer oder Scampi in den Anus des Dauerblähers ein. Wichtig ist, dass Sie diesen nun fest verschließen. Sollte kein Nähzeug zur Hand sein, bedienen Sie sich eines gut sitzenden Korkens. Dann müssen Sie nur noch warten. Die Tiere werden im Darminneren verwesen, dabei Gase entwickeln und den Darm ausdehnen, bis er reißt, was einen septischen Schock zur Folge hat. Ausgefurzt.

5. KAPITEL

MORDE AUS REIN ZEITEFFIZIENTEN GRÜNDEN

Weil Badeanzugbojen Fleuropkappen tragen

Schwimmen ist gesund. Und macht fit. Baut Stress ab. Das wissen wir seit Langem. Schwimmen schont die Gelenke, man fühlt sich leicht und wird sauber. Auch in den Falten und Ritzen. Überall. Nur die Haare dürfen nicht nass werden. Warum eigentlich nicht? Weil das Chlor die Haare zerstört? Dann soll es bei manchen aber bitte auch bis zum Gehirn vordringen. Oder weil einem die nassen Haare an den Kopf frieren und man in dem zugigen Schwimmbadklima von konstant 32 Grad Celsius dem grausamen Erfrierungstod erliegt?

Oder wegen der Frisur? Aber, liebe Omis, diesen Zahn kann ich euch ziehen: Das Geld war der Friseur gar nicht wert, wenn ihr sowieso eine Badekappe, sponsored by Fleurop, drüberzieht.

Aber schwimmt ruhig eure Bahnen. Beziehungsweise lasst euch schweben und tragen, bis ihr durch den Sog der sportlich schwimmenden Beckenbenutzer an den anderen Rand gespült wurdet. Und redet laut, sonst bekommen die, die zügiger schwimmen, gar nicht mit, dass der neue Edeka eröffnet ist und der Park jetzt Hundekotsammelbehälter hat.

Lasst euch Zeit, genießt das Erlebnis »Schwimmbad«, reckt eure Köpfe bis zum hinteren Haaransatz empor, sodass ihr ausseht wie eine junge, langhalsige Nixe beim Wasserballett!

Aber regt euch um Himmels willen nicht auf, wenn ein Schwimmer auf der Nebenbahn für Sportler im Freistil an euch vorbeizieht und dabei 27 Wassermoleküle durch die Luft wirbelt. Regt euch nicht auf, wenn die Mutter schlechten Gewissens ihr Kind für zehn Minuten im Babybecken lässt, um nur mal rasch etwas für ihren ausgeleierten Hintern zu tun. Sonst fällt irgendwann mal versehentlich ein Starkstromkabel ins Becken, wenn 30 schnatternde Badeanzugbojen mit Blumenkappen und einem Gesamtalter von 2.935

Jahren sich wie nach Luft schnappende Kaulquappen am Beckenrand tummeln, in der Hoffnung, ein alter Frosch würde Erbarmen haben und sie vielleicht doch noch begatten.

Ein Smartphone hat nicht genug Volt und säuft nur ab – hab ich schon versucht. Sie mit Eigenurin vergiften und reinpinkeln hilft auch nicht viel, das fällt gar nicht auf, vermischt sich nur mit Omapipi. Also bleibt nur die gezielte Arschbombe vom Dreimeterbrett. Das ist ein wenig mühsam, denn nach der ersten geplatzten Badeanzugboje wird Sie der Bademeister zur Seite nehmen und »dududu« machen, während seine Kollegen die Gedärme aus dem Wasser ziehen, bevor diese den Filter verstopfen. Bleibt tatsächlich nur das elektrische Reinigungsgerät, das für einen Moment vom Personal unbeaufsichtigt am Beckenrand zurück gelassen wurde.

Es ist kein schöner Anblick, und damit sind längst nicht alle erledigt, aber es ist ein Anfang …

40. GRUND

Weil Taxiwegschnapper sich nicht zu weit aus dem Fenster lehnen sollten

Ich haste zum Taxistand und gebe dem Taxifahrer des einzigen Wagens dort zu verstehen, dass ich mit ihm fahren möchte. Er nickt mir über den Rückspiegel zu und entriegelt den Kofferraum, der in Erwartung meines Gepäcks sogleich aufspringt. Zum ersten Mal seit Beginn meines Jobs würde ich zu spät kommen. Ausgerechnet heute streikt mein Auto. Aber ich würde mir bald ein neues leisten können. Dazu muss ich lediglich die wundervolle Präsentation heute bravourös abliefern. Ich jongliere die große Mappe ungelenk zum Kofferraum und lege sie hinein. Das Zuschlagen der Autotür, das mir ans irritierte Ohr dringt, ignoriere ich in meiner Hektik.

Als ich mich voller Elan auf den Rücksitz werfe und dem Taxifahrer gerade mein Fahrtziel eröffnen möchte, sehe ich neben mir einen Mann sitzen. »Das ist MEIN Taxi«, keuche ich atemlos. Der andere blickt mich entgeistert an und antwortet bemüht witzig: »Ich sehe nirgendwo Ihren Namen.«

»Bitte steigen Sie aus, ich muss dringend nach Tempelhof! Es ist wirklich sehr eilig.«

Der Mann wendet sich in stoischer Ruhe an den Taxifahrer: »Bitte fahren Sie zur Messe, Haupteingang.«

»Nein, Sie verstehen nicht, guter Mann. Ich muss sofort nach Tempelhof! Ich habe in weniger als 25 Minuten eine wichtige Präsentation!«

»Nein, SIE verstehen nicht. Es ist Messe und kein Taxi weit und breit zu finden. Und wer saß zuerst im Taxi?« Dabei grinst er mich an, als würde ich dadurch meinen Anspruch aufgeben.

Der Taxifahrer hebt die Arme: »Liebe Leute, ich kann versuchen holen andere Taxi hierher, dauert nur vielleicht fünf oder zehn Minuten.«

Der Messemann winkt ab: »Ja, das können Sie machen, aber fahren Sie bitte schon mal los zur Messe. Da gibt es ein hervorragendes Frühstück, das will ich nicht verpassen.«

»Sie wollen Ihr Frühstück nicht verpassen???«, vergesse ich meine gute Erziehung.

»Ja.«

Der Taxifahrer dreht sich zu uns beiden um und lächelt freundlich: »Meine Herren, nix Streit jetzt. Entscheide ich, habe Mann mit Mappe gesehen zuerstens. Also fahre ich Mann nach Tempelhof. Bitte aussteigen Sie jetzt, mein Herr.«

Der Messemann wird puterrot im Gesicht und faucht, den ausgestreckten Zeigefinger wie eine spitze Waffe auf den Taxifahrer gerichtet: »Seien Sie froh, dass ich mich überhaupt von Ihnen fahren lasse! Normalerweise lasse ich mich nur von Deutschen fahren. Sie wollen doch nur nicht auf die lange Strecke nach Tempelhof verzichten. Meinen Sie, ich bin blöd, Sie Kümmeltürke? In Ihrer Heimat haben Sie nicht einmal einen Esel, und hier dürfen Sie Mercedes fahren! Seien Sie gefälligst dankbar!«

Das ist genug. Ich wechsele mit dem Taxifahrer einen verschwörerischen Blick und schlage ruhig vor: »Wissen Sie was? Fahren wir das Stückchen zusammen. Wir lassen Sie an der Messe raus, und ich übernehme die Rechnung.« Erstaunt lehnt sich der Messemann in den Sitz zurück, merkt aber an: »Aber das ist doch die ganz andere Richtung.«

»Jetzt nicht mehr.«

In diesem Moment tritt der Taxifahrer aufs Gas und verriegelt mit einem lauten Klack die Türen. Der Messemann versucht, die Tür zu öffnen. Als das nicht funktioniert und er in unseren Augen gierige Mordlust erkennt, versucht er, während der Fahrt aus dem Fenster zu klettern. Darauf hat der Taxifahrer nur gewartet und lässt die Scheibe nach oben fahren. Der Messemann wird arretiert, sodass er weder vor noch zurück kann. Ich rufe dem Taxifahrer zu: »Ist fest!« Der fährt an Büschen und Bäumen vorbei, sodass diese dem Gast als Einstimmung ordentlich die oberste Hautschicht vorbereiten, als Zwischenschmankerl lenkt der Fahrer dann das Auto an einem Laternenpfahl vorbei. Das laute Brechen der Knochen ist bis in das Wageninnere zu hören. Der Körper des Messemannes erschlafft und hängt leblos an der Türaußenseite herunter. Nun fährt der Taxifahrer noch in eine enge Seitengasse, in der die rauen Mauern und Vorsprünge so lange an dem Rumpf zerren, bis er nur noch eine breiige, unkenntliche Masse aus Fleisch, Blut und dem Rest eines billigen Anzugs ist. Der Taxifahrer hält an, fährt das Fenster herunter, lässt den Kadaver auf den Boden fallen, steigt ein und fragt: »Tempelhof, welche Adresse?«

TAXI

Weil Rolltreppen in Möbelhäusern auch in die Hölle führen können

Das Bett aus dem Möbelhaus ging nicht aufzubauen. Die Schubladen sprangen beim Bohren, und selbst der Schreiner, der geholt wurde, konnte nichts retten. Das kann ja mal vorkommen. Dann tauscht man das Bett eben um oder bekommt das Geld zurück. So dachte Frau Behrens.

Dann rief sie beim Möbelhaus an. »Kein Problem, Sie bekommen eine Gutschrift. Kommen Sie gerne vorbei.«

Da freute sich Frau Behrens. So ein nettes Möbelhaus. Sie packte ihre drei Kinder ins Auto – vielleicht hatten die ja auch eine Idee, was sie für die Gutschrift kaufen könnten. Wenn sie nichts finden würden, bekämen sie bestimmt das Geld zurück. Schließlich war das Bett nicht einmal von einem Fachmann aufzubauen gewesen.

Dann gingen sie mit der Rechnung über das alte Bett zum Kundenservice. Eine freundliche Dame sagte: »Wir holen das kaputte Bett ab, wenn Sie den vollständigen Betrag eingelöst haben.«

»Wie, ich muss für 600 Euro hier einkaufen? Geben Sie denn das Geld nicht einfach so zurück?«

»So was machen wir nicht.«

»Und wenn ich nichts finde?«

»Sie werden schon was finden. Sie haben ja einen Monat Zeit.«

»Und danach?«

»Dann verfällt die Gutschrift. Aber Sie werden schon fündig werden, wir sind ja schließlich das größte Möbelhaus mit dem größten Sortiment im ganzen Umkreis.«

Dann durchforsteten die Behrens Etage für Etage und Gang um Gang. Etwas kaufen zu wollen ist wunderbar. Etwas kaufen zu MÜSSEN dagegen ist eine Qual. Die Sofas, die vom Sitzkomfort und der Farbe her infrage kamen, passten in den Maßen nicht oder waren zu teuer. In der Haushaltstextilienabteilung entschieden sie sich für Bettwäsche für 29,90 Euro für Tochter Christina. Das war doch ein guter Start, dachten sie. Für den Rest des Betrags würden sie in den nächsten Wochen schon etwas finden … müssen. Aber jetzt wollten sie vorerst nur raus hier.

Dann gingen sie an die Kasse, legten die zwei Pakete Bettwäsche hin und zeigten die Gutschrift. Die Kassiererin sagte: »Jetzt weiß ich gar nicht, was ich damit anfangen soll. Gehen Sie bitte zum Kundenservice in der dritten Etage.«

Dann gingen die Behrens zum Kundenservice in der dritten Etage. Die Dame am Empfangstisch sagte: »Damit kenn ich mich nicht aus, gehen Sie bitte zum Kundenbetreuer für die entsprechende Angelegenheit.« Der Kundenbetreuer sagte: »Ja, das geht so nicht. Sie müssen schon einen Kaufvertrag bei dem zuständigen Verkäufer der Abteilung abschließen und damit zur Kasse gehen.«

Dann gingen die Behrens in die Bettwäscheabteilung und suchten den Verkäufer für Bettwäsche. Der war nicht da. Die drei Mädels und Frau Behrens schwärmten aus.

Sie fanden in zwei unterschiedlichen Abteilungen unterschiedliche Verkäufer, von denen keiner einen Kaufvertrag über Bettwäsche ausstellen durfte, weil es nicht deren Abteilung war. Aber sie wussten wenigstes, dass der Mann mit der rosafarbenen Krawatte der Richtige war. In der Massagesesselabteilung fanden sie endlich den rosabeschlipsten Bettwäscheverkäufer im schlecht sitzenden Anzug und mit einer zu lang gebundenen Krawatte, deren Farbe an Schweinchenhaut erinnerte.

»Wir brauchen einen Kaufvertrag für die Bettwäsche, damit das mit der Gutschrift gegengerechnet werden kann.«

Er runzelte die Stirn. »Okay.«

Dann schrieb der Bettwäscheverkäufer an seinem Schreibtisch 15 Minuten lang an einem Kaufvertrag über Bettwäsche, die 29,90 Euro kostet. Dann sagte er: »Das macht dann 79,80 Euro.«

»Aber da steht doch 29,90 Euro auf dem Etikett.«

»Aber in meiner EDV steht 39,90 Euro. Und was in der EDV steht, muss ich auch abrechnen.«

»Nein, was auf der Ware steht, müssen Sie abrechnen.«

»Tut mir leid, ich kann es nicht ändern. Bitte gehen Sie zur Information und lassen Sie sich einen Abholbeleg geben, dann können Sie die Ware mitnehmen.«

»Aber, können wir sie denn nicht JETZT mitnehmen?«

»Nein, das geht leider nicht, ich brauche den Abholbeleg.«

Dann gingen die Behrens zum Informationsschalter im Erdgeschoss und ließen sich den Kaufvertrag über die Bettwäsche unterschreiben. Dafür bekamen sie einen Abholbeleg, mit dem sie sich wieder in die Bettwäscheabteilung begeben sollten, um endlich die Ware abzuholen.

Dann gingen sie zurück in die Bettwäscheabteilung. Aber der Verkäufer war wieder nicht da. Sie fanden ihn bei einem Pläuschchen mit einem Kollegen in der Wasserbettenabteilung. Frau Behrens stellte sich neben den Verkäufer, um seine Aufmerksamkeit zu erregen, damit er sie bediene. Der aber ignorierte sie und setzte sein Gespräch mit dem Kollegen fort. Frau Behrens schnaubte: »Entschuldigung, dass ich störe. Hier ist der Abholbeleg für die Bettwäsche. Können wir die jetzt bitte haben?« Der Verkäufer verstummte, nickte seinem Kollegen zu und trottete in seine Abteilung. Dort übergab er Frau Behrens die Bettwäsche und nahm den Abholbeleg entgegen.

Dann sagte er gönnerhaft: »Sie wissen schon, dass wir ein Möbelhaus sind und die Gegenrechnung des Betrags eigentlich für Möbel gilt und nicht für Textilien. Aber ich werde mal nicht so sein …«

Dann baten die vier Behrensdamen den Verkäufer, ihnen den Weg zu den Wasserbetten zu zeigen. Er grunzte nur: »In der ersten Etage, gleich nach der Rolltreppe, da wo wir vorhin waren.«

»Bitte, würden Sie es uns zeigen?«

»Okay.«

Sie betraten die Rolltreppe. Familie Behrens zuerst. Der Verkäufer winkte seinem Kollegen, den er oben stehen sah, schon in freudiger Erwartung eines erneuten Austauschs über was-auch-immer-Möbelverkäufer-wichtig-finden. Am oberen Ende der Rolltreppe blieben plötzlich alle Behrens abrupt stehen. Frau Behrens hatte Tochter Christina, die ihre Bettwäsche trug, an der Hand über das feststehende Ende der Rolltreppe geleitet. Dabei waren dem Mädchen die Pakete aus der Hand gerutscht, und Frau Behrens musste sie wieder aufheben. Der Verkäufer wurde auf die stehende Familie geschoben und verlor dabei das Gleichgewicht. Er versuchte noch, sich festzuhalten, aber das Geländer fuhr mit den Stufen unbarmherzig weiter. Der Verkäufer fiel auf die Rolltreppe. Das wäre nicht weiter dramatisch gewesen. Die unterhaltsame Dramatik ergab sich erst dadurch, dass sich seine zu lang gebundene Krawatte in der Spalte an der Seite der fahrenden Rolltreppe einklemmte, als er sich aufrappeln wollte.

Das sah per se schon lustig aus. Denn die Metallstufen fahren ja weiter und ziehen dem Körper erst einmal den schlecht sitzenden Anzug vom Leib. Aber anstatt sich dafür zu bedanken, schrie der Verkäufer grauenerregend. Frau Behrens hielt ihrer jüngsten Tochter schützend die Hand vor die Augen, ließ ihr aber einen Schlitz zwischen den Fingern, damit diese nichts verpasste. Nachdem die Kleider abgezogen waren, nahm jede einzelne der scharfen Metallstufen einen großen Teil der Haut mit. Der Körper des Verkäufers hatte sich durch die Fahrt inzwischen mit den Beinen nach oben gedreht, und sinnigerweise bearbeiteten die fahrenden Stufen den Körper vom Gesicht an. Aber auch dafür bedankte er sich nicht und schrie stattdessen weiter.

Dann gingen die Behrens zur Kasse und ließen brav 79,80 Euro verrechnen für Bettwäsche, die kein Möbel ist.

42. GRUND

Weil Biomüll nun mal zu Biomüll gehört

Haben Sie Kinder? Wissen Sie, dass Kinder ihren Eltern uneingeschränkt vertrauen? Dieses Urvertrauen ist ein Geschenk, das man dankbar annehmen und behüten muss. Ein Kind weiß, dass Sie ihm niemals wehtun oder es verlassen würden. Es lässt sich von Ihnen in die Luft werfen und weiß, dass Sie es wieder auffangen. Es weiß, dass Sie immer wieder auftauchen, auch wenn Sie gerade hinter einem Tuch verschwunden sind oder kurz mal in der Küche. Verletzen Sie dieses Urvertrauen nicht. Halten Sie sich an Abmachungen und Absprachen.

Meine Tochter war da sehr empfindlich. Fremdeln war ihre Hauptbeschäftigung. Auf der Toilette war ich nie alleine, und während ich duschte, saß sie auf dem Badezimmerboden und ließ Playmobilmännchen über die Fugen hüpfen.

Beim Klavierunterricht in der Musikschule musste ich immer danebensitzen. Nur eben an diesem Tag ging es nicht, weil ich einen Friseurtermin hatte. Wenn man nur ein winziges Zeitfenster zur Verfügung hat, kann man nicht entspannt genießen, dass einem endlich mal jemand die verdiente Kopfmassage angedeihen lässt. Die Uhr ist in solchen Momenten der vorwurfsvoll schweigende Drillsergeant, der mit unaufhaltsamem Voranschreiten des Zeigers zur Eile mahnt.

Aber ich zwang mich dazu, diese paar Minuten des Glücks und der pädagogisch wertvollen Fremdbetreuung Laras durch den Klavierlehrer zu MEINEN Qualitätsmomenten zu machen. Einen raschen Haarschnitt weiter, ein paar geföhnte Locken später: ein inzwischen leerer Kaffee und einen Sack voller neuer Tratschmunition aus erster Hand von der Friseurin, dann schnell noch ein letzter hastiger Blick auf die Uhr. Entspannung: Alles im grünen Bereich. Ich war ein Organisationsgenie.

Mit einem Zeitpuffer von mehreren Minuten bog ich in die Straße zur Musikschule ein. Einbahnstraße. Rechts und links Autos. Vor mir ein Müllwagen. Müllwagen!

Er schob sich gemächlich von Tonne zu Tonne. Ich sah auf die Uhr. Der Zeiger kroch ächzend Minute um Minute weiter. Mein Zeitpuffer war längst von den stinkenden Bioabfällen aufgefressen worden. Plötzlich erfasste mich Panik. Die kleine Lara würde nach dem Unterricht vor der Tür warten. Ihre großen traurigen Augen würden nach ihrer Mutter Ausschau halten. Aber ihre Mutter war nirgends zu sehen. Ganz allein stünde sie da und bekäme langsam Angst. Wieder zum Klavierlehrer zurückzugehen traute sie sich nicht, denn da hatte die nächste Stunde schon begonnen.

»Ich hole dich direkt nach der Stunde ab, du kannst dich auf mich verlassen«, hatte ich gesagt. Lara würde sicher denken, dass etwas Schlimmes passiert sei, dass ihre Mutter überfahren wurde oder dass sie sie verlassen habe, weil sie vorhin so getrödelt hatte. Bittere Tränen rannen vielleicht über das kleine, runde Gesicht … Nein, das durfte nicht sein! Dieser verdammte Müllwagen!

Ich hupte. Ach, Herrgott, ich weiß auch, dass der Wagen nicht zur Seite springen kann, aber in Panik hupt man eben. Der Tonneneinsteller mit der quietschorangefarbenen Weste winkte mir zu. Wie zum Hohn. Ich hupte noch einmal. Da hob der neonbewestete Mülltonnenschubser die Hand. Der Wagen stoppte. Er stoppte! Die Neonweste kam auf mein Auto zu.

Die kleine Lara kauerte bestimmt gerade schluchzend und mit gebrochenem Herzen in einer Mauernische und wartete auf den grausamen Tod eines von der eigenen Mutter verstoßenen Kindes.

Wie unauffällig so ein städtischer Angestellter sich doch aus dem Staub machen kann, wenn er keine Lust mehr auf Arbeit hat. Da war er einfach weg. Der große, starke Mann, der aus dem Auto hinter mir ausgestiegen war, klopfte sich die Handflächen aneinander ab und nickte mir freundlich zu, bevor wir in unsere Wagen stiegen und über den Gehweg am Müllauto vorbeifuhren.

Biomüll zu Biomüll, nur dass es nun außer »vergammelt« auch noch ein bisschen süßlich roch.

43. GRUND

Weil ein Navigationssystem auch nur ein Mensch ist

Termin: 12 Uhr
Ort: Adolf-Fischer-Straße, Köln
Beteiligte: Mutter, Tochter, »Susi«

Ich holte Lara von der Schule ab. Wir mussten uns beeilen. Sie hatte ein Casting in Köln für einen Kinofilm, und in der Einladung der Agentur stand, dass wir pünktlich sein sollten, weil nur wenig Zeit zur Verfügung stünde. Schnell hüpfte Lara ins Auto, und ich startete das Navigationssystem betont lässig, indem ich meinem neuen, sprachgesteuerten Navigationssystem freundlich, aber bestimmt den Befehl gab: »Bring mich zur Adolf-Fischer-Straße in Köln.«

Lara blickte mich aus ihren bildhübschen zehnjährigen Augen ungläubig an: »Meinst du, das weiß, wo das ist?«

»Aber ja doch. Es ist doch Susis einzige Bestimmung zu sagen, wo es langgeht.«

»Wer ist Susi?«

»Das Navigationssystem.«

»Wieso heißt das Susi?«

»Keine Ahnung. Ich könnte es auch Chantal nennen.«

Lara schmunzelte.

Das Navi zeigte an: 28 Minuten bis zum Ziel. Wir hatten jede Menge Puffer. Das sollte kein Problem werden. Ich wollte aber auch nicht zu früh ankommen, das zeugt von schlechter Organisation und macht keinen guten Eindruck, wie ich finde.

»3,8 km geradeaus fahren.« Lara und ich plauderten, gingen noch einmal ihren Text durch. Sie bürstete ihre Haare, die von dem langen Schultag zerzaust waren, und wir fuhren geradewegs in einen Stau.

»Das macht nichts, wir haben genug Zeit«, beruhigte ich meine Tochter.

»Nehmen Sie die Ausfahrt.« Was? Jetzt schon? Na ja, wahrscheinlich kannte das Navi eine Abkürzung oder wollte den Stau umfahren. Kluge Susi.

Nach der Ausfahrt wurde ich langsam nervös, denn wir fuhren in eine Gegend, die der Ur-Kölner aufgrund seines Überlebensinstinkts gerne mied.

»Hm, Lara, in zwölf Minuten sind wir da. Früh genug.«

»In 90 Metern rechts abbiegen.« So verließen wir die Hauptstraße und bogen in eine Seitenstraße ein. Seitenstraßen bedeuteten im Allgemeinen, dass man sich dem Ziel näherte. Das Navi zeigte tatsächlich eine Restzeit von zehn Minuten an. Nun gut, uns war noch ein Puffer von 30 Minuten geblieben. Da konnte ich mich noch ein paarmal verfahren.

Susi machte sich bemerkbar: *»Am Kreisverkehr nehmen Sie die dritte Ausfahrt.«* Okay – eins, zwei, hier musste ich raus. Mittlerweile plauderte ich nicht mehr, sondern fuhr hochkonzentriert, immer mit Blick auf die Uhr und auf das Navi und die Ohren gespitzt, um jede Richtungsänderung sofort umsetzen zu können.

»Bleiben Sie rechts.« Rechts? Wie? Jetzt? Wieso sagt die das so spät! Ich kam nicht mehr auf die rechte Spur. Okay, dann musste ich eben in die nächste Straße abbiegen. Aber da befand ich mich schon auf dem Zubringer zur Autobahn, die ich vor wenigen Minuten verlassen hatte.

»Wenn möglich, bitte wenden.« Ha! Klar, ich wende sofort. Ich fahr nur mal eben über den Mittelstreifen. Ob die Polizei Verständnis dafür hätte, wenn ich sagte, dass meine Tochter die einmalige Chance hatte, in einem Kinofilm mitzuspielen? Wohl eher nicht.

»Die Route wird neu berechnet.«

Also fuhr ich bis zur nächsten Ausfahrt, verließ die Autobahn und fuhr wieder zurück. Am mir schon bekannten Kreisverkehr nahm ich die mir schon bekannte dritte Ausfahrt und hielt mich gleich darauf RECHTS. Die Zielendzeit verschob sich nach hinten. Langsam schrumpfte der Puffer.

Nach der nächsten Seitenstraße flötete Susi mit ihrer säuselnden Stimme: *»Wenn möglich, bitte wenden.«* Was? Aber …

»Mama, bist du falsch gefahren?«, fragte Lara etwas verunsichert wegen der Flüche und Fäkalienbezeichnungen, die sie unter keinen Umständen hätte selbst in den Mund nehmen dürfen und die sie von ihrer Mutter auch noch nie gehört hatte. Und schon gar nicht in dieser Lautstärke.

»NEIN!«

»In 150 Metern links abbiegen.« Hatte die mich gerade angezickt? War das etwa ein Ton, den ich mir von einem dämlichen Navigationsgerät beileibe nicht gefallen lassen musste?

»Jetzt links abbiegen.« Tatsächlich, sie hatte mich angezickt!

»Du blödes Ding, jetzt bring mich endlich dahin, wo ich hin will!«

»Die Route wird neu berechnet, bitte warten.«

Atmen, dachte ich. Immer schön atmen. Es nützte meiner Tochter gar nichts, wenn ich jetzt die Nerven verlor. Wir hatten ja noch eine Viertelstunde Zeit. Die weinerliche Stimme aus dem Lautsprecher verwandelte sich mit jeder Abbiegung, die ich anweisungsgemäß nahm, in einen immer herrischer werdenden Befehlston.

»IN 150 METERN RECHTS ABBIEGEN!«

SIE schickte mich doch falsch! Nicht ICH fuhr falsch. Es gab KEINEN Grund, diesen Ton anzuschlagen!

»Lara, Plan B: Such bitte auf meinem Handy nach der Adolf-Fischer-Straße und finde mir eine Route. Wir haben jetzt keine Zeit mehr und müssen ganz sichergehen.«

»Soll ich auch die Hausnummer eingeben?«

»Quatsch, das sehen wir dann so. Wir müssen erst mal die Straße finden.«

Lara tippte auf dem Handy herum, ich fuhr rechts und wieder links. Dann wieder links.

Aus den Augenwinkeln sah ich, wie Lara auf das Handy blickte und stutzte. »Mama?«

»Lass mich, ich kann jetzt nicht. Wir sind gleich da. Noch drei Minuten.«

»Aber Mama …«

»Sei ruhig, ich muss mich konzentrieren, jetzt darf nichts mehr schiefgehen!«

Ich war inzwischen auf den vorderen Teil meines Sitzes gerutscht, das Lenkrad fest umklammert.

»In 100 Metern haben Sie Ihr Ziel erreicht.«

Triumphierend bog ich in die vermeintliche Zielstraße ein. »Ha!«, brachte ich siegessicher hervor. »Rechtzeitig! Jetzt noch die Hausnummer finden. »Lara, leg das Handy weg, wir sind da. Hilf mir mal die Nummer suchen. 64.«

»Aber Mama …«

»Sei still und such, wir haben nicht mehr viel Zeit! Und wenn wir das Castingbüro gefunden haben, steigst du aus und gehst schon mal rein. Schaffst du das? Ich muss dann schnell einen Parkplatz suchen und komm sofort nach, ja?«

Ich fuhr die Straße auf und ab. Aber die Nummer 64 schien nicht zu existieren. Die Straße war überhaupt nur 20 Häuser lang. »Das gibt's doch nicht!«

»Sie haben Ihr Ziel erreicht.«

»Nein, habe ich nicht!« Ich fuhr bis zur nächsten Ecke und las das Straßenschild. Dann las ich es noch mal: Roddergasse. Roddergasse? Was soll das denn? Ich brauche die Adolf-Fischer-Straße!

»Das gibt's doch nicht! Das darf doch nicht wahr sein!«

Es blieben noch wenige Minuten Zeit. Ich stellte mich in die zweite Reihe. Dieses verdammte Navi kostete meine Tochter womöglich eine einmalige Chance! Ich schrie ins Mikrofon des Navi nur drei unmissverständliche Worte: »ADOLF FISCHER! KÖLN!«

»Die Route wird berechnet.«

Ja, zackzack!

»Mama …«

»RUHE!« Ich wartete angespannt mit laufendem Motor, bereit, Lara sofort und unter Nichtbeachtung sämtlicher Verkehrsregeln zu ihrem Bestimmungsort zu bringen.

Das Display zeigte an, dass die Route berechnet war.

»Sie haben Ihr Ziel erreicht.«

Was nun geschah, werde ich in vielen gemeinsamen Mutter-Tochter-Sitzungen mit einem ausgebildeten Therapeuten aufzuarbeiten haben, denn das Einzige, woran ich mich erinnere, ist das verschreckte Gesicht meiner Tochter, die entsetzt auf die Innereien des völlig zerschmetterten Navigationsgerätes blickte, das sich mit einem letzten, gequälten Fiepen noch einmal aufbäumte, um dann für immer und unwiderruflich seinen elektrischen Widerstand aufzugeben. Ich wischte mir das Blut von den Knöcheln und ignorierte die neugierigen Blicke des Passanten mit Discounterplastiktüte auf dem Gehweg.

Lara hob den Kopf und sah mich entgeistert an. Nein, sie sah an mir vorbei. Ich wollte sie schon in den Arm nehmen, um ihr zu versichern, dass das, was sie da erlebt hatte, nicht ihre Mutter war, und dass das nie, nie wieder vorkommen würde, da hob sie ihren Finger und deutete auf etwas hinter mir.

Ich wendete langsam den Kopf. Auf einem rostigen Firmenschild stand in abgesplitterten Lettern zu lesen: »Firma Adolf Fischer, Eisenwaren & Elektrokleingeräte«.

44. GRUND

Weil Vivaldi keine Selbstmördermörder mag

Bahnfahren ist toll! Ich liebe es, entspannt in der 1. Klasse zu sitzen, mich von freundlichen Bahnbeschäftigten verwöhnen zu lassen und ganz ohne Stress an meinem Bestimmungsort anzukommen. Gewiss, manchmal ist die Bahn nicht ganz pünktlich, und manchmal funktionieren die Klimaanlagen nicht. Das eine oder andere Mal sitzen auch Menschen in der 1. Klasse, die ganz gewiss nichts dort verloren haben. Aber im Großen und Ganzen ist es die entspannteste Art zu reisen. Keine nervende Sicherheitskontrolle und keine unangenehmen Luftlöcher wie beim Fliegen. Und keine stundenlangen Staus wie beim Autofahren. Ja, es könnte alles einfach paradiesisch sein, wenn ... ja, wenn nicht ab und zu ein Mitmensch auf die absurde Idee käme, mein Lieblingstransportmittel als Hilfsgerät zu verwenden, um sich aus der diesigen in eine andere Welt zu befördern. Denn wenn das passiert ist, ist Schluss mit lustig. Hat der Zug erst mal einen Selbstmörder erwischt, dauert es ewig, bis er weiterfahren kann. Erst bleibt die Eisenbahn stehen. Gefühlte zwei Stunden später tauchen Polizei und Rettungskräfte auf. Diese suchen weitere endlose Minuten nach den Überresten des Suizidanten. Natürlich steht der Zugfahrer unter Schock, man kann es ihm ja auch nicht verdenken. Schließlich hat er als Kind verträumt mit seiner Modelleisenbahn gespielt und nicht mit Rambo-Puppen. Während der ganzen Zeit bleiben natürlich die Türen der Waggons geschlossen, die Fahrgäste sollen ja keine Spuren vernichten. Dass es vielleicht ganz unterhaltsam wäre, bei der Suche von Körperteilen zu helfen, vergessen die Verantwortlichen. Ist dann endlich der Korpus des Leichnams gefunden und in einem Plastiksack verschwunden, fährt der Zug nicht etwa weiter. Nein, aus Sicherheitsgründen muss er natürlich erst einmal in die Wartung. Wir armen Passagiere warten auch – so lange, bis ein Ersatzzug eintrifft. Dann wird die gesamte Mannschaft über große Alulaufstege evakuiert. So verliert man dann gute vier bis fünf Stunden seiner wertvollen Lebenszeit.

Was geschieht aber, wenn der Zugführer den Selbstmordkandidaten beizeiten sieht? Er wird natürlich bremsen, dann kommt die Polizei und holt den Irren ab, der sich auf die Gleise gelegt hat, und natürlich wird der Zugführer erst einmal unter Schock stehen. Er wäre ja schön blöd, wenn er diese Chance nicht nutzen würde, um sich zwei Wochen krankschreiben zu lassen. Dann warten wir alle, bis ein Ersatzzugführer kommt. Wieder hat man Stunden seines Lebens vergeudet.

Genau vor zwei Wochen war es mal wieder so weit. Der Lokführer hatte beizeiten gebremst und einem hageren Mann mit kurzen, dunklen Haaren, einer dicken Nerdbrille und einem gestreiften Anzug das Leben gerettet. Dasselbe geschah letzte Woche. Ich verstehe nicht, wie der Irre so schnell aus der Psychiatrie entlassen werden konnte. Wieder hatte er sich an genau der gleichen Stelle hingelegt.

Und da war das Problem! Er legte sich nämlich jedes Mal auf einer geraden Strecke ab. Die war so weit einzusehen, dass selbst der blindeste Zugführer ihn sehen musste. Wieder die gleiche Prozedur, wieder Zeit vergeudet!

Ich musste diesem Irrsinn ein Ende setzen. Da nun für mich berechenbar war, wann der Mann das nächste Mal versuchen würde, mir ein Stück meiner Lebensqualität zu stehlen, nahm ich mir für diesen Tag frei.

Ich fahre mit dem Zug bis in die Nähe der zukünftigen Todesstelle. Von der Bahnstation sind es dann noch gute zehn Kilometer zu Fuß. Etwa eine halbe Stunde vor dem planmäßigen Erscheinen meines Zuges bin ich an der betreffenden Stelle. Von meinem Selbstmörder ist noch nichts zu sehen. Ich entspanne mich, der würde sicher gleich da sein. Dann werde ich ihm mit dem mitgebrachten Schraubenschlüssel eins auf den Kopf geben und ihn einen Kilometer weiter hinter einer Kurve ablegen. Dort wird kein Zugführer der Welt rechtzeitig bremsen können!

Endlich erscheint der Nerd. Er ist mit dem Fahrrad unterwegs. Ich verberge mich im Gleisbett. Der Mann stellt sein Fahrrad ab und steigt auf die Gleise. Dort legt er sich hin. Ich bemerke, dass er Musik über einen Kopfhörer hört. Gut, denke ich, dann hört er mich nicht. Vorsichtig schleiche ich mich an ihn heran, und mit einem gezielten Schlag ziehe ich ihm den Schraubenschlüssel drüber. Wie geplant, fällt der Mann sofort in Ohnmacht.

Ich packe ihn unter den Achseln und stelle mit Erschrecken fest, dass es ziemlich schwer werden würde, ihn so weit zu ziehen. Aber ich gebe ungern einen einmal gefassten Plan wieder auf. Also zerre ich den Mann Bahnschwelle für Bahnschwelle die Gleise entlang. Einmal knackt seine Hüfte, einmal bleibt er mit seiner Wade an einem Nagel hängen.

Als ich gut die Hälfte der Strecke geschafft habe, rutscht ihm sein Kopfhörer runter. Es ist eine wunderschöne Musik von Vivaldi, die jetzt ertönt. Da er die Musik ohnehin nicht mehr hören kann, beschließe ich, mir den Weg ein wenig zu erleichtern, und setze mir seine Kopfhörer auf. Ja, mit Musik geht es wirklich viel besser. Das sind tolle Kopfhörer, die werde ich behalten. Beschwingt durch die Musik, ziehe ich den Mann hinter die Bahnkurve. Hier wird kein Zug der Welt mehr bremsen können, sondern mit voller Geschwindigkeit über ihn hinwegrasen. Ich positioniere seinen Kopf auf die Gleise. Er soll ja nicht leiden! Dann ein Blick auf die Uhr – der Zug muss jeden Moment kommen. Ich drehe mich um, um Ausschau nach ihm zu halten.

Das Letzte, was ich sehe, ist das entsetzte, auf mich zurasende Gesicht des Zugführers. Dann prallt der Zug mit 180 Sachen auf meinen Körper. Verdammter Vivaldi!

28

Weil Rentner es im Supermarkt gerne »passend« haben

Kleingeld ist immer gut, wenn man im Parkhaus steht und bezahlen will. Diese blöden Automaten nehmen nie den Schein, den ich ihnen anbiete. Deswegen sind sie Automaten und keine Menschen. Menschen nehmen alles. Scheine und Kleingeld. Auch an der Supermarktkasse. Vor allem an der Supermarktkasse. Und es gibt Menschen, die das gnadenlos abfeiern.

Einkaufen bleibt einem nicht erspart. Das muss sein. Man könnte auch darauf verzichten, aber erstens kann man nicht immer bei Freunden essen, und zweitens kackt es sich ohne Klopapier unangenehm.

Als einkaufserfahrener Supermarktkunde weiß man, dass um elf und 18 Uhr Hochsaison ist und sich die Schlangen von den Kassen bis zur Fleischtheke hinziehen. Und wenn der Anruf des schwerstarbeitenden Familienoberhaupts auf seiner Heimfahrt durch den Hörer trällert: »Schatz, kannst du was Kleines zaubern? Mein Chef kommt heute vorbei, wir haben eine Besprechung. Es macht dir doch nichts aus?«, dann schwingt man sich behände und frohlockend ins Auto, um »noch schnell was einkaufen« zu gehen. Es geht bestimmt um eine Beförderung, die ist schon lange fällig. Oder eine Gehaltserhöhung. Oder den projektbezogenen Auslandsaufenthalt in Australien für eine Person.

Wagen geschnappt und huschhusch durch die Gänge. Routinegriffe hier und da, und schon steht man mit den nötigsten Zutaten für das Fünfgängemenü in der kürzesten Schlange. Die Zeit drängt. Vielleicht wird man von der netten Dame vor einem vorgelassen, wenn man lieb bittet. »Gerne«, sagt sie, schiebt ihren Wagen ein Stück zur Seite und sieht auf die Uhr.

Die aufpingende SMS des Ehemannes drängelt: *»Halbe Stunde, okay?«* Ja, ist okay. Wenn ich nur hier mal endlich raus wäre! Meine

Waren fahren bereits auf dem Band Richtung Kasse, das jedoch plötzlich stoppt. Meine Weinflasche rollt ein Stück zur Seite, die Kundin hinter mir hört abrupt auf, das Band mit Waren zu belegen. Eine Unheil verheißende Stille legt sich über das letzte Ping des Lasersensors der Kasse. Da höre ich den Satz, der mein Blut … nein, das Blut JEDES Kunden in JEDEM Supermarkt in Sekundenbruchteilen zum Kochen bringt: »Moment, ich hab's passend …«

»Hast du schon von dem grausigen Blutbad im Supermarkt gehört, Trude? Eine Rentnerin steckte in der Getränkerücknahme fest. Sie war qualvoll an mehreren kleinen Münzen erstickt, die auf noch ungeklärte Weise in ihre Luftröhre gelangt waren. Einziger Hinweis: Ihre Hand umklammerte einen Kassenzettel mit dem Betrag 2,99 Euro.«

6. KAPITEL

MORDE AUS REINEM EIGENSCHUTZ

46. GRUND

Weil Hofeinfahrtzuparker sich auch mal dünn machen müssen

Als der Kollege Nemesos blutüberströmt, aber bester Laune den Konferenzraum betritt und mit dem Wahnsinn in den Augen eine Tüte Brötchen wie eine Jagdtrophäe auf den großen Tisch wirft, starren ihn alle fassungslos an. Dann beginnt der Erste zu applaudieren. Nach und nach stimmen die anderen ein. Sie gehen auf ihn zu, klopfen ihm anerkennend auf die Schultern und schütteln ihm die Hand.

Zwei Wochen vor Schulterklopfen.

7:55 Uhr. Die ersten Mitarbeiter wollen auf den Hof zu ihren gemieteten Parkplätzen. Aber die Einfahrt wird von einem dunkelgrünen Golf versperrt. Weder links noch rechts ist ein Vorbeikommen, denn dort beginnen bereits die Straßenrandparkplätze. Es wird gehupt. Hinter dem Ersten in der Schlange bildet sich ein Rückstau auf der Straße. Nach mehreren Minuten steigt ein lederbejackter Mann mit einer vollen Brötchentüte vom Bäcker gegenüber vergnügt in das Verstopfung verursachende Auto. Er ruft achselzuckend über die stehenden Autos hinweg: »Da war nix anderes frei«, winkt den wütenden Fahrern grinsend zu und fährt davon.

In den kommenden Tagen wiederholt sich das rücksichtslose Abdichten der Einfahrt.

Eine halbe Stunde vor Schulterklopfen.

Nemesos wartet in seinem Wagen auf dem Straßenrandparkplatz neben der Einfahrt. Der dunkelgrüne Golf fährt schwungvoll in die Lücke vor die offene Hofeinfahrt. Der lederbejackte Mann steigt aus, kauft sich gegenüber seine Brötchen, und als er zurückkommt und um das Auto herumgeht, tritt Nemesos auf das Gas. Sein Auto macht einen Satz rückwärts und quetscht den Bäckerkunden zwischen seinem und Nemesos' Wagen ein. Er schreit vor Schmerz auf.

Nemesos steigt aus dem Wagen, fuchtelt hilflos mit den Armen: »Oh mein Gott, das tut mir leid, was habe ich getan!«

»Helfen Sie mir!!!«, schreit der sichtbare Lederjackenoberkörper mit schmerzverzerrtem Gesicht.

»Ja, Moment!« Nemesos kramt auf seinem Rücksitz herum. Er holt ein Brecheisen hervor. »Sie sind eingeklemmt, ich werde Sie befreien, ich habe das schon mal im Fernsehen gesehen.« Er setzt das Brecheisen zwischen Beinen und Motorhaube an und bewegt es mit einem kräftigen Ruck.

Der eingeklemmte Mann brüllt auf: »Scheiße, sind Sie wahnsinnig? Sie haben mir das Bein gebrochen, Sie Arschloch!!!« Dann geht alles sehr schnell: Nemesos greift auf seinen Rücksitz, zieht eine Handkreissäge hervor, setzt an und nach wenigen Minuten liegen die Einzelteile der »War-ja-nix-anderes-frei«-Lederjacke plus fleischlichen Inhalts zwischen den beiden Autos. Dann packt Nemesos die Kreissäge in Seelenruhe wieder ins Auto, fährt den dunkelgrünen Golf in eine Parklücke gegenüber und winkt die wartenden Autos durch die Hofeinfahrt.

47. GRUND

Weil Zecken so herrlich knacken

Diese dreckigen, kleinen Blutsauger! Wenn sie es nicht schon wären, würde ich sie mit dem schlimmsten Schimpfwort bezeichnen, das ich kenne: »Du blöde ZECKE!«

Sie sitzen da im Gras herum und warten nur darauf, dass ein unschuldiges, lecker duftendes Menschenbein an ihnen vorbeistreift. Dann – ZACK! – kletten sie sich an dich und machen sich auf die Suche nach dem besten Platz im Restaurant. Dafür nehmen sie sich Zeit. Manchmal erwischen wir sie gerade noch beim gemütlichen

Bummel entlang der Oberschenkelinnenseite hinauf zum warmen, feuchten Ort an der Lende. Da ist auch die Haut so schön dünn, dass sie mit dem scharfen, scherenartigen Mundwerkzeug beherzt aufgeschnitten werden kann, um dann den Stachel tief ins Fleisch zu jagen und sich festzusaugen. Und schön fest!

Nur leider spüren wir das nicht. Ja, haben die denn alle ein Medizinstudium? Die wissen ganz genau, wo das Blut am sattesten fließt und wie sie sich Zugang dazu verschaffen können, OHNE dass der Wirt auch nur die geringste Ahnung von der blutrünstigen Szene hat, die sich da unten an seinen Lenden abspielt. Wenn sie sich dann angezeckt haben, können sie in aller Seelenruhe erst mal alle Krankheiten in unser Blut abkotzen, die sie in sich tragen und schon lang mit uns teilen wollten. FSME-Erreger haben es besonders eilig. Die sitzen schon Gewehr bei Fuß im Speichel des verabscheuungswürdigen Spinnentieres und warten nur darauf, sich in uns breitzumachen.

Wogegen die fiesen kleinen Borrelien sich erst den Weg vom Darm der Zecke nach draußen expressive unser DRINNEN erkämpfen müssen. Ich weiß gar nicht, welche Krankheit schlimmer ist. Ich weiß nur, dass diese verabscheuungswürdigen Überträger wunderbar befriedigend knacken, wenn man sie zwischen den Fingernägeln platzen lässt, bevor man sie endlich unter Jubelgeschrei rituell verbrennt.

48. GRUND

Weil Cillit Bang auf Schnecken so schön glitzert

Ich hasse ihre Gefräßigkeit, ich hasse ihr Aussehen, ich hasse ihren Schleim. Wenn es geregnet hat, kommen sie aus allen Ritzen und Löchern und schleimen sich über unsere Wiesen, Wege und Beete.

Arion vulgaris, die spanische Wegschnecke, ist hierzulande wohl die bekannteste und widerwärtigste Fressmaschine. Sie ist so verfressen, dass sie sogar andere Schnecken frisst. Kann sie sich nicht selber auffressen? Nacktschnecken sind Teil unseres Ökosystems. Wie nützlich! Wie eklig! Wie widerlich!

Ich habe einen Garten. Das wissen die Nacktschnecken. Sie wissen auch, dass ich jedes Frühjahr aufs Neue mit Hingabe und Liebe Radieschen pflanze. Und Blümchen. Aber ich bin kein Gärtner. Und ich bin weit davon entfernt, ein Gärtner zu sein oder zu werden. Aber ich freue mich wie ein kleines Kind, wenn etwas wächst und gedeiht. Wäre das nicht toll, frische Radieschen im Garten zu ernten? Oder mit einem leckeren, biologisch absolut einwandfreien Salat auf dem Mittagstisch prahlen zu können?

Aber die Arion vulgaris wartet immer schon darauf, bis der Tisch für sie gedeckt ist. Doch dieses Jahr wollte ich schneller sein. Endlich schoben sich die ersten zarten Sprösslinge vorsichtig aus der Erde und blickten sich um. Irgendwo Schnecken? Nein. Also weiterwachsen. Das Wetter war trocken, also gab ich meinen süßen kleinen Babys zu trinken. Die Schnecken würden sowieso erst kommen, wenn es sich für sie lohnte.

Eines Morgens schlug ich die Augen auf und entschied: Heute wird ein ökologisch unbedenklicher Schneckenzaun gebaut. Ich kramte ein wenig Drahtgitter aus dem Keller und trat vor die Tür. Aber da war plötzlich nichts mehr, was sich einzuzäunen lohnte. In der Dunkelheit der Nacht musste hier ein grauenhaftes Gemetzel stattgefunden haben. Jämmerliche Überreste von ehemals kräftigen Pflänzchen lagen regungslos in den Beeten. Durchlöcherte Blättchen, bis auf die Stiele abgefressene Blümchen und jämmerliche Leichen von Salatkopfbabys schrien mir hilflos entgegen: »Waruuum?«

Schneckenzäune sind was für indische Halstuchträger mit Greenpeaceaufklebern. Das bringt nur was, wenn man schnell genug ist, die davonrasenden Weichtiere einsammelt und in kochendes Wasser wirft. Salz auf den schleimigen Radieschenmördern hingegen befriedigt schon eher das Gefühl von brutaler, Geschöpfe-der-Erde-verachtender Rache. Die Vorstellung, dass Schneckenkorn von den Viechern gefressen wird und sie dann qualvoll in der Erde verrecken, ist interessant, aber leider verrecken auch unsere Haustiere daran. Dann schon eher Nematoden (Fadenwürmer)! Die werden von den dummen Fressmaschinen aufgenommen und zerfressen sie dann innerhalb kürzester Zeit von innen, und Cillit Bang auf Schnecken lässt sie in den schillerndsten Farben aufschäumen. Wunderschön!

49. GRUND

Weil Suizid auch nur ein Schrei nach Koffein sein kann

Die 22-jährige Janine tippt gelangweilt in ihren Computer: *»Leute, ich bringe mich um …«* und drückt auf den Button zum Posten. Dann verlässt sie Facebook, blickt auf ihre leere Kaffeetasse, nimmt eine Tablette. Kurz zögert sie. Sicher ist sicher, denkt sie und nimmt eine zweite. Dann macht sie sich genervt an ihr Lernpensum. Als sie Facebook einige Stunden später wieder öffnet, erschrickt sie. Unter dem Posting stehen zahlreiche Kommentare ihrer Freunde und von Freunden der Freunde.

»Warum denn?«
»Heul doch ;-)«
»Kann ich helfen?«
»Ich verstehe dich gut.«
»OMG, was ist passiert?«

Janine ist überrascht von der Welle der Aufmerksamkeit, die sie losgetreten hat. Schnell hackt sie einen Kommentar darunter und drückt auf Senden. Es klingelt an ihrer Tür. Zwei Polizeibeamte stehen davor und begrüßen sie freundlich: »Guten Tag, Frau Braun. Wie geht es Ihnen?«

Janine denkt sofort an das Fahrrad, das vor der Uni steht und nicht abgeschlossen ist. Das ist so alt, das fährt nicht mal mehr richtig, aber es ist ihr lieber, als zu Fuß nach Hause zu gehen. Oder sind sie vielleicht wegen der Party letzte Nacht hier? Hat sich doch die alte Gruber von unten tatsächlich beschwert? Schnell entscheidet sie sich für ein völlig überdrehtes: »Fantastisch!«

Die beiden Beamten werfen sich einen vielsagenden Blick zu. Fast unmerklich nicken sie übereinstimmend. »Frau Braun, wir möchten Sie bitten mitzukommen. Es besteht der dringende Verdacht, dass Sie sich selbst gefährden wollen.«

»Wie bitte?« Janines Mund bleibt offen stehen.

Die Beamten warten geduldig auf eine weitere Reaktion.

Janine sammelt sich. »Hören Sie mal, ich weiß nicht, was Sie von mir wollen, aber wenn Sie noch länger hier draußen herumstehen, kann ich gleich ausziehen.« Sie schielt an den Beamten vorbei in den Hausflur. Dann winkt sie dem Türspion gegenüber zu: »Alles klar, Herr Bichler, das sind Freunde von mir.« Sie zischt den Beamten zu: »Würde es Ihnen etwas ausmachen reinzukommen? Das wäre besser für die Stabilität meines Mietvertrags.« Die Beamten zucken mit den Schultern und betreten die Wohnung. Vom Flur aus haben sie einen guten Blick auf den Schreibtisch in dem Einzimmerapartment. Darauf befinden sich eine leere Kaffeetasse und daneben eine Packung Tabletten.

»Also, was genau habe ich getan?«, fragt Janine die Beamten.

Der Ältere von beiden antwortet langsam und freundlich: »Wir wurden informiert, dass Sie auf Facebook gepostet haben, dass Sie sich etwas antun wollen. Dem müssen wir nachgehen.«

»Was?« Janine ist das blanke Entsetzen ins Gesicht geschrieben. »Aber ich habe doch nur gemeint, dass ich … Oh Mann! Ich wollte doch nur einen Kaffee haben!«

Der Größere von beiden wirft dem anderen einen vielsagenden Blick zu mit einem kaum merklichen Nicken Richtung Tabletten auf dem Schreibtisch. »Ja, das geht uns auch manchmal so. Dann kann man einfach nicht mehr. Wissen Sie was, wir nehmen Sie jetzt mit, dann trinken Sie erst mal einen Kaffee bei uns.«

»Muss ich denn?«

»Ja, wir nehmen Sie jetzt in Gewahrsam.«

»Aber ich muss mich auf eine Prüfung vorbereiten, ich kann jetzt nicht weg!«

»Wenn Sie nicht Folge leisten, dann müssen wir Sie zu Ihrem eigenen Schutz zwingen.«

»Geht's noch? Ich kann nicht, ich habe morgen eine wichtige Prüfung!«

Der Beamte tritt an sie heran: »Bitte, machen Sie sich keine Sorgen, wir kümmern uns um alles.«

Er schnuppert in Janines Richtung. »Haben Sie Alkohol getrunken?«

»Mann, ich hatte gestern 'ne Party. Klar hab ich was getrunken, was meinen Sie denn? Man muss ja mal entspannen dürfen!«

Der kleinere Beamte zeigt sich einfühlsam: »Sie haben bestimmt viel Stress zurzeit. Es ist besser, Sie kommen mit, und man kümmert sich um Sie.«

»Nein!«

Der große Beamte greift nach ihrem Arm und zieht sie mit sich. Der andere sammelt die Tabletten ein.

In der Psychiatrie angekommen, wird Janine protestierend in ein Patientenzimmer geführt. Wenig später kommt ein Arzt zum Aufnahmegespräch.

»Frau Braun, wie geht es Ihnen?«

»Beschissen, was denken Sie denn?«

»Verstehe. Hatten Sie vorher schon mal suizidäre Absichten?«

»Herrgott, ich habe keine suizidären Absichten. Ich war nur fertig und wollte einen Kaffee!«

»Sie studieren Medizin?«

»Ja.«

»Da ist der Druck hoch, stimmt's?«

»Ja, wir haben jetzt viele Prüfungen, aber das ist doch normal. Müssten Sie eigentlich wissen.«

Die Miene des Arztes bleibt ausdruckslos. »Wie verdienen Sie Ihren Lebensunterhalt?«

»Kellnern.«

»Das ist doch sehr anstrengend. Studium und abends noch arbeiten gehen.«

Janine schweigt.

»Sie haben es bestimmt nicht einfach.«

Janine schweigt. Stumm starrt sie vor sich hin. Was soll sie jetzt sagen?

Der Arzt fährt fort: »Sie stehen stark unter Druck. Nehmen Sie Tabletten?«

Janine schweigt. Will er sie verarschen? Es ist hoffnungslos. Er würde alles so drehen, wie er es braucht. Leise rinnt ihr eine Träne über die Wange. Sie würde ihre Prüfung verpassen, und sie würde ein ganzes Semester verlieren.

»Tja, Frau Braun, ich werde jetzt Ihre Eltern anrufen.«

Janine horcht auf. Ihr gesamter Körper spannt sich an. »Nein, bitte nicht!«

»Es tut mir leid, aber ich muss Ihre Familie sprechen, bevor ich ein fundamentiertes psychologisches Gutachten abgeben kann.« Er steht auf und geht Richtung Tür.

Janine schreit auf: »Nein, bitte nicht! Bitte nicht meine Eltern! Meine Mutter rafft das nicht, die dreht durch, und mein Vater … Oh mein Gott, nein, bitte nicht!«

»Beruhigen Sie sich, Frau Braun, es wird alles geregelt.« Der Arzt drückt auf einen roten Knopf an der Wand.

Janine schlägt die Augen auf. Ihr Kopf fühlt sich stumpf an, als würde jemand von oben einen Wattebausch auf ihre Stirn drücken. Über ihr hängt ein Tropf mit einer durchsichtigen Flüssigkeit, in dem sich in gleichmäßigen Abständen ein Tropfen durch den Plastikschlauch zwängt und sich unaufhaltsam der Kanüle in ihrem

Unterarm nähert. Wie lange liegt sie hier schon? Durch das Fenster scheint die Sonne. Es muss Morgen sein. Oder schon Nachmittag? Was ist passiert? Eine Schwester bringt ein Tablett mit Essen. »Was macht ihr mit mir?«, versucht Janine zu erfahren.

Diese gibt sich wortkarg, lächelt aber: »Es wird alles gut. Machen Sie sich keine Sorgen.« Janine hat Hunger. Sie sucht die Gabel. Es gibt keine. Nur einen Löffel.

Nach dem Essen öffnet sich die Tür, und ein Mann betritt das Zimmer. »Guten Tag, ich bin Richter Hartmann. Ihr gesetzlich vorgeschriebener Anwalt kommt gleich, er steht im Stau. Aber wir können ja schon mal anfangen. Wie geht es Ihnen?«

»Warum will denn hier jeder wissen, wie es mir geht? Beschissen, Mann! Ich will hier raus!«

»Beruhigen Sie sich erst mal. Darüber wollen wir jetzt reden.«

Er blättert in seinen Unterlagen und murmelt: »Diagnose: Depressive Episode. Behandlungsvorschlag: Sechs Wochen stationär.«

Dann wendet er sich Janine zu. »Warum haben Sie das auf Facebook geschrieben?«

»Was?«

»Dass Sie sich umbringen wollen.«

»Mann, ich war fertig und wollte nur Kaffee. Ich hatte 'nen Hangover und 'n Haufen Lernerei vor mir.«

»Und da haben Sie mal eben gepostet, dass Sie sich umbringen wollen und nebenbei ein starkes Psychopharmakum eingenommen.« Er blättert in den Unterlagen. »Diazepam, das ist nicht gerade ein Pfefferminzdrops.«

Janine schüttelt hilflos den Kopf. »Wenn Sie mir mein Handy geben, kann ich Ihnen beweisen, dass ich nur Kaffee wollte.«

»Ja. Ihre Eltern haben bestätigt, dass Sie früher oft recht … traurig waren. Können Sie das bejahen?«

»Hey, ich hatte Liebeskummer, das ist doch normal.«

»Das kann durchaus eine Psychose auslösen. Haben Sie den jetzt überwunden?«

»Arschloch.«

Der Richter zuckt zusammen. Er notiert sich etwas. »Sie richten Ihre Aggression gegen die abwesende Person, die Ihr psychisches Gleichgewicht gestört hat, das ist ganz normal bei einer leichten Psychose. Wissen Sie, es kann eine ganze Weile dauern, bis man durch die schmerzvollen Phasen einer Trennung hindurch ist. Sie scheinen ganz schön durcheinander zu sein, und dann auch noch die Belastung im Studium, der Druck der Eltern …«

Er steckt den Kugelschreiber in seine Brusttasche und erhebt sich. »Ich veranlasse, dass Sie sechs Wochen hierbleiben. Der Psychologe kann eine Selbstgefährdung aufgrund psychischer Labilität nicht ausschließen, und ich schließe mich dem an.«

Janines Augenlid beginnt zu zucken. Sie sieht ihren Professor an einem Tisch warten und ungeduldig auf die Tischplatte trommeln. Sie sieht ihre Eltern, wie sie sich enttäuscht abwenden. Mit einem gewaltigen Schrei aus den Tiefen ihres Körpers stürzt Janine sich auf den verdutzten Richter und reißt ihn zu Boden. Die Infusion löst sich mit einem schmatzenden Geräusch aus ihrem Arm. Blut läuft aus der aufgerissenen Wunde und tropft auf den Boden. Janine greift nach dem Schlauch, wickelt ihn um den Hals des benommenen Richters. Dann zieht sie die Schlinge zu. Ein Knie stemmt sie auf seine Brust und reißt an den Enden des Schlauchs, so fest sie kann. Dabei lässt sie einen markerschütternden Schrei los.

Als die Tür sich öffnet, ist es ruhig im Zimmer. Janine liegt auf ihrem Bett und blättert in einer Zeitschrift. Der Anwalt hastet herein. »Frau Braun, wir müssen noch auf den Richter warten, aber es wird kein Problem sein, ihn zu überzeugen, dass Sie nach Hause dürfen. Das Posting war zwar nicht so glücklich formuliert, aber Sie haben es ja in dem Kommentar weiter unten ›*Leute, haltet mal die Luft an, ich meinte: Ich bringe mich um, wenn ich nicht sofort einen Kaffee bekomme!!*‹ absolut relativiert.«

Janine steht auf und schreitet an dem Anwalt vorbei zur Tür. »Hab ich doch gleich gesagt.« Mit einem diabolischen Lächeln steigt sie über die Blutlache, die sich unter der WC-Tür hindurch ausbreitet, und verlässt erhobenen Hauptes das Zimmer.

50. GRUND

Weil Schnee glücklicherweise dehydriert

»Es schneit, es schneit, es wurde höchste Zeit …« Lalala. Und schon rennen alle Kinder raus und bauen Schneemänner, wedeln hingebungsvoll Schneeengel in das weiße Glück und bauen Iglus ohne Eingang.

Wir Autofahrer kriechen vorsichtig die Straßen entlang. Selbst mit Winterreifen sind wir beim Fall der ersten Flocke hysterisch und lauschen den Meldungen im Radio über zahlreiche Unfälle wegen Schneematsch und Glatteis.

Noch nicht Auto fahrende Jugendliche indes haben eine seltsame Art, sich mit der zauberhaften Winterwelt zu beschäftigen. Sie pinkeln ihren Namen in den Schnee, stecken sich gegenseitig Hände voll gefrorenen Wassers in den Pullover und formen eifrig Wurfmaterial, das sie dann ohne Sinn und Verstand um sich schleudern.

Ich fuhr langsam und konzentriert der schon frei gefahrenen Spur auf der matschigen Straße nach. Die S-Bahn war gerade angekommen, und Jugendliche strömten den Gehweg entlang nach Hause. Fröhliches Gewusel am Wegesrand. Da muss man immer besonders vorsichtig fahren, könnte ja sein, dass ein Kind unvermittelt auf die Straße rennt.

Plötzlich schlug etwas mit einem lauten Knall auf meine Windschutzscheibe. Ich sah nichts mehr. Alles war weiß! Ich erschrak, riss das Lenkrad herum und begann zu schlittern. Eine Trilliarde Gedanken jagten gleichzeitig durch meine Synapsen: Schnee! Vom Baum? Vom Auto vor mir? Wird es gleich wehtun, wenn ich irgendwo dagegenknalle? Habe ich den Herd angelassen? Saubere Unterhose an? … Aber es knallte nicht. Das Auto kam zum Stehen. Zitternd betätigte ich den Scheibenwischerhebel. Ächzend schob dieser die Schneeschicht zur Seite. Dahinter sah ich am Wegesrand ein paar schwererziehbare Minderbegabte, die lachend und sich gegenseitig anerkennend auf die Schulter klopfend davonschlenderten.

Wenn man zu viel Schnee isst beziehungsweise unter Zwang oral aufnimmt, kann man an Dehydrierung sterben, denn Schnee ist wie destilliertes Wasser. Es entzieht dem Körper lebenswichtige Mineralstoffe. Man vertrocknet elendig von innen. Symptome treten auf wie Kopfschmerzen, Muskelkrämpfe, verminderter Blutdruck (Hypotonie), Schwindel oder Ohnmacht. Unbehandelte Austrocknung führt in der Regel zu Delirium, Bewusstlosigkeit, Schwellungen der Zunge und im Extremfall zum Tod. Sehr gut. Das ist eine der unangenehmsten und schmerzhaftesten Arten zu sterben. SEHR GUT! Hier, mein Junge, friss den Schnee … FRISS!!!

51. GRUND

Weil Wespenbruzzler Befriedigung bringen

Wespen sind ja sooo nützlich. Bullshit! Sie sind Mistviecher! Kein Insekt hat es bisher geschafft, mir größere Schmerzen zuzufügen. Und ich reagiere noch nicht mal allergisch auf sie. Jedenfalls nicht im klassischen medizinischen Sinn. Bei einem Ausflug in den Wald mit meinen beiden Kindern an einem wunderschön feuchten Sommertag spürte meine sechsjährige Tochter am Bachlauf unter ihrem Fuß ein weiches Erdloch. Plötzlich schrie sie auf. Das war nicht so ein Schrei nach Aufmerksamkeit, der uns Eltern müde lächeln lässt. Das war ein schrecklicher Schmerzensschrei, begleitet von: »MICH HAT WAS GESTOCHEN!!!« Und da sah ich sie: Eine, zwei, drei …

gefühlte 730 vor Wut schäumende Wespen verließen ihr Wespenloch und wetzten ihre Stachel, um uns Eindringlinge zu töten. Sie stachen wie wild auf uns ein. Ich schnappte meinen kleinen Sohn an der Hand und schrie meine Tochter an: »RENN!!!« Wir rannten und rannten, durch das Unterholz den Bachlauf entlang, stolperten über Baumstämme, Tannenzweige schlugen uns ins Gesicht. Die Wespen waren überall um uns herum und in unseren Kleidern, sie stachen und stachen. Meine Tochter brüllte vor Schmerz und Angst. Ich schrie nur immer wieder: »LAUF!!!«

Erst als wir nach circa 200 Metern den befestigten Weg erreicht hatten, waren die Wespen verschwunden. Nur die, die sich in unseren Hosenbeinen und Jacken verirrt hatten, gifteten uns noch wütend an. Die schmerzhafte Ausbeute bei meiner Tochter waren sieben Wespenstiche, bei mir drei und bei meinem kleinen Sohn einer. Ich verband uns alle mit Essig und Zwiebeln und holte einen Eiswürfel nach dem anderen. Meine Kinder weinten. Es tat furchtbar weh. Mein Sohn sah mich mit großen, tränengefüllten Augen tapfer an: »Ich hatte bestimmt die Wespenkönigin.«

In der gleichen Saison noch entdeckte ich in einem Baumarkt den elektronischen Wespenbruzzler, der die Wespen auf Knopfdruck brutal zwischen seinen Metallstäben grillt, bis ihnen der Hintern platzt …

52. GRUND

Weil natürlich immer, wenn man mal ausschlafen könnte, eine SMS kommt: »Hab ich dich geweckt?«

Es gibt Leute, die fordern es heraus. Die lechzen förmlich nach ihrem zeitnahen Ableben durch Fremdverschulden. Der Vogel, der Wurm, die Jagd danach. Mindestens einmal am Morgen twittert oder facebooked jemand, dass ihn der frühe Vogel mal kann, dass die zweite Maus den Käse bekommt oder dass Würmer auch eine Existenzberechtigung haben. Das sind die »Eulen«. Gemächlich lassen sie den Tag beginnen, baden in koffeinhaltigem Heißgetränk und sind fähig, bis spät in die Nacht aktiv an wichtigen Dingen zu arbeiten.

Und dann gibt es die sogenannten »Lerchen«. Das ist der Chronotyp, der morgens schon freundlich nach allen Seiten grüßend durchs Büro hüpft und dem man dann gerne das neue Superklebeband quer übers Gesicht ziehen möchte. Arg!

Sie bemerken, wie ich suggestiv Partei ergreife? Obwohl ich mich selber zu den »Lerchen« zähle. Wie soll es denn auch anders sein mit zwei Kindern, die morgens in die Schule müssen? Meine Tochter sagte heute Morgen um 6:35 Uhr zu mir: »Mama, wenn du mal ausschlafen willst, dann mach das. Ich brauche dich erst um 6:40 Uhr.«

Aber eines Tages war es dann so weit: Ich hatte kinderfrei. Die ganze Nacht und den dazugehörigen Morgen. Gut, ich gebe zu, es gab organisatorische Gründe, weil ich eine große Veranstaltung hatte. Also musste ich die Kinder »wegorganisieren«. Zu Freunden. Damit ich diesen Sonntag mal ausschlafen konnte. Die Veranstaltung würde bestimmt bis in die Puppen gehen. Und so war es dann auch. Gegen vier Uhr kehrte ich glücklich nach Hause zurück und legte mich ins Bett. Ich hatte getanzt, geredet, den Abend genossen und war dann eine Stunde nach Hause gefahren. Aber das war egal. Endlich mal nicht auf die Uhr sehen zu müssen, weil der Babysitter abgelöst werden will. Herrlich!

Oh, apropos: Noch das Handy einschalten und neben mich legen. Falls mit den Kindern etwas sein sollte, musste ich ja erreichbar sein. So sind wir Alleinerziehenden halt.

Wenige Sekunden später sank ich in eine weiche Wolke sanfter Träume, flog mit ausgebreiteten Armen über eine Stadt, bis in die Zehenspitzen erfüllt vom Glück der Unabhängigkeit und Freiheit … »Ping« – dieses Geräusch kannte ich. Es war der SMS-Ton meines Handys. Ich öffnete ein Auge. Blick auf die Uhr: 8:16 Uhr. Blick aufs Handy. Es musste etwas Furchtbares passiert sein! Verfasser der SMS war ein befreundeter Lerchen-Autor: »*Guten Morgen, hab ich dich geweckt?*« … Aaaah!

Wenige Tage später simste ich trocken: »*Guten Morgen, hat es sehr geblutet, als ich dir die Finger abgehackt habe? Oh, du kannst ja nicht zurücksimsen. Schaaaadeeee!*«

53. GRUND

Weil es zu Halloween heißt: Trick or die!

Kinderfeste sind großartig. An St. Martin erfreuen zarte Kindergesänge unser Herz und schicken uns zurück in unsere eigene Kindheit. Damals hatten wir noch echte Kerzen in den Laternen. Nachdem die kleinen Pavarottis und Montserrat Caballés den hilfsbereiten Reiter mit dem geteilten Mantel und Sonne, Mond und Sterne besungen haben, füllen wir ihnen die vorgestreckten geöffneten Jutebeutel unter erwartungsvollen Blicken aus großen Kinderaugen mit allerlei Süßkram. Das haben sie sich auch verdient. Schön gesungen.

Beim Verlassen des Grundstücks müssen sie nur aufpassen, dass sie nicht auf die inzwischen verwesenden Einzelteile menschlicher Überreste des elf Tage vorher stattgefundenen amerikanischen Festes keltischen Ursprungs treten. Halloween. An diesem Tag ziehen Skelette, blutbeschmierte Monster und Zombies durch die Straßen und betteln nach Zuckerzeug. Niedlich, wenn die wandelnden Toten gerade mal die Größe eines Zwerges haben. Unangenehm aber, wenn die »Untoten mit schlecht geschminkten offenen Fleischwunden« jenseits des Lillifee- und Bob-der-Baumeister-Alters sind und lieber ihre alkoholisierten Körper in dunklen Kellern zu sakralen

Klängen wiegen sollten, anstatt unbescholtene Bürger um 20:15 Uhr – also FILMBEGINN im TV – um zuckerhaltige Nahrungsmittel anzuflehen. Und wenn man diese nicht rausrücke, dann dürfe man einen Streich erwarten. Ich blieb also standhaft in meiner Sofamulde kleben und drehte den Ton des Fernsehers lauter, um das Türklingeln zu übertönen.

Mir doch egal, ob die mir einen Streich spielen. Was sollte das auch schon Großartiges sein? Ich mache so einen Mist nicht mit. Ich erwarte Leistung für meine Gaben. So wie die ambitionierten Gesänge bei St.-Martins-Umzügen.

In der Werbeunterbrechung klingelte es erneut. Ich öffnete schwungvoll die Tür, um die bettelnden Nervzombies freundlich darauf hinzuweisen, dass ich keinen gesteigerten Wert darauf lege, ihrer Bettelei nachzugeben. Da eröffneten sich mir die Folgen meiner vorangegangenen Verweigerung in vollem Ausmaß. Mein erster Blick fiel auf mein in Klopapier eingewickeltes Auto an der Straße. Der Baum in meinem Vorgarten trug ebenso lange weiße Papierfrüchte. Doch bevor ich wütend aufschreien konnte, stieg mir ein beißender Geruch in die Nase. Drei Schritte vor meiner Haustür züngelte ein kleines Paket mit schnell größer werdenden Flammen. Mist, diese Dreckskerle! Panisch stampfte ich die Flammen mit meinen lediglich behausschuhten Füßen aus. Ein paar gezielte Tritte genügten. Etwas Weiches war in dem Paket. Plötzlich hörte ich Prusten und Lachen hinter den Büschen. An meinen Füßen klebte stinkend und in gut haftender Konsistenz eine Handvoll frischen Hundeexkrementes.

Und an dieser Stelle komme ich nun gerne und voller Vorfreude auf die zu übersteigenden menschlichen Reste der Zombies zurück, deren Köpfe inzwischen von den in die Erde gerammten angespitzten Stöcken abgefallen und unter den Rosenstrauch im Vorgarten gekullert sind.

Weil Unterwasserrowdys auch mal tief durchatmen müssen

Tauchen ist kein Sport, es ist eine Leidenschaft, eine Sehnsucht, ein Lebensgefühl. Ein Gefühl, die Welt für eine Zeit lang zu vergessen, sich von den unglaublichen Farben verführen und den Geist mit der körperlichen Schwerelosigkeit dahinschweben zu lassen. Für Momente alles vergessen, was wichtig schien. Unter Wasser gibt es nur zwei Dinge, die wirklich wichtig sind: Atmen und Genießen. Das beruhigende und lebensspendende gleichmäßige Ein- und Ausatmen zwingt den Körper auf eine sanfte und liebevolle Art, sich vom Stress des Alltags zu lösen und sich ganz dem Wunder des machtvollen Elements hinzugeben.

Mit dieser Vorfreude im emotionalen Rucksack machten mein Freund und ich uns auf nach Thailand. Tauchen ist eine teure Angelegenheit. Aber wer einmal vom Zauber der surrealen Welt unter Wasser berührt wurde, der gibt gerne seine letzten Ersparnisse, um sie für die Dauer einer gefüllten Sauerstoffflasche betreten zu dürfen. Mein größter Traum war, einmal in meinem Leben einen Walhai zu entdecken. Einmal dieses mächtige Geschöpf des Meeres an mir vorbeischweben zu sehen. Der Walhai ist der größte lebende Fisch, er kann 14 Meter lang werden. Angeblich lebt er 100 Jahre, aber das würde ich ihn fragen, wenn ich ihn träfe. In Chumphon Pinnacles, einem Tauchgebiet in Thailand, würde ich ihm begegnen, sagte man mir. Dort triebe sich dieser weitgehend unerforschte Gigant herum. Ich war aufgeregt.

Ich bin Rescuediver. Das bedeutet, ich weiß, wie man sich unter Wasser verhält, und sogar, wie man Probleme lebensbedrohlicher Art in den Griff bekommen kann. Manchmal ist es aber einfach zu spät, noch zu helfen …

Aber von vorn: Beim Briefing des ersten Tauchgangs lernten wir uns kennen. Drei Pärchen, die sich vorher noch nie gesehen hatten, sollten nun zwei Tage auf einem Schiff verbringen. Drei Tauchgänge am Tag, wenn wir wollten. Ja, ich wollte!

Unser Guide erklärte, wie der Tauchgang verlaufen würde, was wir erwarten konnten, was wir sehen würden. Wir packten unsere Ausrüstung und stiegen in das kleine Beiboot, um zum Riff gebracht zu werden. Es war heiß. Die Neoprenanzüge klebten adhäsiv durch Schweiß an unserer Haut. Wir warteten noch auf eine untersetzte Dame, die sich von ihrem Mann in den schwarzen Gummianzug pressen ließ. Er checkte ihre Ausrüstung und schloss die Flasche fachgerecht an. Ich schöpfte geduldig ein bisschen Wasser aus dem Meer und benetzte mein Gesicht, um mich abzukühlen. Als die Dame das Beiboot endlich betrat, schwankte es unter ihrem Gewicht.

Auf der kurzen Fahrt zum Riff sprachen wir nicht viel. Warum auch, denn die Dame erzählte fortwährend von den tollsten Großfischen, die sie und ihr Mann schon gesehen hatten. Der schwieg und blickte stoisch aufs Meer hinaus.

Unter Wasser herrschen andere Gesetze als an Land. Es ist eine fremde Welt, in der wir nur zu Gast sind. Die Koordination ist schwierig, die Sicht eingeschränkt. Wir müssen Rücksicht aufeinander nehmen – gerade wenn es eng wird, man einen Höhlengang durchtaucht oder in einer Strömung den Anschluss nicht verpassen darf. Die Dame vor mir – ich nannte sie »The Strampler« – hatte keinerlei Verbindung vom Gehirn zu ihren Extremitäten. Sie fuchtelte wild mit Armen und Beinen herum, sodass ich in ihrer Nähe oft Sorge um meine Tauchermaske hatte. Abstand halten ging leider nicht, denn dann hätten mein »Buddy« (so nennt man den Tauchpartner) und ich den Anschluss zur Gruppe verloren. Auch die vorhergehende Absprache, wer hinter wem tauchen sollte, brachte nichts, denn The Strampler war immer genau vor mir, egal wie groß das Meer auch sein mochte. Die Zeit zwischen den Tauchgängen verbrachte sie damit, in schillerndsten Farben zu erzählen, welche unglaublichen Plätze sie schon besucht hätten und dass es keine

Meeresbewohner gäbe, die sie noch nicht gesehen hätten. Und die Tauchgänge verbrachte sie damit, den Sand vor mir aufzuwirbeln, sodass ich den einen oder anderen Riffhai nur noch schemenhaft davonschwimmen sah, anstatt mich an seiner Eleganz erfreuen zu können. Ich hasste sie.

Beim Briefing am nächsten Tag war der Tauchguide allerbester Stimmung. Er erklärte stolz, dass ein Walhai im Tauchgebiet gesichtet worden war. Ich war erstaunt, wie geschickt er uns einzuwickeln versuchte. Die tatsächliche Chance, diesen einen Walhai zu sehen, war so gering, wie einen eisgekühlten Caipirinha in einer Steppenwüste in Zentralasien zu bekommen. Nicht unmöglich, aber eben sehr gering. Dennoch stieg meine Aufregung, ich spürte meinen Atem schneller gehen. Ein Walhai! Vielleicht sollte es doch endlich so weit sein. Vielleicht würde ich diesmal Glück haben. Vielleicht würde ich den Caipirinha bekommen, die Nadel im Heuhaufen finden, das Korn des blinden Huhns zu den Erinnerungen meines Lebens hinzufügen dürfen.

Ich hielt ausreichend Abstand zu The Strampler. Dieses Mal sollte sie keine Chance haben, mir mit Sandaufwirbeln die Sicht zu nehmen.

Ich sah, wie der Guide uns ein Zeichen gab, uns ruhig zu verhalten. Ganz ruhig. Aufgeregt schlossen wir zu ihm auf. Ich stoppte, atmete ruhig ein und aus. Er deutete in die Richtung genau vor uns. Meine Augen suchten im Blau nach dem, was er entdeckt hatte. Es war groß. Riesengroß. Mein Gott! In diesem Moment schob sich The Strampler vor mich, um besser sehen zu können. Ich bemerkte an ihren Bewegungen, dass sie sehr aufgeregt war und den Hals reckte. Ich blickte an ihr vorbei und sah das große Etwas mit einer eleganten Leichtigkeit auf uns zuschwimmen. Mir stockte der Atem. Ich starrte auf den gigantischen Schatten, der sich majestätisch auf uns zubewegte.

ZACK!, wurde mir die Maske vom Gesicht geschlagen. Ich spürte, wie eine Taucherflosse an meiner Wange entlangschrammte.

Dann sah ich nichts mehr. Ich geriet in Panik, der Schatten wurde größer und schwebte über unseren Köpfen, ich spürte den Sog seines mächtigen Körpers. Schnell fingerte ich die Maske wieder auf, presste sie an der Stirn fest an, nahm einen tiefen Atemzug und verdrängte das Wasser mit meinem Ausatmen. Ich riss den Kopf herum und blickte in die Richtung, in die alle wie gebannt starrten.

Ich sah, wie sich ein dunkler Fleck in den Schattierungen des Blaus verlor. Er entfernte sich rasch. Dann war er weg. Das Meer hatte wieder seine gleichbleibende Färbung, nur ein einsamer Clownfisch flitzte um seine Anemone herum, als wäre nichts geschehen.

Ich brachte sie um. Es war ganz einfach. Wenn man so aufgeregt war wie ich nach dem plötzlichen Verlust der Tauchermaske, sucht man Halt – egal wo. Man greift nach allem, was man zu packen bekommt. Ich ergriff das Gurtende, das das Blei der Stramplerin an ihrem Leib hielt. Ich zog mit einem Ruck daran, während ich mit der anderen Hand gezielt nach dem Jackettlufteinlass griff und den Knopf drückte. Sie schoss nach oben wie ein aufgeploppptes Gummirettungsboot. Ich bildete mir sogar ein, kurz vor Erreichen der Wasseroberfläche ihre Lunge platzen gehört zu haben. Als ihr lebloser Körper aus dem Wasser gezogen wurde, bemerkte ich ein winziges Lächeln, das sich um die Mundwinkel ihres Mannes abzeichnete.

55. GRUND

Weil Vielredner gerne schwimmen gehen

»Du kommst doch zur Party?« Aber ja! Was für eine Frage! Ich komme als Alleinerziehende selten raus. Jedes Mal ist es ein immenser Aufwand, die Kinder wegzuorganisieren, wenn ich mal einen Abend für mich haben will. Für Babysitter habe ich kein Geld, und das ist ja auch unnötig, weil sie mit neun und zehn ja nun wirklich schon groß genug sind.

Jedes Jahr im Sommer veranstalteten meine Freundin und ihr Mann eine große Gartenparty auf ihrem Grundstück. Mit Pool und Personal (na ja, sie ließen ihre Kinder servieren) und allem, was dazugehört. Alles, was man mitbringen durfte, war eine kleine Spende für ein Krankenhausprojekt in Afrika. Ich musste kein Geld spenden. Ich war die beste Freundin der Familie und spendete meine Arbeitskraft, indem ich half, die Tische und das Buffet aufzubauen. Dennoch brachte ich abends, wenn ich frisch geduscht und herausgeputzt das Gartentor durchschwebte, immer eine kleine Geldspende, an einem Zweig drapiert, mit und überreichte sie meiner Freundin Claudia. Sie sagte dann regelmäßig: »Ach, hör doch auf, es reicht doch, dass du da bist!« Aber mir war das egal, ich wollte nicht hinter all den schicken und wohlerzogenen Gästen zurückstehen, die ihre Scheine genau dann umständlich in die Spendenbox steckten, wenn sie auch sicher waren, dass genügend andere Gäste sie aus den Augenwinkeln beobachteten.

Gegen ein Uhr morgens verschwanden die meisten dann wieder, und nur der harte Kern blieb. Die Party endete regelmäßig damit, dass Claudia und ich leicht beschwipst und mit elfenzarten Stimmchen (andere würden sagen: laut grölend) die ganze Palette der Karnevalslieder rauf und runter sangen, zu *Völlig losgelöst* von Peter Schilling endlich auf die Tische sprangen und bei einem ekstatischen »Jeanny, quit livin' on dreams« von Claudias Nachbarn mit einer polizeilichen Anzeige bedroht wurden. Diese Partys waren mein Jahreshighlight.

Auch in diesem Jahr schien alles perfekt zu werden. Das Wetter war warm und trocken, viele Gäste hatten zugesagt. Vielleicht würde ja auch mal ein Single für mich dabei sein, das wäre die absolute Krönung. So ein niedlicher Mittvierziger mit grauen Schläfen. Das wäre toll!

Ich erschien pünktlich und war wie immer die Erste. Ich würde nie lernen, wann man zu einer Party erscheint. Aber ich wollte doch auch keine Minute verpassen. Claudia und ich stießen mit Bier an, bevor die anderen Gäste kamen. Bier war unser Lieblingsgetränk, leider aber hinsichtlich selbst erdachter Etikette nicht standesgemäß für eine PR-Managerin und ihren Unternehmensberater. Das bedeutete, dass wir uns dem Genuss des Hopfengetränks nur heimlich vorher und ganz offiziell nach Vom-Hof-Reiten des letzten Gastes hingeben konnten. Bis dahin mussten wir uns auf Weißwein oder Prosecco einlassen.

Nach und nach trudelten die Gäste ein. Ich kannte die meisten aus den Jahren zuvor, hatte aber vergessen, wie sie heißen. So umschiffte man die peinliche Situation, indem man einfach alles vermied, was den Gebrauch des Namens erforderte.

Ein Gast fiel mir besonders auf. Er war eine stattliche Erscheinung und begrüßte die anderen mit einem freundlichen Lächeln, das er offenbar mit dem ein oder anderen Witzchen begleitete, denn die Frauen um ihn herum kicherten affektiert. Claudia bemerkte meinen Blick und raunte mir zu: »Das ist der Günther, ein neuer Nachbar. Ein hohes Tier bei der Stadt, er … Ach, Melanie, wie schön, dass du gekommen bist.« Schon wurde sie wieder belagert. Ich kümmerte mich nicht weiter um ihn, behielt ihn aber im Auge. Nach und nach wandten sich die Frauen ab, was mir meine Chance zu einem netten Gespräch geben sollte.

Claudia schwebte zwischen den Gästen herum und hatte noch keine Zeit für mich. Das würde später kommen, darauf freute ich mich. Ein bisschen kam ich mir vor, als hielte ich Hof an einem Hof ohne Gäste, denn mit mir wollte keiner so richtig ins Gespräch kommen. Ich roch unauffällig an meiner Achsel. Nein, da war alles in Ordnung. Dann stellte ich mich zu einer Gruppe gackernder Ehefrauen, das würde bestimmt lustig werden. Aber Small Talk war überhaupt nicht so mein Ding, und ich ertappte mich dabei, dass ich bei der Erzählung über den neuen Reitlehrer angestrengt die Zähne zusammenpresste, weil ein Gähnen unterdrückt werden musste. Für die anderen sah es hoffentlich aus wie ein Lächeln.

Die Party schien für mich in ein Desaster abzurutschen. Ich versuchte, es mit Alkohol abzuwenden. Mit genügend Alkohol sollte alles zu ertragen sein. Ich hatte meine Kinder extra wegorganisiert, mich in Schale geworfen, mich an Stellen rasiert, die bei normalen Menschen kein Tageslicht sehen, und nun sollte es gefälligst auch die Party des Jahrhunderts werden.

Ich pirschte mich also an Mr. Perfect heran. Der würde mir den Abend retten.

»Hallo!« Ich schenkte ihm mein strahlendstes Lächeln.

Er drehte sich zu mir um: »Hallo.« Zumindest war er nicht stumm.

Nein, das war er ganz und gar nicht. Und nach ungefähr fünf Minuten wusste ich, warum er mittlerweile alleine dastand. Mir wurde klar, dass keine Frau der Welt so verzweifelt sein konnte, diesen Mann zu ertragen. Ich eingeschlossen. Ich wollte nur noch weg. Und zwar zwischen dem Referat über politische Aufstände Mitte des 19. Jahrhunderts in Nigeria und seinem 37. Stellenwechsel. Er redete ununterbrochen, ich konnte mich bestenfalls mit »Hm« oder »Aha« einbringen, und wenn ich einmal etwas sagen wollte, schwenkte er binnen eines halben Satzes wieder auf seine oder die Lebensgeschichte eines ausländischen Staates zurück. Als ich einen hilfesuchenden Blick zu Claudia warf, zwinkerte sie mir ausgelassen zu und stieß höflich mit der Mutter aus dem Elternbeirat an. Okay, ich musste durchhalten. Meine Eroberung war vielleicht eine für Claudia geschäftlich wichtige Person, deswegen wollte ich ihn lieber nicht vergraulen.

Also nickte ich tapfer und versuchte, meinen Körper zu verlassen und mich danebenzustellen, so wie ich es immer tat, wenn ich mich während eines Gespräches zu Tode langweilte. Als ich da so neben mir stand und den immerwährend quasselnden Mund Günthers auf- und zugehen und ihm gegenüber mein debiles, eingefrorenes

Lächeln sah, während alle anderen auf der Party Spaß hatten, wurde ich wütend. Ich werde mich jetzt von ihm lösen, indem ich einfach zum Buffet gehe. Einfach so, ganz frech. Ich tat es … und er folgte mir. Wie ein Hund. Und redete.

Die Zeit verstrich, ich wusste nun alles über die katastrophalen Zustände im Südsudan und ebenfalls und in gleicher Ausführlichkeit über logistische Probleme an deutschen Universitäten. Und das alles neben mir, hinter mir und, wenn er es schaffte, auch vor mir. Ein Entkommen war nicht möglich, vergraulen durfte ich ihn nicht, meine Party war im Eimer, außer ich würde …

»Haben Sie den Pool schon gesehen?«, fragte ich zwischen dem politischen Führungswechsel 1963 in Aserbaidschan und der fast schon unterhaltsamen Darstellung, warum die zweite Weltsprache trotz der hohen Bevölkerung nicht Indisch sei.

»Ich kann nicht gut schwimmen«, gab er achselzuckend zurück.

»Macht nix.« Fast schon euphorisch zog ich ihn Richtung Pool hinter dem Haus. Die Abdeckung war eingerollt, und das blaue Wasser glitzerte einladend im Schein der mit Strom betriebenen Lampions. Wasser, Lampions – welche segenbringende Kombination!

Als wir da so vor dem Pool standen und der Logorrhötiker Luft holte, um zu einem Referat über die Gefahren von Wasser und Strom so nah beieinander anzuheben, lächelte ich ihn so glücklich an wie noch in keiner der unendlich zähen Minuten zuvor. Er stutzte. In diesem Moment schwieg er für den Bruchteil einer Sekunde, und als er wieder den Mund aufmachte, formulierte er eine Frage: »Wollen wir uns nicht einmal außerhalb dieser Party treffen?«

Ich blickte auf die sich schließende Poolabdeckung und sah Günthers schlaffen Körper auf den Boden sinken. Claudia und die Gäste waren im vorderen Bereich des Gartens kurz irritiert über den partiellen Stromausfall. Claudias Mann sagte, es müsse wohl etwas an der Poolanlage hinter dem Haus nicht in Ordnung sein, aber darum kümmere er sich heute nicht mehr.

Als Claudia mit mir anstieß, erzählte sie: »Du, danke, dass du dich um Günther gekümmert hast. Er kann wirklich eine Nervensäge sein. Aber mein Mann wollte ihn unbedingt einladen. Er ist wie ein Sog, oder? Der redet und redet und dann auch noch so unzusammenhängend.« Ich nahm einen großen Schluck aus dem Bierglas, goss mir beherzt nach und sagte trocken: »So schlimm war es auch wieder nicht.«

56. GRUND

Weil sich Mückenlarven in Spiritus herrlich winden

»Sssssss …« Dieses hochfrequente Summen, das den Sommer ankündigt. Ich könnte kotzen. »Ssssss«, surrt es plötzlich abends, kurz nachdem der Körper die letzten unbewussten Einschlafzuckungen vollzogen hat und bereit ist, sich den verdienten Schlaf zu holen. Dann noch mal alle Lichter an: Mückenjagd. Im allerbesten Fall zieren nach drei Stunden Jagd ein bis zwei Blutflecken die weißen Wände. Dabei will ich nicht darüber nachdenken, warum diese Drecksweiber (denn es saugen ja nur die Mückenladys, um ihre Drecksbrut zu versorgen) schon den Wanst voll hatten, beziehungsweise darüber, wo das Blut herkam. Etwa MEINS?

Ultraschallsteckdosenpiepser sollen den bereits trächtigen Weibern fortpflanzungsgeile Mückenmännchenschreie imitieren und sie damit abschrecken. Da würde ich aber auch rennen, wenn mich mein Mann lüstern ansabbert, obwohl ich mich gerade mit Schwangerschaftsstreifen und Nestbautrieb herumschlage. Mückenweibchen haben da wohl eine andere Auffassung von Fortpflanzungstrieb, denn sie sitzen teilweise freudig erregt eben auf diesen Summern herum und warten auf weitere Koitusse.

Und es gibt kein Entrinnen. Duftkerzen stinken und reizen die Atemwege … der Wirte. Duftarmbänder sind für Kinder geeignet und ebenso umweltfreundlich wie wirkungsfrei. Knoblauchatem schreckt nur paarungsbereite Menschen ab, nicht aber die Mücken. Brutzellampen leuchten lediglich dekorativ, und unter Moskitonetzen ist man zwar sicher, aber auch sicher vor steter Sauerstoffzufuhr. Und ich finde mich am nächsten Morgen regelmäßig darin eingewickelt wieder, weil ich beim nächtlichen Um-mich-Schlagen nach Albtraummücken den Haken aus der Decke gerissen habe.

Und dann ist es so weit: Schnell, Fenistil, Cortison und Apfelessig! Darauf Desinfektionsmittel. Ich stäääarbe! Im Zusehtempo bildet sich ein unübersehbarer, hässlicher und grässlich juckender Flatschen. Quaddel, Beule, Auswuchs. Ich kann nicht mehr unter die Leute gehen. Ich bin ENTSTELLT!

Her mit Haarspray, Flammenwerfern und Tracheengift! Brennen sollen sie, die gierigen, rücksichtslosen Mikrovampire! Und haben Sie schon mal beobachtet, wie sich süße kleine Mückenlarven kurz vor dem Erblicken des Lichts der Welt im Todeskampf winden, wenn man SPIRITUS ins Mückenbabybecken schüttet?

57. GRUND

Weil Pfleger auch mal fixiert werden wollen

Irmtrud Kloppenburg wurde an den Tisch herangefahren. Darauf lag ein Blümchendeckchen, und in der Mitte stand eine dünne Vase mit einer Plastikblume darin. Neben ihr saß – ebenfalls in einem Rollstuhl – ein lustiger alter Mann. Ein Pfleger stellte Teller mit leicht verdaulicher Kost vor ihnen ab.

»Danke«, bedachte Irmtrud den Pfleger mit einem freundlichen Lächeln, aber der war schon eilig weitergegangen.

»Ich bin die Irmtrud.« Sie beugte sich zu dem Herrn hinüber, um sicherzugehen, dass er auch hörte, was sie sagte.

Der Herr blickte sie an, und in seinen Augen blitzte so viel Lebensfreude, wie man es von kleinen Kindern kennt, die ein Geschenk erhalten haben. Er zwinkerte ihr zu und antwortete: »Hallo, Prinzessin. Ich bin Ludwig, willkommen in der Hölle.« Irmtrud lächelte. Sie mochte Gesellschaft mit Humor. Und dieser Ludwig schien davon reichlich zu haben.

Förmlich fuhr sie fort: »Ich bin 87 Jahre, und wie alt sind Sie?«

»89. Iss schnell, sonst kriegst du nichts mehr«, zischte er schmunzelnd durch sein lockeres Gebiss und schaufelte den Brei in sich hinein. Dabei schenkte er Irmtrud hin und wieder ein freundliches und offenes Lächeln. Seine Falten formten sich dabei zu etwas, was einst lustige Grübchen gewesen sein mussten.

Als eine burschikose Pflegerin erschien, zuckte Ludwig zusammen und das Glänzen in seinen Augen erlosch. Sie löste die Bremse an seinem Rollstuhl und schob ihn energisch aus dem Raum.

Irmtrud blickte ihm nach. »Was für ein netter Mann«, dachte sie. Wenn ihre Beinverletzung verheilt wäre, würde sie ihn schieben, damit er nicht immer auf das Pflegepersonal angewiesen wäre.

Die Pflegerin kam zurück und steuerte jetzt direkt auf sie zu. »Aha, wen haben wir denn hier? Noch ein Essen auf Rädern? Na, dann wollen wir mal.« Brüsk schob sie Irmtrud in ihr Zimmer. »So, hier ist dein Zimmer. Ich bring dich jetzt in dein Bett. Und hopp!«

Sie zerrte Irmtrud aus dem Rollstuhl und schob sie mit einem derben Schubs auf das Bett. Dann schwang sie Irmtruds Füße hinterher. Dabei kippte die alte Dame nach hinten und schlug mit dem Kopf auf dem Holzrahmen auf.

Irmtrud wehrte sich: »Au! Ich kann das alleine. Vielen Dank, aber ich kann noch ganz gut …«

»Na, das habe ja wohl ICH zu beurteilen, was du kannst und was nicht.«

Irmtrud schluckte. Der durchsetzungsstarke Blick und der barsche Ton der Pflegerin schüchterten sie ein. Hier war keine Widerrede erwünscht.

Am nächsten Tag saßen Irmtrud und Ludwig nebeneinander beim Bingo. Er machte Scherze und erzählte von seinem Leben, als er noch als Fahrer hochrangiger Persönlichkeiten gearbeitet und immer die besten Trinkgelder bekommen hatte. Alle wollten mit ihm fahren, wenn sie in der Stadt waren, sogar Aufsichtsräte, Politiker und einmal sogar Mario Adorf. Darauf war er besonders stolz. Seit er hier im Heim sei, habe er nun seinen eigenen Chauffeur, spöttelte er. Allerdings könne er nicht immer selbst bestimmen, wohin die Reise ginge. Er lachte. Manchmal ließe ihn die Pflegerin einfach auf dem Klo stehen und stelle seine Bremse fest. Er kenne schon alle Fliesen in seinem Bad mit Namen.

Einmal ließ sie ihn im Garten stehen, und selbst als es zu regnen begonnen hatte, holte sie ihn nicht herein. Ludwigs Miene verdunkelte sich. »Das war nicht schön. Ich bekam eine schlimme Erkältung mit Kehlkopfentzündung und musste im Bett bleiben. Da hat sie mich festgeschnallt.«

»Festgeschnallt?«

»Ja, das machen die hier so, damit man nicht aus dem Bett fällt. Wenn sie Nachtdienst hat, brauchst du gar nicht zu klingeln. Den Hans hat sie mal so weit von der Wand weggerückt, dass er nicht an den Klingelknopf herankam. Er hat dann die ganze Nacht bis zum nächsten Mittag in seiner Kacke gelegen. Daraufhin hat sie ihm einfach nichts mehr zu essen gegeben, damit er nicht mehr ›groß‹ musste.«

Irmtrud schwieg entsetzt. Nachdem sie sich gesammelt hat, flüsterte sie: »Warum sagt denn niemand der Heimleitung Bescheid?«

»Sie sucht sich die Dementen raus, denen sowieso niemand glaubt.«

»Mir hat sie auch schon wehgetan, und ich bin nicht dement.«

»Dich mag sie«, versuchte Ludwig einen Scherz. Als er merkte, dass Irmtrud das nicht lustig fand, fragte er nach: »Was ist passiert?«

»Sie hat mich so schwungvoll aufs Bett gehoben, dass ich mir den Kopf angeschlagen habe.«

Einige Tage später erschien Ludwig nicht beim Essen. Auch beim Bingo saß Irmtrud alleine. Sie machte sich Sorgen. Ihr Bein war gut verheilt, und nun wollte sie mit Ludwig spazieren fahren. Auf ihre Fragen hin erklärte man ihr, er habe sich einen ansteckenden Virus eingefangen, was für ältere Leute einer Quarantäne gleichkam. Er sollte sich vorerst ausruhen. Auch am nächsten Tag blieb der Platz an ihrem Tisch leer.

Irmtrud besuchte Ludwig nach dem Essen. Als sie die Tür öffnete, schlug ihr ein unangenehmer Geruch entgegen. Sie checkte die Toilette, fand aber nichts. Als sie Ludwig im Bett erblickte, erschrak sie. Seine Haut wirkte grau und dünn. Er hatte tiefe, schwarze Augenringe. Irmtrud berührte vorsichtig seine Hand. Dabei strich sie liebevoll an seinem Handgelenk entlang. Plötzlich verharrte sie. Ihr Blick fiel auf ein schwarzes Hämatom, das sich auf Ludwigs Unterarm abzeichnete. Er lächelte, aber der Glanz war vollständig aus seinen Augen gewichen. Mühevoll versuchte er zu sprechen, aber sein Mund war derart ausgetrocknet, dass die Zunge am Gaumen klebte.

Irmtrud stiegen die Tränen in die Augen. Sie folgte seinem flehenden Blick. Auf dem Tisch neben dem Bett stand eine volle Trinkflasche mit frischem Wasser. Sie führte die Flasche an seinen Mund. Ludwig trank so hastig, dass er husten musste und ein Teil des Wassers an seinem Hals hinunter in seinen Pyjama floss. Irmtrud holte ein Handtuch und schlug die Decke zurück, um ihn besser abtrocknen zu können.

Was sie da erblickte, ließ sie vor Entsetzen erstarren. Ludwig hatte unter der Decke einen festen Gurt um den Bauch geschnallt, seine Füße lagen unbeweglich in zwei Manschetten, die ebenfalls am Bettgestell fixiert waren.

Auf dem Flur hörte man Schritte. Ludwigs Augen weiteten sich, er ergriff Irmtruds Hand und sah sie eindringlich an. Dann flüsterte er in Panik: »Geh, sonst bringt sie dich um!«

Irmtrud stolperte vom Bett weg. Doch bevor sie die Tür erreichte, öffnete diese sich langsam. Ein Medikamentenrollwagen wurde hereingeschoben. Irmtrud blickte sich um. Die Tür zur Toilette stand noch offen.

Als die Pflegerin den Raum betrat, war niemand mehr da. Sie schob den Wagen zum Bett.

»Na, wie geht's uns denn heute?« Ludwig konnte nicht antworten. Er versuchte, so normal wie möglich zu wirken. Als die Pflegerin sah, dass die Decke zurückgeschlagen war, maulte sie: »Wie hast du das denn geschafft? Ich will doch nur nicht, dass du mir noch aus dem Bett purzelst.« Sie zog den Gurt um Ludwigs Bauch enger. Er stöhnte vor Schmerzen auf. Dabei bemerkte sie seinen nassen Pyjama. »Jetzt hast du auch noch gekotzt? Da geb ich dir schon nix mehr zu saufen, wie kannst du dann noch kotzen? Scheiße, und was stinkt hier so?« Sie löste den Gurt und rollte Ludwig zur Seite. »Ach du Scheiße, du Schwein! Also, dafür habe ich jetzt aber keine Zeit, daran bist du selbst schuld.« Damit rollte sie ihn wieder zurück in seinen Durchfall und schnallte ihn wieder fest. Diesmal zog sie den Gurt so eng, dass Ludwig Tränen in die Augen stiegen und er nur noch flach atmen konnte.

»Jetzt stell dich nicht so an!« Sie ging mit ihrem Gesicht ganz nah an seines heran und zerrte seinen Kopf an den Haaren in eine Position, in der er ihr in die Augen sehen musste. »Überleg es dir nächstes Mal vorher, wenn du hier jemanden denunzieren willst, klar?«

Die Pflegerin, die sich seit Jahren aufopferungsvoll um die Heimbewohner gekümmert hatte, wurde am Montagmorgen leblos in einem Patientenzimmer aufgefunden. Sie war an einem Rollstuhl fixiert und hatte sich offensichtlich beim Versuch, sich zu befreien, selbst stranguliert. In ihrer Lunge befanden sich Spuren fast aller Medikamente, die auf dem im Zimmer befindlichen Rollwagen vorhanden gewesen waren. Selbstmord wegen Überarbeitung ist nicht ausgeschlossen.

7. KAPITEL

MORDE AUS REINEM NERVENSCHUTZ

Weil es wichtig ist, den richtigen Halsschmuck für Supermamis auszusuchen

Nein, ich schimpfe nicht gegen die perfekten Mamas dieser Welt. Wie könnte ich auch? Haben doch genau diese Mamis immer ein Pflaster dabei, wenn mein Kind auf dem Spielplatz hingefallen ist. Und wenn ich eigentlich den Spielplatz verlassen müsste, weil ich keine Windeln mehr habe, reichen sie mir mit einem freundlichen Lächeln eine herüber.

Das Kind fällt hin, sie stellen es wieder auf. Auch meins, wenn sie gerade danebenstehen und sehen, dass ich auf der Bank meine Nägel feile. Ich will aber nicht, dass sie mein Kind aufstellen. Es soll das selber lernen. Wird die fremde Supermami denn später immer danebenstehen, wenn das Kind mal Hilfe braucht?

Dann toben die Bilderbuchmamis mit ihrer Zweijährigen, setzen sie auf die Schaukel und schubsen sie an: »Huiii!« Danach bauen sie mit ihr Sandkuchen. Oder sie setzen sie auf die Wippe und stützen sie, damit die Kleine nicht herunterfällt, wenn die Wippe GANZ oben ist. Ob man einfach ein wenig die Schraube lösen könnte? Die kleine, beneidenswerte Prinzessin hat immer saubere Kleidung an, so wie die Mutter. Wie geht das bloß?

Wenn es Fragen gibt bezüglich Erziehung, Ernährung oder medizinischer Probleme, stellen diese Mamis gerne ihr Wissen zur Verfügung. Sie wissen ALLES und sind ausgezeichnet organisiert. Am Kühlschrank hängt eine Exceltabelle mit einer Spalte für jedes Familienmitglied, die dessen Termine enthält. In der Partnerschaft läuft alles sooo perfekt, und das Haus blendet das Auge, wenn man nur die gleiche Straße entlangfährt.

Sie haben das Obst sortiert und klein geschnitten, kochen Babybrei immer selbst aus Biogemüse und Biorind und haben einen Essenplan für die ganze Woche. In der Wickeltasche tragen sie ein

Reiseetui »Globuli« mit sich. Und sie wissen auch, wie viel sie ihren Lieben wann geben müssen.

Bevor ich Mutter wurde, dachte ich, »Globuli« sei die Bezeichnung für kleine Planeten. Seit ich mich auf Spielplätzen herumtreibe, weiß ich, dass es sich tatsächlich um kleine weiße Zuckerplaneten handelt, die man schlucken kann. Macht nicht satt.

Aber ich mag diese Mamis. Ich profitiere von ihnen. Ich mache mich einfach klein, frage viel und gebe ihnen so das Gefühl, gebraucht zu werden. Dann sind sie auch nicht so schnell böse, wenn ich sie auf dem Spielplatz mal versehentlich mit dem Lederfußball mitten ins Gesicht treffe oder meinem Kind beibringe, dass die Mami da unbedingt ganz viel Sandkuchen essen möchte. Sie wird es als Unfall sehen, wenn die Rutsche irgendwie rutschiger ist als sonst. So eine Schaukelkette ist als Halsschmuck wunderbar kleidsam. Und dann: »Huiii!«

59. GRUND

Weil für jedes Ping eine Kopfnuss fällig ist

Das »Ping« des Smartphones bringt das Gehirn des Empfängers in die Bereitschaft, gleich eine Information zu verarbeiten. Entweder ist eine Frage zu beantworten oder eine Aussage zu bewerten. Auf jeden Fall aber reagiert unser Gehirn mit Bereitschaft zur Aktivität. So hat sich unser Verhalten zumindest über Hunderttausende von Jahren entwickelt. Wenn in der Steinzeit Nachrichten übermittelt wurden, handelte es sich meist um existenzsichernde Informationen, die über das Überleben einer Gruppe entscheiden konnten. Es wurde übermittelt, wo die Mammutherde weidete oder ob ein verfeindeter Kannibalenstamm anrückte. Nachdem im weiteren Verlauf der Datenübertragungsgeschichte Boten ihre Pferde manches

Mal fast zu Tode geritten hatten, um eine Nachricht zu überbringen, gab es endlich die Erfindung der pferdelosen Informationsweitergabe: Telegramme. Deren Inhalt war oft von großer Bedeutung für den Empfänger. In Telegrammen wurde kurzgefasst über den bedauerlichen Tod eines Familienmitglieds, die Ankunft einer bedeutsamen Person, eine Geburt oder sonst etwas wirklich Wichtiges informiert. Wir sind von der Geburtsstunde der Menschheit an darauf geeicht, dass Nachrichten eine gewisse Bedeutung für uns haben. Und dann kamen die kostenlosen Short Message Services!

Zweistellige Milliarden Nachrichten werden TÄGLICH verschickt. Und ich befürchte, eine davon entfällt alleine auf unsere Familie. Seit meine Kinder Smartphones mit kostenlosem Message Service besitzen, pingt es ununterbrochen. Und wenn es nicht pingt, dann drrtet es. Jedes Mal, wenn es pingt und drrtet, springt mein Reptiliengehirn an und fährt hoch, um eine Information zu verarbeiten. Dann erkennt es, dass es nicht das eigene Handy war, sondern das des Kindes, und nun braucht es dieselbe Zeit, um wieder runterzufahren. Anfangs wollte ich noch wissen, worüber sich meine Kinder mit den anderen in Konversation üben. Ich las:

»Hast du gepupst?« – »Ja« – »Stinkt er?« – »Ja, voll.«

Und: *»wmdg?« – »nix« – »wbd« – »zu hause« – »liege auf sofa« – »me2« – »und die anderern so?« – »auch auf dem Sofa« – »ich schreibe« – »was denn?« – »dir« – »bb« – »bb«*

Und beliebt sind bei Jugendlichen auch die Einbuchstaben-SMS, die jeden einzelnen Buchstaben mit einem Ping oder Drrt ankündigen: *»W« – »A« – »N« – »N« – »K« – »O« – »M« – »M« – »S« – »T« – »D« – »U« – »?« – »?« – »?« – »?«*

Irgendwann habe ich es geschafft, mein Gehirn so weit zu trainieren, dass es das Drrten anderer Handys als das des meinen ansatzweise ignoriert. Ich zucke nur noch wenig zusammen und verschütte keinen Kaffee mehr.

Eines schönen Arbeitstages manifestierte sich der Wunsch in mir, mit einer Machete durch die Reihen aller jugendlichen Smartphonenutzer zu jagen. Und ich war an dem Unfall auch noch selber schuld. Ich gab meine Handynummer an Freunde meiner Kinder weiter, damit sie im Zweifelsfall MICH anrufen könnten, falls sie meine Kinder nicht erreichen würden. Mein Akku war nämlich immer aufgeladen, so unglaublich das auch klingen mag.

Ich weiß, man darf Kindern kein Haar krümmen. Aber wenn ich sie nicht blockieren kann, weil ich für sie erreichbar sein muss und sie für mich, dann darf ich sie wenigstens ein ganz klein bisschen quälen. Nur ein bisschen. Nur für jedes »Ping«, das ich von ihren Freunden ertragen muss, einen Fingerschnipper an die Stirn oder eine Kopfnuss. Oder ich erzähle ihren Freunden, wie das Stillen damals war und wie ich sie gewickelt habe und wie jämmerlich sie vor dem Staubsauger Angst hatten oder dass sie als Vierjährige den Penis des Nachbarjungen bewundert haben.

60. GRUND

Weil Redeflussunterbrecher Stimmbänder brauchen

Ich rede nicht so gerne, obwohl ich weiblichen Geschlechts bin. Aber wenn ich dann mal rede, dann möchte ich auch, dass man mir zuhört. Zumindest ist es das, was ich bei anderen zu tun pflege: zuhören und ab und zu mal auf das antworten, was der andere sagt. Im Wechsel. So kann ein interessantes Gespräch entstehen mit einem Informationsaustausch, der lebensbereichernd sein kann oder einfach nur unterhaltend. Nun gibt es aber die Gesprächspartner, die den Redefluss des anderen ständig mit Unterbrechungen durch »Hm« oder »Ja« aufs Übelste stören.

»Ich war neulich bei Anke …«

»Hm.«

»… und die hat mir erzählt, dass …«

»Hm.«

»... also, die hat erzählt, dass in der Grundschule ...«

»Hm.«

»... da wird wohl gerade darüber diskutiert, ob das mit dem ...«

»Hm.«

»AAAAH!«

»Hm?«

»Lässt du mich jetzt mal was erzählen, ohne mich mit deinem Hm so zu hetzen?«

»Mach ich das? Okay, ich lass es.«

»Also, hast du gestern den *Tatort* gesehen, da ...«

»Ja.«

»Aber ich hab doch noch gar nicht zu Ende geredet.«

»Hm.«

»Lass es bitte.«

»Was?«

»Das Dazwischengrunzen.«

»Ich grunze doch nicht.«

»Also, da hat doch dieser Schauspieler mitgespielt ...«

»Pah!«

»Was ist?«

»Nichts. Erzähl weiter.«

»Hier, ich hab für dich gekocht. Das wirkt Wunder.«

Der Dazwischengrunzer sollte nun einen vollen Löffel leckeres Kartoffelpüree in den Mund nehmen. Dann beginnt er nämlich zu würgen und zu röcheln und erfreut uns mit herrlich erlösenden Erstickungslauten. »Was ... ist ... da ... drin?« – »Sekundenkleber. Ich hab doch gesagt, es wirkt Wunder ... Wenn du überlebst, habe ich hier noch eine Anleitung, wie man mit wenigen Schnitten die Stimmbänder entfernt ...«

61. GRUND

Weil rhetorische Gegenfragen rein theoretisch töten können

Diese Fragen, die einen unterschwelligen bis offensichtlichen Vorwurf formulieren; diese dummen Fragen, die einen zur Weißglut bringen; diese Gegenfragen, die einem das Gefühl vermitteln sollen, minderwertig zu sein – jeder von uns kennt das. Aber dagegen gibt es Mittel und Wege. Wenn Sie lange genug üben, müssen Sie sich bald nicht mehr über Gegenfrager ärgern, weil diese intelligent genug sind dazuzulernen; oder Sie haben bald keine Freunde mehr, weil diese zu unterbelichtet sind, die Sinnlosigkeit ihrer Gegenfragerei zu verstehen. So oder so: eine Win-win-Situation!

Einige Beispiele:

»Wie lange dauert das denn, bis Kinder trocken sind?«

»Ist es deiner etwa noch nicht?«

Doch, der Korken sitzt so fest, da kommt schon lange nichts mehr raus.

»Weißt du, ob ALDI noch diese Fritteusen hat?«

»Hast du noch keine?«

Doch, aber ich brauche noch eine, um dein Kaninchen darin zu baden.

»Hast du den Radfahrer nicht gesehen?«

Doch, aber ich liebe nun mal das Blut an der Scheibe.

In der Kantine mit Blick auf meinen leeren Teller: »Hast du schon gegessen?«

Nein, ich fange gerade an, sie haben mir nur sehr wenig aufgetan.

»Sag mal, könntest du am Samstag die Kinder fahren?«

»Hast du noch niemanden?«

Ach, ich könnte sie ja an einem Seil hinterm Auto herziehen, das geht auch.

»Ich komm gleich. Gib mir fünf Minuten.«

»Bist du noch nicht fertig?«

Doch, aber ich hoffe, dass bis dahin der Zement fest geworden ist, in dem du stehst.

»Wann wollen wir uns denn treffen?«

»Wann wäre es dir recht?«

Nie.

»Hast du die Unterlagen schon kopiert?«

»Hast du sie nicht auf dem Schreibtisch gesehen?«

Doch, aber ich würde gerne noch ein Foto posten, wie du dich über den Kopierer beugst.

»Ich hol mir ein Brötchen. Soll ich dir was mitbringen?«

»Hast du noch nicht gegessen?«

Doch, aber ich habe die Figur dazu, mehrmals am Tag essen zu können.

»Hast du den neuen Actionthriller schon gesehen, der soll toll sein.«

»Ja. Du noch nicht?«

Und wenn das alles nichts hilft, dann schweigen Sie und lächeln. Einfach nur schweigen und lächeln … Haben Sie das noch nicht versucht?

62. GRUND

Weil niemand mehr »Also, mein Freund …« hören will

Teenager können sooo nervig sein. Vor allem für andere Teenager. Die erste große Liebe vernebelt die Sinne, wenn dies nicht schon Jahre vorher von zuckerhaltigen Alkoholmischgetränken erledigt worden ist. Pickel werden von dem Hormonopfer übersehen oder gar geliebt, Talgdrüsenproduktionen werden geflissentlich überrochen oder gar als angenehm empfunden, und dicke Hintern sind plötzlich »total süß«. Während der rasenden Fahrt im Fass über die Niagarafälle der ersten Liebe verwandeln sich Jungs wie Mädels in realitätsferne Monster.

Bis es dann knallt und das Fass in tausend Stücke zerspringt und damit das juvenile Herz, und derjenige, der eben noch »mein Freund« hieß, hört von nun an auf die Namen »Arschloch«, »Drecksack« und »Vollpfosten«.

Nur, bis dahin müssen wir sie ertragen, die »Also, mein Freund«-Proklamierer. Den »Freund« erkennt man daran, dass er tatsächlich überhaupt keinen Namen zu besitzen scheint.

Denn auf Einladung kommt die rotwangige, östrogenbelagerte Jungfrau immer mit »meinem Freund«. Wenn man sie fragt – selber schuld, wenn man es tut –, dann plappert sie ohne Unterlass von »mein Freund hat …«, »mein Freund macht …«, »mein Freund ist …«

Der »Also, mein Freund« ist durch das infizierte Weibchen allgegenwärtig, ohne anwesend zu sein, und hat immer etwas beizusteuern. Egal worum es geht.

Also, mein Freund meint, die Erderwärmung verschiebt sich noch um ein paar Jahre …

Also, mein Freund steht nicht so auf Schlager …

Also, mein Freund holt mich ab, hat mir das installiert, hat so ein Auto, kommt gleich vorbei, hat das gleiche Handy, ist auch bei E-Plus, möchte Ingenieur werden, will ganz viele Kinder, hat keinen einzigen Pickel, geht zur Marine, ist in der JVA …

Alles ist wichtig.

Und es erledigt sich – wie gesagt – ganz von selbst, wenn die erste Begeisterung abgeflaut ist und die Körbchengröße der Mandy aus der 9b nun für »Also, mein Freund« interessanter ist oder er dann doch nicht mehr warten kann, bis die zu erobernde Jungfrau, deren romantisch-schwülstige Liebesbezeugungen er geduldig ertragen hat, sich endlich doch noch entschließt, der Defloration zuzustimmen.

Aaaaaaaaaaaaah!

Ein gebrochenes, zerschmettertes, zerquetschtes Herz ist der grausamste Tod, denn die Qualen sind endlos, und die Narben einer ersten gescheiterten Liebe verschwinden nie ganz …

63. GRUND

Weil »Wie geht's dir?« niemals gefragt werden darf

Es ist eine winzige rhetorische Frage, die man stellt, um das Gespräch auf freundliche Weise in Gang zu bringen. Um lediglich die Antwort »Gut, und dir?« zu erhalten. Gespräch bedeutet, dass es eine Art Dialog gibt zwischen zwei Menschen.

In anderen Ländern gehört die Frage »How are you? Como estas? Tu va bien?« zur Begrüßungsformel wie das »Hallo«. In Deutschland scheint sie immer noch wörtlich genommen zu werden. Vor allem, wenn jemand gerade krank war und auf dem Weg der Besserung ist. Das Mitteilungsbedürfnis unserer Mitmenschen ist zeitweise unermesslich.

Ich selber bin eher der ungesprächige Typ, was die Darlegung meines Lebens, geschweige denn eines überstandenen Krankheitsverlaufs angeht. Ich erkenne die Floskel »Wie geht's dir« lediglich als eine solche an, aus Respekt vor dem Fragesteller. Und ebenso würde ich mir wünschen, wenn es andersrum gleichermaßen wäre. Wenn ich frage: »Und, wie geht's?«, dann darf der andere antworten: »Danke, gut. Und dir?« Oder: »Geht schon. Und dir?« Keinesfalls aber sollte er tief Luft holen und aufseufzen: »Wie soll's mir schon gehen?« Oder: »Es muss ja.«

Die Höchststrafe ist ausgesetzt auf noch tieferes Luftholen und Loslegen, als hätte man mit einer Nadel in einen mit Wasser gefüllten Ballon gestochen, aus dem nun unaufhörlich ein kleiner dünner Strahl auf immer dieselbe Stelle unseres Kopfes trifft. Der Pieks des

Verderbens dringt in dem Moment unerbittlich durch die dünne Haut des Ballons, wenn der Angefloskelte antwortet: »Ach, das ist aber lieb, dass du nachfragst …«

Bevor du reagieren, abhauen oder dich wie auf der Flucht vor einem angestochenen Wildschwein in den nächsten Baum retten kannst, packt dein Gegenüber dich an deiner guten Erziehung und beginnt eine Erzählung, die weder durch Interpunktion noch durch Atmen unterbrochen wird: »Wie du ja weißt, war ich sehr krank … die Ärzte haben ja nichts wirklich feststellen können … aber nun geht es mir wieder sehr viel besser … ich habe ja auch so viel abgenommen durch die Krankheit … ich muss mir komplett neue Anzüge kaufen … zuerst dachten ja alle, es sei nur eine Erkältung, aber da passte der Blutdruck nicht dazu, den habe ich jeden Tag gemessen … und dann war ja auch noch der Feiertag, und ich konnte genau an dem Tag nicht zum Arzt, an dem ich so hohes Fieber hatte … na gut, ich hätte sowieso nicht hingehen können, aber ich habe mich wirklich gefühlt, als würde ich sterben … aber jetzt geht es mir schon viel besser … man ist ja schon verunsichert, wenn man so viel husten muss, aber zum Glück hatte ich regelmäßig die richtigen Medikamente genommen …«

»Warum? …«

64. GRUND

Weil Antipper ohne Finger nicht mehr tippen können

Es gibt sie, die Menschen, die einen immer antippen, wenn sie reden. Jede Aussage muss mit einem Antipper akzentuiert werden. Ich HASSE Antipper! Lasst mich in Ruhe, tippt jemand anderen an, dreht eure Finger durch den Fleischwolf, taucht sie in siedendes Öl, haltet einen Silvesterböller in der Hand, bis er explodiert!

Was haben die denn vom Antippen? Vermissen sie Körperkontakt? Brauchen sie Aufmerksamkeit? Und das Schlimmste ist, dass sie nicht einmal reagieren, wenn man davon angewidert ist. Sie tippen immer weiter.

Ich werde einen Verein gründen, der sich die Ausrottung der Antipper zum Ziel setzt. Herbei mit den antiquierten Daumenschrauben! Oder besser noch ein Nagelzieher, mit dem man jeden Nagel einzeln mit einem geübten Ruck entfernen kann. Danach kann man nach Belieben Salz darüber streuen. Und wenn sie dann immer noch tippen, würde ich gern durch alle Finger Löcher mit der Bohrmaschine bohren und sie mit einer festen Schnur zusammenzurren. Fertig. Ende. Nieder mit den Antippern!

65. GRUND

Weil Radfahren so verdammt gesund ist

Radfahren ist gesund. Meistens jedenfalls. Das wusste auch der sportliche Herr Velonator. Herr Velonator hatte sein Fahrrad unter Kontrolle. Meistens jedenfalls. Herr Velonator konnte auch über angeleinte Hunde springen. Dachte er jedenfalls. Und Herr Velonator war fest davon überzeugt, dass ihn der Geschwindigkeitsrausch in Symbiose mit der gesetzlich NICHT vorgeschriebenen Kennzeichenpflicht vor seiner gerechten Strafe schützte.

Herr Velonator betrachtet Fußgängerzonen gerne als schwarze Piste mit beweglichen Slalomhindernissen, die er so schnell wie möglich hinunterwedeln muss. Wohl auch, um dem hinterherhechelnden Arm des Gesetzes geschmeidig zu entgleiten.

Herr Velonator benutzt seine hysterische Fahrradklingel erst, wenn er bereits zum Überhol- bzw. Umfahrvorgang angesetzt hat, sodass sich das Herz des spazierenden Seniors zu Tode erschrocken zusammenzieht – wie die Stielaugen einer Schnecke bei Berührung – und die Oma vor Schreck ein Tröpfchen verliert.

Aber man muss Herrn Velonator auch in Schutz nehmen: Die Bremsen des Fahrrads funktionieren nun mal subjektiv schwerfälliger als beim Auto, und ein Fußgänger kann auch viel leichter ausweichen oder mit einem Seitwärtssalto elegant den Weg freimachen. Wenn so ein Zweirad mal rollt, dann rollt es eben.

Herr Velonator hatte keinen Helm und keine Knautschzone und trug auch bei schlechter Sicht keine helle Kleidung, geschweige denn eine reflektierende Verkehrsweste. Ihm mangelte es an der bedauernswerten Fähigkeit, an einer Ampel Rot von Grün zu unterscheiden. Und weil er sich so sehr auf sein korrektes Verhalten im Straßenverkehr konzentrierte, bog er häufig mal verkehrt in die Einbahnstraße ab. Armer Kerl.

Da war es nicht verwunderlich, dass es nur eine Frage der Zeit war, bis er im Park nach dem Sprung über die Hundeleine hinter der süßen alten Oma das Gleichgewicht verlor und mit seinem unbehelmten Kopf in den Eisenstäben der kniehohen Blumeneingrenzung stecken blieb. Als der Notarzt nur noch seinen Tod feststellen konnte, schüttelte die Oma traurig den Kopf und sagte: »Ich hab ihn einfach nicht gesehen, sonst hätte ich doch nie den Stock rausgestreckt.« Als sie sich wegdrehte, blitzte ein zufriedenes Lächeln um ihre Mundwinkel.

66. GRUND

Weil Sonnenbrillenträger in Tests schlecht abschneiden

Sonnenbrillenträger sind gefährliche, hinterlistige, durchtriebene, misstrauenswürdige Menschen. Wer eine Sonnenbrille trägt, hat etwas zu verbergen. Und kommen Sie mir jetzt bloß nicht mit

»Aber, ich hab doch so empfindliche Augen!«, das glaubt Ihnen kein Mensch! Sonnenbrillenträger sind wissenschaftlich erforschte Kriminelle. Eine Studie hat ergeben, dass Menschen mit Sonnenbrille bei Aufgaben mit Belohnung als Folge öfter geschummelt haben als brave Lichtgestalten.

Sonnenbrillenträger haben ein Geheimnis. Ich mutmaße, dass ihre Augen wie bei einem Chamäleon in zwei unterschiedliche Richtungen gedreht sind. Oder sie haben ein ekelerregendes Ekzem am Lidrand. Schon allein der Gedanke daran, warum dieser Mensch mir gegenüber bei wolkenverhangenem Himmel ein Nasenfahrrad mit abgedunkelten Rädern trägt, jagt mir einen kalten Schauer über den Rücken. Was mag er zu verbergen haben? Die einzige Rechtfertigung für die partielle Vermummung hat jemand, der mit einem weißen Stock über den Weg streicht und drei schwarze Punkte auf gelbem Grund am Arm spazieren trägt.

Alle anderen Sonnenbrillenträger sind suspekt. Sie wollen nicht, dass man sieht, wohin ihr Blick gerichtet ist, denn sie wollen in Ruhe die Titten ihrer Gegenüber inspizieren können.

Sie wollen ihren Gesprächspartner verunsichern, sind egoistische, narzisstische Modelle. Sie wollen verbergen, täuschen und ihre Lügen verstecken. Augen sind eines unserer wichtigsten Kommunikationsmittel – schon mal was von nonverbaler Kommunikation gehört, hä? –, sie übermitteln unbewusst Zu- oder Abneigung, lassen Gefühlsregungen erkennen und gewähren einen winzigen Blick in die Seele des Gegenüber.

Das Lächeln eines dunkel Bebrillten könnte ebenso ein verzerrtes Zähnefletschen sein. Wer weiß das schon? Seine angebliche Zustimmung zu der tollen Tratschgeschichte über den Chef könnte in Wirklichkeit mit Augenrollen oder – schlimmer noch – mit zu bösartigen, denunziatorischen Schlitzen verengten Augen versehen sein.

Wer die grundlegende Höflichkeitsform im Zusammenleben mit kommunikationsfreudigen Mitmenschen nicht einhalten möchte, kann sich dessen sicher sein, dass ich ebenfalls meine Ray Ban aufsetze. Aber nur, um meine aufsteigende Ablehnung zu verbergen, den Sonnenbrillenträger mit einem falschen Lächeln in Sicherheit zu wiegen, um dann sein Brillengestell parallel in seine Aughöhlen zu versenken und genüsslich mehrfach umzudrehen, bis die Augäpfel nur noch an Fäden aus ihren Höhlen hängen und ein dünnes Blutrinnsal an der Wange von meinem brutalen Wutausbruch zeugt.

67. GRUND

Weil man auch von innen faulen kann

Ich kenne eine Frau Emsig, die ist von Beruf Ehefrau. Ihr Mann verlässt morgens um acht Uhr das Haus und kommt spätabends wieder. Manchmal bringt er eine Kleinigkeit mit. Er hat ein schlechtes Gewissen, weil er so viel arbeitet und nie Zeit für seine Frau hat. Diese weiß sich aber im Kampf gegen die Langeweile zu helfen. Sie informiert sich den ganzen Tag vor dem Fernseher über aktuelles Geschehen. Private Sender bieten eine Fülle von Formaten, die sowohl unterhaltsam als auch informativ sind. Zumindest, was das voyeuristische Verlangen angeht. Frau Emsig unterbricht ihre »Unterrichtsstunden« lediglich für wichtige Telefonate mit ihren Freundinnen oder nervt ihren Mann mit der Frage, wann der denn nach Hause käme. Er weist sie bei dieser Gelegenheit gerne darauf hin, dass er ihr diesen Luxus nicht bieten könnte, wenn er den ganzen Tag zu Hause wäre. Und er empfiehlt ihr, sie solle doch vielleicht auch mal was machen. Vielleicht eine Charitysache oder so. Damit endet das Gespräch meistens, und Frau Emsig wendet sich wieder dem Internet zu, um eine neue Handtasche oder irgendwelche Dekorationsgegenstände zu bestellen. Das geht ja alles so einfach vom Sofa aus. Man muss gar nicht mehr aufstehen.

Untätigkeit kann zum Tod führen. Wenn man lange genug auf dem Sofa sitzt, dann bilden sich Blutgerinnsel in den Venen. Thrombose. Wenn die energieunterversorgte Ehefrau dann aufstehen muss, weil ihre Maniküre heute keinen Hausbesuch machen kann, dann werden die Blutklumpen Richtung Herz gepumpt und blockieren die Lungenfunktion. Exitus aus Langeweile. So erledigen sich manche Dinge von selbst.

68. GRUND

Weil ehrenamtliche Hilfssheriffs ihre Nase überall herausstecken müssen

Die Jalousien der Wohnung im Erdgeschoss am Rande des großen Dorfplatzes waren fast ganz heruntergelassen. Das war auch gut so, denn sonst hätte man dem Bewohner mit Leichtigkeit ein Härchen oder mehr krümmen können. Nur ein Schlitz blieb offen, durch den der stadtbekannte Knöllchenfritz die brutalen und rücksichtslosen Vergehen gegen die Ordnungswidrigkeiten wie »Parken in der Halteverbotszone«, »Halten in zweiter Reihe«, »unangeschnalltes Führen eines Kraftfahrzeuges« oder »Abstellen des Fahrrades in einem verbotenen Bereich« beobachten und unter Zuhilfenahme eines Beweissicherungsgerätes zur Anzeige bringen konnte. Sorgfältig notierte er sich Datum, Kennzeichen und Uhrzeit, schrieb einen Bericht und schickte diesen an die örtliche Polizeidienststelle. Im Sommer spazierte er bei Wind und Wetter durch die Straßen, setzte sich in sein Lieblingscafé und notierte akribisch jeden Sünder auf seinem Block. Die Dorfgemeinde hasste ihn. Und mittlerweile auch die Stadtverwaltung. Knöllchenfritz musste auf offener Straße wütende Beschimpfungen und sogar Morddrohungen über sich ergehen lassen. Allerdings nicht lange, denn die wurden alle von ihm zur Anzeige gebracht. So wie sämtliche Beleidigungen, in denen er die unterschiedlichsten Tiernamen bekam oder mit Darmendöffnungen verglichen wurde. Als er im kalten November endlich von der Straße verschwand, atmeten die Menschen auf. Doch die Knöllchenschwemme ging weiter.

Den größten wirtschaftlichen Schaden verursachte Knöllchenfritzes Gesetzestreue bei Aduans Dönerbude gegenüber seiner »Dienststelle«. Dort stellten halb verhungerte Kunden kurz ihr Auto ab, um sich schnell mal einen leckeren Döner zu holen. Ein paar Wochen später segelte eine Anzeige wegen Falschparkens in deren Briefkästen, und jedes Dönervergnügen belief sich so auf 30 Euro. Seit es sich herumgesprochen hatte, dass Knöllchenfritz auf seinem Hochsitz der Gerechtigkeit hinter dem Fenster lauerte, blieben die Kunden fern. Aduan war verzweifelt. Passanten schlichen die »Straße der Denunziation« nur noch vorsichtig entlang, vermieden es, laut zu husten oder sich auf sonst irgendeine Weise in Knöllchenfritzens Augen strafbar zu machen.

Aduan fuhr mit seinem Lieferwagen um die nächste Straßenecke, ließ ihn dort stehen und trat unter Knöllchenfritzens Fenster. Wie erwartet, drückte sich dessen investigative Nase unter der Jalousie an die Scheibe, als er den laufenden Motor in seinem Sichtradius wahrnahm. Weil er nicht gut genug erkennen konnte, wer da in zweiter Reihe stehen zu bleiben schien, zog er die Jalousie hoch und beugte sich ein Stückchen vor. Und noch ein Stück. Das reichte für Aduans morbiden Plan aus. Er schnellte unter dem Fenstersims hoch, hielt den verdutzten Knöllchenfritz am Kragen fest, griff um die Ecke an die Wand neben das Fenster, bekam das Jalousieband zu fassen. Mit einem kräftigen Ruck zog er das Band surrend aus der Wand und durchschnitt es mit einem geschickten Messerhieb. Mit einem mörderischen Getöse sausten die kantigen Lamellen auf Knöllchenfritz herab, gruben sich durch Nacken und Halswirbelsäule und trennten seinen Kopf vom Rumpf. Dieser rollte noch ein Stückchen, bis er in der Straßenrinne zum Stillstand kam. Das Reinigungsmobil, das gerade seine Arbeit in dieser Straße verrichtete, kehrte ihn auf.

Der Rettungswagen kam nicht durch, die Straße war glücklicherweise von Falschparkern versperrt.

69. GRUND

Weil soziale Netzwerke das Massengrab der Orthographilen sind

Er war begeisterter Facebooker, das konnte man in zahlreichen Posts lesen! Diese anonyme Möglichkeit, wirklich dicke und auf vielen gemeinsamen Erlebnissen basierende Freundschaften aufzubauen, fand er großartig. Genau das Richtige für den menschenscheuen Misanthropen. Er kannte kaum jemanden seiner Facebookfreunde persönlich. Also so richtig. Jemand schickt eine Freundschaftsanfrage, er klickt auf »Annehmen«, er/sie/es postet an seine Wand »Danke für die Annahme«. Ihn/sie/es hatte er in der Annahme angenommen, einen netten Verbalaustausch über die Wunderlichkeiten des Leben zu beginnen. Aber da lag er wohl falsch …

Letztes Posting:

»Ihr dämlichen Grundschulabgänger, ihr Kulturgutnihilisten! Ihr prügelt tagtäglich auf die Verbindung meiner Sehrezeptoren zum verarbeitenden Gehirnareal ein, ihr Analphabeten! Ihr verschafft mir Darmverschluss, lasst mich schlecht schlafen. Nächtelang grübele ich darüber, was ihr mir sagen wollt mit: ›Ist das nicht nen schöner morgen, den die Sonne scheint.‹

Ihr fragt mich, ›seid wann‹ ich wach bin und postet auf eure Walls, dass ›ihr alle toll seit‹. Ich bin mir nicht sicher, ob ihr mich alle verarschen wollt oder ob das euer Ernst ist. ›Seit‹ mit t ist eine temporale Nebensatzeinleitung oder eine präpositionaler Ausdruck, der mit

Dativ steht und NICHT ZU VERWECHSELN MIT DER ZWEITEN PERSON PLURAL DER GEGENWARTSFORM DES VERBS ›SEIN‹!!!! Ihr SEID Deppen!

Es gibt auch keine Steigerung von ›einzig‹! Einzig ist nur EIN MAL. Alles, was noch einziger wäre, wäre NULL! Es gibt also kein ›einzigstes Mal‹, Himmelherrgott!

Und ›dass‹ ist gaaanz einfach mit Doppel-s, wenn es als kausale Nebensatzeinleitung steht und sich nicht auf ein Substantiv im Hauptsatz bezieht!!! Genau so verhält es sich mit ›denn‹! Doppel-n, wenn es eine kausale Nebensatzeinleitung ist und KEIN Artikel! Denn, denn, denn!!!

Ich heule, ich sterbe, ich verliere den Glauben, wenn ich eure Forenbeiträge im Internet lese, in welchen ihr fragt: ›Mann‹ oder ›man‹ bei ›Mann, Mann, Mann‹, das ist ja ein starkes Stück! 90 % eurer Antworten erklären lang und breit und schwören ›beim Leben meiner Mudda, das es ›man‹ heissen muss, Alter!‹.

Für all euch hobbylosen Daheimgebliebenen hier nun der Pfad zur orthografischen Abbitte: Immer, wenn man ›Mensch‹ anstelle von ›Mann‹ einsetzen könnte, wird es ›Mann‹ geschrieben. Und jetzt kommt mir nicht mit: im Englischen schreibt man es aber auch ›Oh, man‹!

Finde den Fehler in ›Was hälst du denn davon?‹. Ich schwöre, die meisten von euch sagen: ›Duden wird doch zusammengeschrieben!‹ NEIN! ›Hältst‹ kommt von ›halten‹ und nicht von ›halsen‹! Also mit t …

Ich bringe euch alle um! Ich lösche euch, ich ENTADDE euch! Ich lasse meine virtuelle Guillotine auf eure dummen Hälse der unverbesserlichen Ignoranz und Verunglimpfung der deutschen Sprache hinabsausen!«

Ab diesem Posting hatte er ein Facebookprofil mit null Freunden. Und alles, was von jetzt ab an seiner Wand zu lesen war, war korrekt und grammatikalisch völlig einwandfrei! Und einsam blinkt das ermunternde Fenster auf: »*Finde Freunde.*«

70. GRUND

Weil Böller da explodieren, wo die Sonne nicht hinscheint

An Silvester knallt es wieder. Ich freu mich … nicht.

Schon im Oktober kommen die ersten Fragen: »Was macht ihr eigentlich Silvester?« Ich habe keine Ahnung. Bis drei Tage vorher. Dann kommen die Einladungen. Fünf Stück. Da habe ich aber immer noch keine Ahnung. Bin ich denn schon in Stimmung, mich an diesem Tag auf Kommando zu betrinken und lustig zu sein? Nö.

Nach Weihnachten liegen die Böller in den Geschäften aus, und der große Run auf die schwarzpulverigen Knallkörper beginnt. In Windeseile sind die Stände leer, und wer zu spät kommt, greift noch schnell nach ein paar Knallerbsen.

Am Silvestertag, am 31.12. eines jeden Jahres, zerreißen dann laute Explosionen die ruhige, nachweihnachtliche Winterstimmung. Ab 16 Uhr ist es legal erlaubt, sein Haushalts- oder Taschengeld in die Luft zu ballern. Briefkästen werden mit Chinaböllern bestückt, und Mülltonnen geben ein dumpfes »Bumm« von sich, wenn pickelige Pubertierende ihre Geschlechtsgenossen mit Platzhirschgehabe infolge erhöhter Testosteronausschüttung überbieten müssen.

Über das Jahr wird wild in Discountern geshoppt, 99-Cent-Stores haben Hochkonjunktur, um bei Klobürsten oder Wäscheklammern ein wenig von dem hart erarbeiteten Geld zu sparen, aber bei Böllerkäufen setzt bei ebendiesen Konsumenten der Verstand aus.

An der Sollbruchstelle zwischen den Jahren um Mitternacht wird dann kollektiv rückwärts gezählt, noch mehr getrunken, und für eine Nacht wird unter immensem Alkoholgenuss alles vergessen. Laut wird es allerorts, feuchtfröhlich. Hunde jaulen, Katzen verstecken sich, Babys wachen auf und schreien und schreien und schreien.

HAPPY NEW YEAR

Am nächsten Tag sind die Straßen übersät mit Feuerwerksleichen, die vom Matsch aufgeweicht an den Schuhen kleben, manch einer erinnert sich nicht mehr an den Namen des bis dahin Unbekannten, mit dem Körperflüssigkeiten ausgetauscht wurden, mühevoll werden die Chips aus den Ritzen des Sofas gefummelt und bewusstlose Partygäste in den Rotwein-getränkten Teppich eingerollt und neben den abzuholenden Weihnachtsbaum vor das Haus gestellt.

Dieses Jahr umgehe ich all diesen Stress. Ich werde bei entfernten Bekannten feiern, das weiß ich jetzt schon. Um 0:00 Uhr werde ich missmutig unter all den gut gelaunten »Happy New Year«-Grölern ein paar Knallerbsen fallen lassen und mir vorstellen, was ich mit den 50 Schuss der Feuerwerksbatterie »From Hell« oder »Out of Limits« im direkten Zusammenhang mit Körperöffnungen machen werde, wenn der nach einer Mischung von Erbrochenem und Bier stinkende Nachbar mir eine angezündete Super-Lightening-Space-Twister-Rakete am Stab unter die Nase hält und lallt: »Naaa? Hoide schon geknalld?«

8. KAPITEL

MORDE AUS REIN ÖKONOMISCHEN GRÜNDEN

Weil zusammengerottete Schaulustige prima Schmorfleisch abgeben

Klar zieht es auch meine Aufmerksamkeit auf sich, wenn zehn Rettungswagen auf der gegenüberliegenden Fahrbahn blinken und leuchten und Männer in Schutzanzügen emsig hin und her laufen. Aber schon meine Eltern haben sich immer darüber aufgeregt, dass »Gaffer« nur die Rettungsarbeiten behindern. Kluge Eltern.

»Gaffer« stehen rum und filmen mit Handys, wollen sich in die erste Reihe drängeln und schieben sogar ihre Kinder nach vorne, damit diese einen besseren Blick auf die Arbeit der Sanitäter und der Feuerwehr haben. »Schau mal, da ist Blut, wie schrecklich!«, zeigt ein besonders aufmerksamer Gaffer in die Richtung des zusammengefalteten Punto.

Ich warte auf den Tag, an dem so ein Gaffer, von Sensationslust getrieben, mit in Betrieb genommener Aufnahmefunktion seines Handys über die Straße rennt und von einem Siebeneinhalbtonner zweidimensional zerlegt wird.

Rettungssanitäter erzählen von Gaffern, die so weit gehen, die Decke von einem toten Motorradfahrer hochzuheben, um ein schönes Foto fürs Familienalbum zu schießen. Wie viele Menschen mussten schon sterben, weil Schaulustige anstatt zu helfen lieber die Linse ihrer Kamera polierten!

Gerne entsorgt werden dürfen auch die Gaffer, die bei Hochwasserkatastrophen oder Großbränden mit ihren Autos die Zufahrtswege verstopfen. Wenn die Rettungsfahrer nicht so behutsam wären, gäbe es vermutlich am Unglücksort mehr Verletzte als ohnehin schon. Sobald sich ein Gaffer als solcher outet, degradiert er sich selbst zum Ziel meiner abgrundtiefen Abscheu.

Schön wäre es, eine Rettungsübung zu organisieren, die nicht gleich als solche erkennbar ist. So könnte ein vielfacher Mord in einem Abrisshaus geschehen sein. Man lässt die Gaffer sich bis in das Haus vorarbeiten, sie drängen und schubsen sich, um den besten Blick und die beste Position für das Erinnerungsfilmchen zu bekommen. Wenn sich dann befriedigend viele Gaffer im Gebäude befinden, wird unglücklicherweise sicher einer von ihnen vor Erregung eine Zigarette anzünden, und der seltsame Gasgeruch, der manchem schon aufgefallen war, wird das Letzte sein, was die geifernde, gierende Masse wahrgenommen haben wird. Das einzige Problem wird sein, dass so viel verbranntes Menschenfleisch wieder neue Schaulustige anlockt …

72. GRUND

Weil Farbspraydosen mit Feuer gut harmonieren

Herr Weigert stand mit seiner Frau in einer ruhigen Straße in Berlin vor einem wunderschönen alten Haus aus der Gründerzeit. Der Makler erschien und führte sie durch das Haus. Er war erstaunlich ehrlich.

»Sie sehen ja selbst, da muss noch viel gemacht werden. Es ist halt ein Liebhaberobjekt.«

»Dass so was noch auf dem Markt ist …«

»Ja, die Familie muss es aus finanziellen Gründen verkaufen. Deswegen auch der moderate Preis. Ich sage Ihnen: Wenn das mal hergerichtet ist, ist es ein wahres Schmuckstück. Und vergessen Sie nicht: Wo bekommen Sie heute noch ein Objekt mit einer unbebaubaren Grünfläche vor der Haustür?«

»Den Preis finde ich zwar alles andere als moderat, aber mein Mann versteht sich auf das Handwerk, da könnte man viel sparen.« Frau Weigert lächelte und schmiegte sich an ihren Mann.

Herr Weigert strahlte und strich ihr zärtlich über den Bauch, der sich unter ihrer Jacke wölbte. »Schatz, ich kann das doch nicht alleine machen, da müssen Profis ran. Aber das steigt ja noch im Wert, und wir suchen schließlich eine Investition für die Zukunft.«

Weigerts verliebten sich in das Haus und wurden sich mit dem Makler über den Preis einig.

Viele Monate später erwachte Frau Weigert vom hungrigen Glucksen ihres Babys in einer der liebevoll sanierten und renovierten Wohnungen mit hohen Decken und wunderschönem Stuck in den Zimmerecken. Sie blinzelte müde, zog den kleinen Luis zu sich ins Bett und gab ihm die Brust. Herr Weigert öffnete ein Auge. Er lächelte und flüsterte in das zufriedene Saugen des neuen Familienmitglieds: »Wir haben es geschafft.«

Ja, sie hatten es geschafft. Nach unzähligen Säcken Beton, Putz, Rohren und Spachtelmasse war er nun fertig – ihr Traum. Am Tag zuvor war das letzte Gerüst abgebaut worden.

Herr Weigert sprang tatendurstig unter die Dusche: »Um neun sind die ersten Besichtigungen. Ich geh noch mal durchs Haus.«

Bei seinem Streifzug durch die Wohnungen hüpfte sein Herz. Es war wunderschön geworden. Die ganze Mühe, die schlaflosen Nächte, die wunden Hände und die Streitereien mit dem Amt für Denkmalschutz hatten sich mehr als gelohnt. Gut, der Mietpreis war entsprechend hoch, aber das Objekt war nun mal ein Traum. Wenn sie allerdings die Wohnungen nicht vermietet bekämen, wären sie ruiniert, das wär's dann.

Um neun blickte er aus einem Fenster im Treppenaufgang. Vor dem Haus stand schon ein Ehepaar. Sie sahen sich um und sprachen über etwas Richtung Hauswand. Wahrscheinlich gefiel ihnen die aufwendige Stuckarbeit so gut.

Schnell eilte Herr Weigert nach unten und begrüßte die beiden freundlich. Die Dame wickelte sich enger in ihren schicken Wildledermantel und blickte irritiert auf die Hauswand neben der Tür. Herr Weigert folgte ihrem Blick. An der frisch renovierten, eierschalfarbenen Wand prangte ein wirres, schwarzes, großes Kriselkrassel von Buchstaben und unverständlichen Zeichen. Herr

Weigert war entsetzt. Tapfer betonte er: »Das wird natürlich umgehend entfernt.«

»Schatz«, raunte die Wildleder bemantelte Dame ihrem Mann zu, »in so einer Gegend will ich nicht wohnen, da fühle ich mich nicht … sicher.«

»Lass uns doch erst mal reingehen.«

»Nein, ich entscheide mich lieber für das kleine Häuschen in Potsdam.«

Somit war der erste Termin erledigt.

Die nächsten Interessenten würden in einer Stunde kommen. Herr Weigert schrubbte die Farbe ab und pinselte mehr schlecht als recht darüber. Dabei fluchte er so vor sich hin, wie es sein Sohn niemals hätte hören dürfen, und benutzte Ausdrücke, die jegliche Körperöffnungen des Menschen in unangemessenster Weise beschrieben. Aber das tat gut.

Während er sich die Farbe von den Händen wusch, wünschte er sich den Tag herbei, an dem er einen solchen Schmierfink erwischen würde, der mit seinem abartigen Verständnis urbaner Landschaftspflege respektlos fremdes Eigentum beschädigte und einen wirtschaftlichen Schaden verursachte, der manchen sogar die Existenz kosten konnte.

An diesem Nachmittag waren mehrere Besichtigungstermine angesetzt. Eine ganze Gruppe von Interessenten wurde durchs Haus geführt. Als sie das Objekt verließen, schmückten plötzlich wieder etliche dieser hässlichen Schmierereien die vormals saubere Hauswand. In Sekunden waren sie aufgesprüht, aber die Entfernung kostete viel Schweiß, Tränen und Geld.

Herr Weigert versuchte, die Fassung zu wahren. Er beseitigte die Kritzeleien, strich Farbe darüber und sank abends völlig erledigt neben seiner Frau ins Bett. Sollte er eine teure Versicherung abschließen, die den Schaden regulierte? Aber nach fünf Vorkommnissen würde ihm die Versicherung sowieso wieder kündigen, und er stünde wieder alleine da. Die Schadenssumme müsste er auf die

Mieten aufschlagen, und dabei waren noch nicht mal alle Wohnungen vermietet. Keine besonders schöne Perspektive und wenig attraktiv für die Mieter.

Er hatte davon gehört, dass Malerbetriebe eine Flatrate anboten, wobei sie pro Jahr eine fixe Summe je nach Ortsteil erhielten und dann jedes Mal die Beschädigung entfernten. Aber das brachte nichts, die Schmierer kamen ja doch immer wieder. Wie Fruchtfliegen. Doch Fruchtfliegen konnte man einfach erschlagen. Oder mit einem Insektenspray vertreiben.

Insektenspray. Plötzlich spann sich im Kopf des vormals so friedliebenden Herrn Weigert eine abstruse Idee zusammen. Über dieser Idee schlummerte er selig ein und wurde erst wieder wach, als Luis nach seiner Drei-Uhr-Mahlzeit verlangte. Aber es war noch nicht drei Uhr. Irgendetwas musste Luis geweckt haben.

Herr Weigert horchte schlaftrunken in die Dunkelheit. Das rhythmische »Pfft-pfft« ließ ihn sofort hellwach werden. Er küsste seine schlafende Frau, strich ihr noch mal liebevoll übers Haar und schlich sich leise in den Flur. Dort verharrte er im Hauseingang hinter der Tür und wog das Elektroschockgerät in seiner Hand, als wolle er noch einmal auskosten, wie es sich anfühlte.

»Alter, das is so geil. Das hier wird unsere Wall of Fame, Alter.«

»Ey, ich wollte den Tag gestern crossen, aber der Spakko hatte das schon wieder gebufft, Alter. Das ist cool, Mann, weil, jetzt kann der Battle losgehen.«

»Scheiße, mein Nozzle is im Arsch. Alter, hast du ne Kippe? Ich geh scouten.«

Herr Weigert sah kurz ein Feuerzeug hinter der Milchglasscheibe aufflammen.

Dann hörte er wieder »Pffft-pffft«, und bevor das nächste Zischen ertönte, sprang er aus der Haustür und rammte dem Sprayer den Schocker in den Magen. Der krümmte sich, schrie auf und fiel wie ein Stein zu Boden. Der Rucksack voller Spraydosen knackte in seinem Rücken.

Herr Weigert sah den Schmieresteher wegrennen. Die glühende Zigarette war das Einzige, was von ihm übrig war. Der Stummel rollte auf Herrn Weigert zu. Er hob ihn auf und ergriff eine Sprühflasche. Er dachte kurz nach, legte die Sprühflasche aber wieder weg und ergriff eine andere mit dem verkaufsfördernden Schriftzug »XXL«. Dann hob er die Zigarette auf und murmelte diabolisch: »Das ist aber gefährlich.« In diesem Moment rappelte sich der niedergestreckte Sprayer stöhnend auf und kroch hinter Herrn Weigert vorbei Richtung Straße. Herr Weigert zögerte nicht lange, zog an der Zigarette, sodass der Tabak aufglühte, betätigte den Sprühknopf und ließ Feuer und ausströmendes Aerosol eine schicksalhafte Verbindung eingehen. Ein immenser Feuerschwall ergoss sich auf den Rücken des Sprayers. Der schrie, rappelte sich auf, stolperte weiter, warf sich auf die Grünfläche dem Haus gegenüber und wälzte sich wimmernd vor Schmerzen.

Das Feuer erlosch. Herr Weigert ging ins Haus zurück und legte sich ins Bett zu seiner Frau. Da durchbrach eine gewaltige Explosion die Stille der Nacht. Erschrocken fasste Frau Weigert nach dem Arm ihres Mannes: »Was war das?« Dieser lächelte zufrieden: »Nichts, Schatz, jetzt ist alles gut.«

73. GRUND

Weil du nicht stehlen sollst

Wir besitzen zu viele Dinge. Viel zu viele. Da sind wir uns – glaube ich – alle einig. Aber wir lieben die meisten unserer Dinge. Ja, wir gehen nahezu eine emotionale Bindung mit ihnen ein. Mit unserem Retina-Tablet, das wir uns so lange gewünscht haben, mit den Schuhen, die wir nach so ausgedehnten Shoppingtouren endlich geschossen haben, oder mit der Uhr, die uns unsere Oma vererbt hat.

Und wenn uns jemand etwas davon wegnimmt, dann nimmt er uns ein Stück von uns. Das tut weh.

Meist bewahren wir die Dinge, die uns lieb sind, in unserer Nähe auf. Das kann zu Hause sein oder im Auto. Beides stellt für uns Menschen eine Art sicheren Bereich dar. Wenn jemand Fremdes in diesen geschützten Bereich eindringt, dann dringt er im übertragenen Sinn in UNS ein.

Menschen, die einen Einbruch erlebt haben, erfahren ein starkes Gefühl von Angst und Verletzlichkeit. Jemand hat das Intimste verletzt, was sie haben. Ihre Fruchtblase. Was ich damit meine? Schon vor der Geburt brauchen wir Menschen einen geschützten Raum, in dem es uns gut geht, wo wir es warm und gemütlich haben. Später dann, wenn wir geboren sind, brauchen wir diese Sicherheit weiter. Das ist das Haus oder die vertraute Wohnung unserer Eltern. Eindringlinge, die sich an unserer zweiten Haut zu schaffen machen, sie »aufritzen«, sich Zutritt verschaffen, um uns die Innereien herauszureißen, haben ja keine Ahnung, was sie uns da antun. Meins bleibt meins, ihr skrupellosen Großkriminellen!

Ich plädiere für Fallbeile, Stromschläge und Selbstschuss- anstatt Alarmanlagen. Einbrecher reißen nicht nur fremdes Eigentum an sich, sondern traumatisieren die Fruchtblasenbewohner aufs Schwerste. An Hauseingängen deswegen bitte keine Teppiche, sondern Fliesen, dann geht das Blut leichter weg. Unter Fenstern innen gerne diese Taubenabschrecknägel senkrecht anbringen, die sich brutal durch das Fleisch bohren, und Bärenfallen (Fangeisen) aufstellen. Die schnappen bei Berührung zu und zerschmettern die diebischen Beinknochen blitzartig mit ihren scharfen, großen Eisenzähnen. Ihren Kindern erklären Sie die Sauerei mit einem erhobenen Zeigefinger: »Du sollst nicht stehlen …«

Weil Schnäppchenjäger zum Glück nicht unter Artenschutz stehen

Schnäppchen? Warum, wieso und weshalb manche Dinge temporär preisgünstiger sind, ist mir in dem Moment, in dem ich vor dem zu ergatternden Gut stehe, so was von egal. Mir ist auch egal, dass der Herr Ladenbesitzer lediglich die Verknappungsstrategie einsetzt, um dem Kunden so zu vermitteln, dass er jetzt und nur jetzt zugreifen müsse, sonst wäre das Produkt vergriffen.

Das »Habenwollen« zu einem günstigeren Preis als gewöhnlich ist tief in uns verwurzelt. Haben wir nicht schon in der Steinzeit argwöhnisch die Beerensammlerin am Strauch nebenan beobachtet, ob der nicht der bessere war und sie demzufolge ihr Fellschürzchen schneller voll hatte? Haben, haben, haben!

Ähnlich wie in der Steinzeit verhalten sich die Menschen noch heute, wenn die Jagd auf Schnäppchen beginnt. Sommerschlussverkauf! Winterschlussverkauf! Räumungsverkauf! Ich erinnere mich gut an die Schließung aller Schlecker- oder »Ihr Platz«-Filialen. Da war ich selbst betroffen. Schwer betroffen.

Am Tag der Rabattierung von bis zu 30 Prozent liebäugelte ich damit, meine Kinder vorübergehend in ein Heim zu geben, damit ich ungestört um drei Uhr früh vor der Filiale meine Zeltnägel in den Beton hauen konnte. Ich tat es nicht … und stellte mich stattdessen des Morgens brav an. Wie alle anderen 427 Aasgeier. Ich fühlte mich schlecht, weil die Angestellten zum letzten Mal sagten: »Vielen Dank für Ihren Einkauf und noch ein schönes Wochenende.« Aber ich fühlte mich auch großartig, weil ich in wenigen Minuten einen riesigen Einkaufswagen voller Shampoo, Cremes und Zahnbürsten haben würde.

Ich scharrte vor dem Eingang mit den Füßen, suchte mit den Zehen einen guten Halt im Boden, und im Moment des Öffnens der Tür warf ich mich mit einem großen Sprung nach vorne, setzte Ellenbogen ein, biss um mich und fuhr anderen mit meinem Wagen über die Knöchel. Dabei wollte ich doch nur einkaufen. Ganz gesittet. Aber die anderen machten es mir unmöglich!

Ich war einfach zu ungeübt. Als ich über die türkische Großfamilie zu dem Shampooregal geklettert war, breitete sich vor mir ein Bild des Grauens aus. Leere! Alles leer gekauft! Ebenso, als ich auf dem Weg zum Antiagingregal die verendete 90-Jährige beiseitegeschoben hatte und die letzten Döschen und Tiegelchen an mich reißen wollte. Weg! Leer!

Jetzt musste System her! Ich scannte den Laden nach der am wenigsten bevölkerten Stelle. Und tatsächlich: Dahinten, bei den Geschenkesets. Die wollte keiner. Egal, ich jetzt schon. Ich bahnte mir den Weg durch die grapschenden Finger der keifenden, nach Schweiß stinkenden Hartz-IV-Empfänger und der weinenden Kinder an zerrenden Händen. Vor mir das letzte Geschenkset mit einem hübschen Schleifchen, das mich unter normalen Umständen zum Erbrechen gebracht hätte. Aber beim Schlussverkauf gibt es kein »Brauch ich nicht«! Ich streckte meine Hand zufrieden nach dem heiligen Gral aus, da setzte mich ein plötzlich auftauchender, starker Geruch nach »Kannsmirleisten-Parfum« außer Gefecht und ließ mich in meiner Bewegung erstarren. Eine alte, sonnengebräunte Hand schnappte blitzschnell mit ihren Gel-Fingernägeln zu, riss das letzte rosafarbene Geschenkset direkt vor meinen Augen aus dem Regal und stopfte es grinsend in den bereits überfüllten Wagen, direkt neben die Dreierpackung Badesalz Honig-Vanille. Ich verzichtete auf eine Diskussion, und wenig später verließ ich den Laden. Zügig, ohne mich umzudrehen, mit einem vollen Einkaufswagen mit Badesalz Honig-Vanille obendrauf.

Wie wenig Domestos doch so ein Körper verträgt ... Und wie wenig widerstandsfähig im Bezug auf Nagelfeilen und offene Fleckenentfernertuben in Körperöffnungen diese raffgierigen Schnäppchenjäger doch sind. Und die menschlichen Überreste lassen sich leicht mit um 30 Prozent rabattierten Schaufeln und Besen unter die Regalreihen fegen …

75. GRUND

Weil sich Strafzettelgroupies nicht mit asiatischen Schwertern auskennen

Kaum dass ich eingeschlafen war, riss mich der Wecker schon wieder aus meinem Bett. Weit und breit keine Spur von meiner Frau. Doch auf dem Küchentisch lag ein Zettel mit der liebevollen Nachricht: »*Du bist heut dran, die Kinder zu fahren. Heute Abend wird's spät.*« Na toll, wenigstens einen Kuss oder so hätte sie ja hinterlassen können. Okay, ich weckte also die Kinder, zog sie an, kredenzte ihnen ein – wie ich fand – opulentes Frühstück aus Müsli und Milch und setzte danach das Papataxi in Bewegung zur Kita. Natürlich waren alle Parkplätze davor von trägen Hausmütterchen besetzt, deren voluminöse Hinterteile mich jedes Mal wünschen ließen, auf der Stelle das Augenlicht zu verlieren. Also parkte ich einfach in zweiter Reihe und schob die Kiddies schnell in die Tür zur Kita. Als ich zum Auto zurückkehrte, begrüßte mich auch schon freundlich eine Politesse: »Hier dürfen Sie aber nicht parken.« Ach, echt? »Tut mir leid, aber da war nichts frei«, erklärte ich ihr, durch die Zähne gepresst, aber freundlich. »Ja, dann müssen Sie halt so oft um den Block fahren, bis etwas frei geworden ist. Wie alle anderen auch.« Mit bis zu den Ohren zurückgezogenen Mundwinkeln drückte sie mir den Strafzettel in die Hand und fügte hinzu: »Es hat ja seinen Grund, warum hier Parkverbot ist. Es ist einfach viel zu gefährlich.« Wenn sie nicht gleich dieses debile, herablassende Grinsen aus ihrem Gesicht nimmt, dann tu ich es, und das wird sehr, sehr schmerzhaft sein, dachte ich. Aber stattdessen hörte ich mich dank meiner guten Erziehung und meines Gerechtigkeitssinns sagen: »Verzeihen Sie! Wenn ich so oft um den Block fahre, bis ich einen Parkplatz gefunden habe, gefährde ich die Kinder doch viel mehr.«

»Jeder hat das Recht auf eine eigene Meinung«, brachte sie gemäß ihrem frisch absolvierten Deeskalationsseminar hervor. Ich tötete sie nicht.

Vor meinem Büro angekommen, wollte ich in meine übliche Parkplatznische direkt vor dem traditionellen Kampfkunstwaffenladen einscheren. Während der vielen Jahre Firmentreue hatte ich mir sukzessive einen Parkplatz unweit des Gebäudehaupteingangs gesichert, auf dem mein Auto jeden Tag ab 8:55 Uhr stand. Und die Anwohner mussten wohl bereits davon ausgehen, dass mein Auto IMMER dort stand. Wie ein Hydrant, ein Container, ein Findling.

Aber heute war etwas anders. Eine riesige Baustelle hatte mindestens 50 Parkplätze im Viertel aufgefressen. Ich stellte mein Auto ins Parkverbot. Das fand ich clever von mir, weil ich an den anderen parkenden Autos bereits Strafzettel entdeckt hatte. Zur Sicherheit »entlieh« ich mir einen davon und klemmte ihn unter meinen Scheibenwischer.

In der Mittagspause wollte ich den Wagen umparken. Die Politesse verschwand gerade um die Ecke. Was soll's! Da konnte ich das gute Stück jetzt auch stehen lassen. Hab ja sozusagen ein Tagesticket erworben.

Als ich abends aus der Firma trat, war mein Auto weg.

Nachdem ich die Kinder viel zu spät mit dem Bus aus der Kita abgeholt hatte und meinen Wagen unter Einsatz von viel, viel Geld bei der zuständigen Stelle ausgelöst hatte, war der Anschiss durch meine Frau wegen verletzter Vaterpflichten noch die Kirsche auf der Sahne auf dem Kuchen der Erniedrigungen.

Am nächsten Tag fuhr ich wie gewohnt um 8:55 Uhr meinen Parkplatz an. Ich stellte mich hinter die Absperrung der Baustelle AUF MEINEN PARKPLATZ. Die Bauarbeiter tauschten verwunderte Blicke. Aber ihrem Verhalten nach waren sie davon überzeugt, dass ich einer der Bauherren sein müsste, weil ich mich so dreist auf die Baustelle stellte.

Als ich später aus der Firma kam, sah ich, wie ein Bauarbeiter der Politesse gestikulierend klarzumachen versuchte, dass er nicht wisse, wem das Auto gehöre. Die Politesse wendete sich ihren zwei staunenden Azubis zu, zückte plappernd und mit oberlehrerhaft in die Höhe gestrecktem Finger ihren Computer und begann gleich, darauf zu tippen. Solange sie noch Finger hatte.

Ich spazierte in den Laden, der die schönsten antiken Langschwerter führte, und kam wenig später mit einem in Papier eingewickelten klassischen Gassenhauer wieder heraus. Es war leicht vorstellbar, dass man mit der langen Klinge und ein paar gezielten Schwüngen eine blutige Gasse in die Feindesreihe schlagen konnte.

Während ich langsam auf die Politesse mit ihren Entenbabys zuschritt, streifte ich die Papierverpackung von meinem Neuerwerb ab. Sie schwebte zu Boden, und zum Vorschein kam die wunderschöne, perfekt geschliffene Klinge der liebevoll restaurierten Waffe. Kaum dass die Politesse den glänzenden Stahl in meiner Hand sah, hob sie ihren Finger erneut und rief: »Das dürfen Sie …«, ihre Strafzettelgroupies stimmten ein: »… nicht in der Öffentlichkeit führen!« Aber Öffentlichkeit bedeutet doch noch immer, dass andere anwesend sind, oder?

Das Schwert lag schwer in der Hand, es machte seinem Namen alle Ehre. Ich musste nur einmal zuschlagen, um die drei Strafzettelverteiler in acht Teile zu zerlegen. Noch am Boden hielten sie ihre Stifte und Strafzettelblöcke eng umschlungen. Das einzige Problem, was ich an diesem Abend noch zu klären hatte, war: Wie bekomme ich meinen Gassenhauer ins Auto? Für einen Mini war so ein Ding nun wirklich nicht gemacht.

Weil der § 32 StGB gestattet, einen Bronzehintern zu benutzen

Ein schabendes Geräusch riss mich aus dem Schlaf. Einbrecher? Etwas schlaftrunken stieg ich aus meinem Bett und ging, ohne das Licht einzuschalten, die Treppe hinunter. Und da war er! Eine große vermummte Gestalt stand in meinem Wohnzimmer und wühlte in meinen Schubladen. Als er meinen Atem hörte, drehte er sich um. Einige Sekunden standen wir uns regungslos gegenüber. Er versuchte gar nicht erst wegzulaufen. Stattdessen drehte er sich einfach um und durchwühlte weiter meine Sachen. Ich griff schnell zum Telefon und wählte den Notruf. Doch als ich den Hörer ans Ohr hielt, ertönte kein Amtszeichen. Der Vermummte packte meinen Montblanc-Füller in seinen Rucksack und verkündete dreist, während er weitersuchte: »Mach dir keine Mühe, ich hab das Telefon kaltgestellt.« – »Hören Sie sofort auf, oder …« – »Oder was?«, fragte er ruppig und baute sich vor mir auf. »Ich werde Ihnen jetzt mal erklären, wie die Sache vor sich geht. Unser Strafgesetz sieht Folgendes vor: Ich greife gerade in ihr Rechtsgut ›Eigentum‹ ein. Das Dumme ist nur, dass das Rechtsgut ›Eigentum‹ in unserem Rechtskreis das am niedrigsten bewertete Rechtsgut ist.« Dann wandte er sich wieder der Schublade zu, sprach aber unbeirrt weiter. »Das heißt, Sie könnten natürlich die Polizei holen, die sich dann um ihr Rechtsgut kümmert. Aber das geht ja nun nicht, da Ihr Telefon außer Betrieb ist!« Er hob einen Gegenstand in die Höhe, um ihn zu begutachten. Es war die wunderschöne goldene Uhr, die ich von meinem Großvater geerbt hatte – das letzte Andenken, das ich an meinen geliebten Opa hatte, und er stopfte es gierig in seinen Rucksack. Ungerührt sprach er weiter: »Sie könnten mich jetzt natürlich beschimpfen, dann würden Sie meine Ehre beleidigen. Na, damit könnte ich leben. Würden Sie mich allerdings einsperren, könnten

Sie mich der Polizei übergeben. Im Gegenzug würde ich Ihnen aber eine Klage wegen Freiheitsberaubung an den Hals hängen. Schließlich steht dieses Recht wesentlich höher als Ihr Recht auf Eigentum. Noch schlimmer verhielte es sich für Sie, wenn Sie körperlich gegen mich vorgehen würden. Gesundheit ist nämlich hundertmal mehr wert als Eigentum!« Damit wandte er sich ab und nahm seelenruhig mein Tablet vom Wohnzimmertisch. Er war so beschäftigt, dass er nicht merkte, wie ich den in Bronze gegossenen Hintern meiner Frau im Kleinformat von der Vitrine nahm. Er plapperte einfach weiter. »Ich kann mir vorstellen, dass Sie mich am liebsten umbringen würden. Aber was glauben Sie, wie lange Sie dafür in den Knast gehen würden? Ich nehme Ihnen ja nur das niedrigste Rechtsgut, und Sie würden mir dagegen das höchste nehmen – das Leben.« Mit seinen letzten Worten war wohl auch seine Arbeit beendet. Er warf einen prüfenden Blick um sich, dann schulterte er seinen Rucksack und wollte an mir vorbei. Doch ich versperrte ihm den Weg. »Geben Sie die Sachen zurück. SOFORT!«, fauchte ich ihn, über mich hinauswachsend, an. Der Hintern meiner Frau gab mir Mut. »Also bitte, werden Sie jetzt nicht albern, Sie sind doch garantiert versich…!« Das letzte Wort hatte er noch nicht zu Ende gesprochen, da hatte ich ihm mit der kleinen Bronzeskulptur einen Scheitel gezogen. Er fiel wie ein nasser Sack in sich zusammen. An seinem leeren Blick konnte ich ablesen, dass ich ihm soeben sein höchstes Rechtsgut genommen hatte.

Ich ging in die Küche und holte das größte Messer, das ich finden konnte. Dann reinigte ich es gründlich von meinen Fingerabdrücken, steckte es kurz in den Rucksack des Verbrechers, schüttelte ihn, sodass sicher einige Faserspuren daran zurückbleiben würden. Danach stach ich mir mit dem Messer in beide Hände und fügte mir so mehrere tiefe Schnitte zu. Natürlich fasste ich das Messer mit einem Papiertuch an, ich wollte ja schließlich auch jetzt keine Fingerabdrücke darauf hinterlassen. Dann nahm ich die Hände des toten Einbrechers und drückte ihm den Messergriff in die Innen-

fläche, sodass überall seine Fingerabdrücke zu finden waren. Anschließend platzierte ich das Messer neben der Leiche, als sei es ihm aus der Hand gefallen.

Bevor ich das Telefon reparierte, um die Polizei zu rufen, hielt ich kurz inne und baute mich ebenso vor dem Toten auf, wie er es vor mir getan hatte, und verkündete: »Wer eine Tat begeht, die durch Notwehr geboten ist, handelt nicht rechtswidrig. Und Notwehr ist diejenige Verteidigung, die erforderlich ist, um einen gegenwärtigen, rechtswidrigen Angriff von sich oder einem anderen abzuwenden, Paragraf 32 Strafgesetzbuch.«

Danke, dass du mich auf die Idee gebracht hast! Sonst wäre ich nie auf den Einfall gekommen, mich von dir mit einem Messer angreifen zu lassen …

77. GRUND

Weil Veganer einfach besser schmecken

Grillabend. Rudolf Fleischhauer hat eingeladen. Die Grillkohle glüht schon und verheißt den baldigen Genuss von saftigem Steak, zarter Rinderhüfte und leckeren, knackigen Würstchen, die sich auf einem Beistelltisch neben dem riesigen Smokergrill zu einem fleischigen Berg türmen. Rudolf Fleischhauer ist stolz auf seinen Metallkoloss. Der Mattes in seinem Grillsportverein hatte ihm den empfohlen. Ein Smoker hat den Vorteil, dass das Fleisch nicht verbrennt, sondern durch die gleichbleibende Temperatur von 90 bis 130 Grad Celsius richtig schön zart wird.

Die ersten Gäste kommen. Rudolf begrüßt sie gut gelaunt und bietet jedem auf seine sympathische, rustikale Weise ein Bier an: »Da, Leute, bedient euch schon mal, ich muss mich ums Fleisch kümmern.« Dann legt er emsig ein Stück Holz in die Feuerklappe.

Zwei Damen stellen ihre mitgebrachten Salate auf den langen Biertisch.

In diesem Moment kommt Rudolfs Schwester Brigitte. Im Schlepptau hat sie einen hageren, etwas unterspannten, schlaksigen Mann, den er noch nie gesehen hat. Brigitte fällt Rudolf zur Begrüßung um den Hals. Dann löst sie sich und zieht den Herrn heran: »Das ist Fred. Wir sind seit zwei Wochen zusammen. Fred, das ist Rudi.« Rudi reicht Fred die Hand. Sie fühlt sich weich an, und um sie nicht zu zerquetschen, lässt Rudi lieber schnell wieder los.

»Ich habe was mitgebracht.« Fred hebt einen Korb in die Höhe, aus dem eine Lauchstange hervorlugt.

»Na, als ob wir nicht genug hätten! Alles frisch aus meinem Laden!«, lacht Rudi laut auf und zeigt auf den Tisch mit aufgestapelten Tierkadaverscheiben und Fleischprodukten, in Schweinedarm gepresst. Fred steht plötzlich wie versteinert vor dem dekorativen Beistelltisch und glotzt wie in Schockstarre auf die toten Hüllen langwimperiger, großäugiger Milchlieferanten.

»Nehmt Platz, das Amuse gueule ist fertig: Pflaumen im Speckmantel!« Rudi stellt stolz den Teller mittig auf den Tisch.

»BAH!«, schreit Fred erschrocken auf.

Brigitte zuckt peinlich berührt zusammen. Auf Rudis verwirrten Blick antwortet sie, durch die Zähne zischend: »Er ist ...«, und dabei senkt sie die Stimme, als verrate sie ein furchtbares Geheimnis, »... Veganer.«

In diesem Moment packt Fred eine Tupperdose mit Nüssen auf den Tisch: »Möchte jemand? Garantiert ohne Blutvergießen.« Nein, danke, niemand möchte gerade.

»Greift zu! Der Speck ist extraknusprig!«, ermuntert Rudi seine Gäste mit einem Holzscheit in der Hand und mit giftigem Blick Richtung Fred. Die Dame neben Fred pickt vorsichtig mit Daumen und Zeigefinger einen der speckummantelten Zahnstocher heraus, als Fred plötzlich aufsteht: »Ey sorry, nee. Das kann ich nicht sehen. Ich setz mich lieber da rüber. Sorry, echt.« Er nimmt seinen Teller und setzt sich ans andere Ende des Tisches. Dabei murmelt er so, dass es dennoch jeder hören kann: »Muss jeder selber wissen ... Quälerei ... Intensivtierhaltung ... Antibiotika ... Schreie der armen, unschuldigen Tiere ...« Die Dame zögert, kann dann aber doch nicht widerstehen und steckt sich das Amuse-Gueule in den Mund. »Bah!«, grunzt es vom anderen Ende des Tisches abfällig.

Beherzt versucht die beleibte Frau neben ihm, die Situation zu retten, und bietet Fred ein bisschen Salat an. »Was ist das?«, fragt dieser interessiert.

»Nudelsalat, hab ich selbst gemacht.«

Fred beugt sich über die Schüssel: »Ist da Ei drin? Oder Milch? Oder Käse? Sorry, ey, das kann ich nicht essen. Ich esse kein Produkt, bei dessen Herstellung Millionen männliche, süße Küken zerhäckselt werden, weil sie keine Eier legen können.« Da legt die Dame den Löffel pikiert wieder hin.

Rudi, der das Ganze vom Smoker aus beobachtet hat, tritt bedrohlich nah hinter Fred. Die Grillzange hält er dabei so fest umklammert, dass die Knöchel weiß durch die Haut schimmern. »Du hast recht, das ist alles keine Art. Kommst du mal und hilfst mir, die Gemüsespießchen an Salbeiblättern richtig im Smoker zu positionieren?«

Wenig später. Brigitte kommt zu Rudi an den Smoker. »Hast du Fred gesehen?« Ein Wimmern und Röcheln ertönt aus dem Smoker. Rudi dreht entspannt den Volumenknopf an der Musikanlage lauter und legt ein Scheitchen Holz nach. »Ich hab das Gefühl, wir haben gleich ein gut durchgegartes Stück Fleisch. Ich hoffe nur, es ist nicht zu sehnig.«

9. KAPITEL

MORDE AUS HORMONELL BEDINGTEN GRÜNDEN

78. GRUND

Weil es bei aufdringlichen Chefs heißt: Bei Berührung Mord!

Hauptdarsteller:
Chef – widerlich, schleimig.
Angestellte Frau Meier – fleißig, arbeitsam, ehrlich.

Frau Meier spricht ins Telefon: »Ja, mein Schatz, du bekommst ein neues Mäppchen. Aber erst muss ich hier fertig arbeiten … Nein, der Papa kann das nicht kaufen, du weißt doch, dass er kein Geld hat.«

Chef legt Frau Meier ein paar Unterlagen auf den Schreibtisch: »Aha, ertappt. Privatgespräche.«

Wie eine Hyäne, die sich im Steppengras zur Jagd bereit macht, beugt er sich näher zu Frau Meier hinunter: »Sie wissen doch, dass ich das nicht gern sehe.«

»Aber es war wichtig.«

»Gut«, senkt er lächelnd seine Stimme und fährt in ruhigem Ton fort, bei dem er sich jedes Wort auf der Zunge zergehen zu lassen scheint: »Die Kopien bräuchte ich bis *sex*. Am besten noch *warm*.«

Wie witzig. Chef beugt sich über den Schreibtisch und sieht auf den Monitor, dabei hakt sich sein Blick in Frau Meiers Dekolleté fest. Frau Meier zieht sich unwohl die Bluse zusammen.

Am Kopierer gibt Chef Frau Meier einen Klaps auf den Po.

Frau Meier fährt erschrocken herum: »Hey!«

Chef lächelt: »Gern geschehen.«

»Lassen Sie das bitte.«

»Was denn?«

Frau Meier denkt an ihre Kinder, die noch keine neuen Schulsachen haben, und der Musikunterricht muss auch bezahlt werden … »Ach, nichts«, lenkt sie seufzend ein.

Chef lächelt.

Wenige Tage später. Frau Meier trägt Jeans und Pullover, um Chef nicht zu ermutigen.

Chef: »Es wäre schön, wenn Sie sich im Büro etwas adretter anziehen würden. Schließlich haben wir Kundenverkehr.«

Nächster Tag. Frau Meier trägt Rock und Bluse mit Ballerinas.

Chef: »Hochhackige Schuhe finden alle Männer toll.«

Frau Meier begehrt auf: »Aber Sie können mir nicht vorschreiben, was ich anziehen soll.«

Chef: »Aber eine Frau mit so schönen Beinen sollte sie auch betonen.«

Frau Meier: »Das müssen Sie schon mir überlassen.«

Chef lächelt hintergründig: »Das ist Ihre Entscheidung.«

Frau Meier legt ihm Unterlagen zur Unterschrift vor. Chef geht um sie herum, legt seine Hand um ihre Hüfte: »Aber klar mach ich das. Hab ja noch genug Tinte im Füller.«

»Bitte lassen Sie das!«

»Was?«

»Dass Sie mich die ganze Zeit anfassen. Ich mag das nicht.«

»Seien Sie mal nicht so zickig, das war doch nur kollegial gemeint. Und außerdem wollen Sie doch weiterkommen, oder nicht …? Dafür müssen Sie schon etwas netter zu mir sein.«

»Ich … ich werde mich beschweren.«

»Wo denn?«

»Ich … bei …«

»Beschweren Sie sich doch bei Ihrem Chef«, schlägt er mit einem breiten Grinsen vor.

»Gut, dann … kündige ich.«

»Das täte mir aber leid um Sie. Bei einem Unternehmen meiner Größe besteht kein Kündigungsschutz für Sie. Ich könnte eine verhaltensbedingte Kündigung aussprechen, dann würden Sie drei Monate lang nicht mal Arbeitslosengeld beziehen. Na, wie nett wollen Sie jetzt zu mir sein?«

»Oh, das wusste ich nicht. Dann … schließen Sie mal die Tür zum Büro, ich werde ganz zauberhaft zu Ihnen sein … Kommen Sie doch mal zum Aktenschredder, da haben wir viel besseres Licht … Ja genau so, und jetzt stützen Sie sich mit den Händen auf den Schredder, der hat genau die richtige Größe … warten Sie, ich ziehe Sie mal ganz langsam aus … beugen Sie sich noch ein wenig nach vorn … jetzt nehme ich Ihren wunderbaren großen Schwanz ganz zärtlich in die Hand und … noch ein bisschen nach vorn … ja, so ist's gut …« Krrrrrchchch!

79. GRUND

Weil sich Unters-Röckchen-Fotografierer am Ochsenbräter gut machen

Wenn Menschen ausgelassen auf den Tischen tanzen, »brennt« der Saal. Die Stimmung ist auf ihrem Höhepunkt. Wenn Menschen – vorzugsweise die weiblichen – mit Dirndl auf den Tischen tanzen, ist dies überdies herzallerliebst anzusehen, weil manch kurze Röckchen adrett im Rhythmus mitwippen. Die Tische biegen sich im Takt unter Trachtenschuhen, der Alkohol fließt in Strömen, die wogende Menge klatscht begleitend zur dummdösigen Grölmusik, präsentiert von stark schwitzenden Bands in Lederhosen. Jedes »Oans, zwoa, gsuffaaaa!« animiert die Zeltgäste zu reichlichem Konsum des alkoholischen Hopfengetränks. Zwischendurch werden Hax'n, Brotzeitplatten oder ein Stück des vor Ort gebratenen Ochsen vom Spieß durch die Reihen gereicht. Mit steigendem Alkoholkonsum sinkt natürlich auch die Hemmschwelle. Aber das, was ich bei meinem letzten Oktoberfestbesuch beobachten musste, übertrat jede Schwelle von Anstand und Sitte. Ich tanzte mit einer Freundin ausgelassen auf der Bierbank. Zwei Mädels in Hochstimmung. Das rote Pferd, das sich einfach umgekehrt hatte, um mit der Fliege um seinen Kopf Divergenzen auszudiskutieren, brachte uns in Hochstimmung und wir grölten beschwingt mit. Plötzlich sah ich, wie ein männlicher Gast mit seinem Handy seltsam ungelenk neben den tanzenden Füßen meiner Freundin herumfuchtelte. Als er bemerkte, dass ich ihn gesehen hatte, zog er das Handy schnell zurück und verschwand in der Menge. Ich folgte ihm mit meinem Blick. Wenig entfernt von uns zeigte er seinen Kumpels Fotos auf seinem Handy. Sie lachten anerkennend und klopften ihm auf die Schulter.

Wenig später stand ich am Ochsenbräter, an dem der riesige, abgegessene Spieß gerade abgenommen wurde, und wartete auf meine Bestellung. Plötzlich spürte ich eine leichte Berührung an meiner Wade. Ich drehte mich erschrocken um und erblickte denselben Spanner gebeugt hinter mir, als der hastig sein Handy zurückzog und mich frech angrinste.

»Was soll das, du Spanner?«, herrschte ich ihn an.

»Was ist denn? I hob doch nix gmacht.«

»Freilich, du fotografierst hier doch allen unter den Rock. Sag mal, spinnst du?«

»Ey, ich mach nix, was ihr net eh wollt. Wenn ihr euch a so sexy ozieht, dann habt ihr's net anders gwollt!«, präsentierte der Mann sein Weltwissen.

In diesem Augenblick drängte sich eine fesche junge Dame durch die herumstehenden Trachtenjupps hindurch. Im Schlepptau hatte sie einen bulligen Begleiter. Sie baute sich vor dem Hobbyfotografen auf, zog ihren Lederhosenbodyguard an sich heran und konstatierte mit quietschender, aber sicherer Stimme: »Da is des kranke Arschloch, Herbert!«

Plötzlich ging alles sehr schnell. Herberts Gesicht änderte seine Farbe von Alkoholrosig in Puterrot, kleine Dampfwölkchen stoben aus seinen Nasenlöchern, er packte den Sittenstrolch und warf ihn über die Theke. Dort setzte er den Ochsenspieß an dessen After

an, vollführte eine geschmeidige Stoßbewegung und wickelte den Lumpenhund dekorativ um den langen Eisenstab. Die dicke Ochsenbratköchin grinste nicht nur, sie half ihm sogar, das wimmernde Häufchen Fleisch in den Grill zu hieven, dann schaltete sie den Drehmechanismus ein …

80. GRUND

Weil Schweigen beim Sex das Überleben sichert

Ich denke, sie fand sich witzig. Ich nicht. Deswegen ist sie jetzt tot. Kann passieren. Eigentlich fing alles ziemlich geil an. In einer Bar. Klassiker. Sie war bildhübsch. Und noch nicht betrunken. Von Vorteil, dachte ich.

Wir sind dann zu mir gegangen. Ich zog sie aus.

Sie ist schön. Meine Erregung nimmt zu. Er ist riesengroß. Sie wird beeindruckt sein.

Sie zieht mir die Hose herunter. Dann die Unterhose. Ich habe das Gefühl, sie wird sie gar nicht darübergestreift bekommen. Dann stehe ich vor ihr. Wie Gott mich schuf. Er steht wie eine Eins. Bereit.

»Ohhhhh … wie süß!!!«

Sie lacht. Ich nicht. Sie bemerkt, dass ich nicht lache. Sie versucht, die Situation zu retten. »Darf ich ein Smiley draufmalen?«

Ich dringe ein. Es fühlt sich toll an. Ich vergesse alles um mich herum.

»Bist du schon drin?«

Dann geht nichts mehr. Ich ziehe mich zurück. Scheiße.

Sie: »Darf ich ehrlich zu dir sein?«

Ich: »Hm.«

Sie: »Ach, egal. Wollen wir nicht einfach nur kuscheln?«

Nach ein paar Minuten.

Sie: »Vielleicht muss ich mich betrinken?«
Ich denke: Oder die Klappe halten.
Sie (weiter): »Ist dir kalt?«
Ich: »Nein.«
Sie: »Dabei sieht er so unbenutzt aus.«
Ich schweige.
Sie: »Persönlichkeit und Charakter ist sowieso viel wichtiger.«
Ich schweige.
Sie: »Aber er funktioniert noch, oder?«
Ich schweige, wälze mich auf sie und dringe erneut ein, mit was auch immer sich da zwischen meinen Beinen befindet. Es wird schon gehen, wenn ich mich erst mal bewege. Und tatsächlich. Er wächst. Er pumpt sich voll. Ich spüre, wie ich zu neuem Leben erwache. Ich rammle wie ein junger Gott.
Sie stöhnt: »Ich möchte ein Kind!«
Hey, was kann ich dafür, wenn die nix verträgt. Außerdem kann man sich doch nichts Schöneres wünschen, als beim Vögeln zu sterben. Dieses Gejammer, ich solle aufhören, hab ich halt einfach fehlinterpretiert. Kann ja passieren. Innere Verletzungen, dreifacher Beckenbruch? Kann doch mal vorkommen. War halt 'ne wilde Nummer.

81. GRUND

Weil Männer Liebe vorgaukeln, um Geld zu bekommen

»Du bist doch eine wahre Freundin, oder?« Oh, was konnte jetzt kommen? Normalerweise folgt auf so eine Eröffnung immer irgendwas, was mit Geld oder Autoleihen zu tun hat. Aber Marc würde das nie fordern. Er war so ein attraktiver, intelligenter und süßer Mann. Ich liebte ihn schon lange heimlich und würde ihm sehr gern helfen. Aber er wusste, dass ich selbst zusehen musste, wie ich jeden Monat meinen Kühlschrank voll bekam. Allerdings wusste er auch, dass ich ein kleines Polster für Notfälle hatte. Schließlich war er Finanzberater, und da wir befreundet waren, durfte er auch mich in meinen »Finanzsachen« beraten. Er würde mich aber nie darum bitten …

»Leihst du mir Geld?«

»Öhm, wie viel?« Vielleicht hätte ich mal zuerst fragen sollen »Wofür?«, »Was ist los?«, »Warum?«. Aber ich stand so unter Schock, dass ich lediglich diese rudimentäre Reaktion hervorbrachte.

»Ich bin im Moment ein bisschen knapp, aber nur vorübergehend. Es stehen noch ein paar Zahlungen aus, und wenn ich die habe, dann bekommst du dein Geld zurück. Ganz bestimmt.«

»Öhm, ich weiß nicht …«, zögerte ich.

»Wir legen in einem Vertrag fest, dass ich dir jeden Monat 50 Euro zurückzahle, so als Sicherheit, damit du mir auch glaubst. Wobei du mir schon glauben kannst, es ist ja – wie gesagt – nur vorübergehend.«

»Aber du weißt schon, dass das nicht mein Geld ist, sondern das meiner Kinder. Also, wenn ich es dir gebe, dann brauche ich es so schnell wie möglich zurück.«

»Aber auf jeden Fall! Hier, ich habe dir den Vertrag schon mal mitgebracht. Da steht alles drin und auch, dass du bitte Stillschweigen über die Sache bewahren sollst. Mir wäre es zu peinlich, wenn das jemand erführe.«

»Wann denkst du denn, dass du wieder flüssig bist?«

»So in zwei Monaten müsste es klappen.«

»Hier steht aber, dass der Vertrag erst in drei Jahren endet, falls du jeden Monat nur 50 Euro zurückzahlst.«

»Na, wenn du darauf bestehst und mir nicht glaubst, dass ich dir das Geld so schnell wie möglich zurückgebe, dann schreiben wir eben handschriftlich was dazu.«

»Okay, schreib: Das Geld wird sofort zurückgegeben, wenn etwas da ist.«

»Okay. Fertig. Unterschreib hier.«

Zwei Wochen später.

»Hast du schon Geld bekommen, um deine Schulden bei mir zu begleichen? Ich brauche es, ich habe eine Reparatur am Auto.«

»Nein, aber da ich nun schon mal da bin. Sag mal, ich bräuchte noch mal dringend 1.000 Euro. Nur bis Ende des nächsten Monats.«

»Spinnst du? Ich habe ja noch nicht mal irgendwas von meinem anderen Geld wiedergesehen!«

»Ja, ich weiß, aber sonst kann ich meine Miete nicht bezahlen.«

»Nein, das kommt nicht infrage!«

»Aha, das verstehst du also unter Freundschaft.«

»Wie bitte? Das glaub ich ja jetzt nicht! Du weißt doch genau, dass ich kein Geld mehr habe!«

»Bitte, du Liebe. Wenn du mir nicht hilfst, dann muss ich aus der Wohnung raus, und daran willst du doch nicht schuld sein.«

»Selbst wenn ich wollte, ich HABE kein Geld mehr!«

»Du kannst doch deine Lebensversicherung beleihen.«

Zwei Monate später.

»Hast du jetzt Geld? Ich brauche es langsam mal zurück. Du hast gesagt, nur vorübergehend.«

»Ich erwarte ja eine große Zahlung. Na toll, jetzt kann ich mir nicht mal ein Geburtstagsgeschenk für meinen Sohn leisten. Weißt du was? Kannst du mir deine Playsi verkaufen, ich geb dir 200 dafür. Dann hättest du schon einen Teil des Geldes wieder.«

»Ja, das ist großartig, ich gebe dir die Playstation und bekomme dafür von dir 200 Euro, die sowieso schon mir gehören. Also schenke ich dir quasi die Playstation! Gib mir doch einfach die 200, dann habe ich wenigstens einen Teil zurück.«

Marc sog theatralisch die Luft ein und schüttelte beim Ausatmen wehmütig den Kopf: »Du machst alles zwischen uns kaputt …!«

Marcs Sohn bekam die Playstation. Aber er musste erst die Überreste seines Vater aus den Kabeln befreien und ihm den Controller aus der natürlichen Gesichtsöffnung pulen.

82. GRUND

Weil fremde Darmendkeime nun mal tödlich sind

Warum darf es nicht auch mal eklig werden, BEVOR man jemanden umbringt? Meist sind es doch die banalen Dinge, die profanen, kleinen Unliebsamkeiten, die uns zur Weißglut bringen. Manchmal wissen wir aber auch gar nicht Bescheid, dass wir sie gerade erleben, sondern erst, wenn es fast zu spät ist.

Luisa war frisch verliebt. Er war ein gut aussehender Sportlehrer, eloquent, gebildet, und sein Lachen war umwerfend. Ein Traummann. Der erste Sex war sagenhaft. Sie machten alles, was man eben so macht, wenn man sich gerade kennenlernt. Also, eher weniger anstatt mehr, damit noch Spielraum nach oben war. Und mit der Zeit wurde dieser Spielraum zu beider Vergnügen auch genutzt.

Sie trafen sich nun fast täglich und hatten Spaß miteinander. Er massierte ihr vor und manchmal sogar während des Sex gerne den Nacken, die Hände, das Gesicht und auch die Füße. Als er zum ersten Mal ihre Füße in den Mund nahm, dachte Luisa, das sei eine seltsame Art, ihr seine Erregung zu zeigen. Aber da sie ihn begehrte, ließ sie es geschehen. Nur durfte er sie nach dem Füßelecken nicht mehr auf den Mund küssen, das fand sie widerlich und ekelhaft. Auch seine schlabbrige Zunge in ihrem Ohr fand sie nicht gerade erregend. Das Einzige, was sie erlaubte, war sein geliebter Fetisch, ihr regelmäßig seine Finger in den Mund zu stecken und sie daran lecken und saugen zu lassen. Wenn er sich dadurch erregt hatte, konnte sie genussvoll die Augen schließen und ihn in seiner ganzen Pracht und Größe in sich aufnehmen.

Mit der Zeit ging es Luisa gesundheitlich immer schlechter. Keiner wusste warum. Der Arzt stellte Keime fest, die Luisas Immunsystem geschwächt haben könnten. Sie konnte sich nicht erklären, woher diese gekommen sein sollten. Sie war doch immer so auf Sauberkeit bedacht.

Marcus fuhr auf Klassenfahrt und war eine Woche weg. In dieser Zeit erholte sich Luisa außergewöhnlich gut. Als Marcus zurückkam, dauerte es nicht lange, und sie landeten ausgehungert nach dem Körper des anderen im Bett. Von der Leidenschaft überwältigt, ließ Luisa heute alles mit sich machen. Marcus zog sie über sich, streichelte sie überall und massierte sie zärtlich zwischen den Beinen. Dann spürte sie, wie sein Finger sich unvermittelt seinen Weg in ihre Darmendöffnung suchte. Er stöhnte lustvoll auf, als er sie fand. Im nächsten Augenblick stöhnte er noch einmal auf. Luisa öffnete die Augen. Sie sah, wie er sich ebenfalls mit einem kleinen Ausflug in seine eigene dunkle Zone bedachte und es ihn sichtlich anheizte. Luisa war überfordert, aber er fühlte sich nicht so schlimm an, wie sie vermutet hatte.

Plötzlich zog Marcus seine Finger aus allen Öffnungen, griff nach ihren Brüsten, die verlockend über ihm schwebten, und holte sie gierig küssend an sich heran. Plötzlich schob er während des Küssens seinen Finger in ihren Mund. Bah! Luisa wich zurück – der war doch gerade erst in ihrem, und sogar in seinem … Baaaah! Marcus zog sie wieder erregt an sich und küsste sie erneut. Plötzlich wurde ihr klar, dass Fremdkeime aus anderen Därmen keinen guten Einfluss auf das eigene Immunsystem …

Sie erbrach sich in Marcus' offenen Mund. Er erstickte. Schade.

Weil eine Stute gefälligst nur beißen soll, um zu fressen

Verwundert hielt ich ein Haarbüschel in der Hand und blickte auf meine heulende Schwester hinab, die am Boden lag, sich unter Schmerzen wand und sich schreiend den Kopf hielt. Hoppla! Das war doch keine Absicht, es ist einfach so passiert. Damals. Ich würde das auch nie wieder tun. Heute würde ich es viel subtiler machen.

Frauen unter sich können meist sehr gut miteinander umgehen. Ihnen fehlen nur die Arena, etwas Wasser und weiße T-Shirts.

»Schön, wie uneitel du bist«, sagte eine »Freundin« zu mir über ein Urlaubsfoto, das mich im Bikini zeigte. Wie schade, dass sie nun nie mehr in Urlaub fahren wird.

»Was macht die Liebe?«, fragte eine andere, obwohl sie genau weiß, dass ich seit Monaten Single bin. »Was macht die Liebe?« kann sie sich in den Allerwertesten schieben. Besser noch, ihr gleich zwei Hochspannungsdrähte ins Herz zu rammen und den Knopf zu drücken. *Brrrzl.*

Über meine Haare hat auch keine noch so bissige Stute einen Kommentar abzugeben, wenn ich vom Friseur komme und gerade das Haushaltsgeld in Föhnwellen und Pflegepackung investiert habe. Weder »Du warst beim Friseur. Hm, sieht interessant aus«, noch »Ach herrje, aber mach dir nichts draus, ich hatte gestern auch meinen ›bad hair day‹« will ich dann hören. Nun hat sie nie mehr einen »bad hair day«, denn ohne Haare und die dazugehörige Haut als Wuchsgrundlage auf der nackten Schädeldecke …

»Oje, aber ich hab auch nie Zeit für Maniküre«, sagte eine andere und begutachtete ihre perfekt geformten und lackierten Nägel. Aber nicht so sehr lange, denn mit Gelnägeln in den Pupillen sieht man nicht mehr so gut.

»Ich wollt ja nix sagen, aber bist du sicher, dass du noch ein Stück essen willst?«

»Du kochst allen Ernstes nur für dich alleine abends? Puh, das wär mir zu anstrengend.«

Das muss sie nun auch nicht mehr. Wenn man den Kiefer mehrfach mit einer gusseisernen Bratpfanne bearbeitet bekommen hat, dann kann man nie wieder etwas essen. Nur noch trinken.

Man begegnet Zicken am besten mit Ignoranz, Kontern oder Heulkrämpfen. Wenn das alles nicht greift, dann hilft nur noch die fachgerechte Entsorgung in der städtischen Müllverbrennungsanlage. Aber erst skalpieren, dann Nägel ziehen, dann Adressbuch mit den tollen Männerkontakten an sich reißen und DANN ab mit ihr auf den Zickenfriedhof.

84. GRUND

Weil Brustimplantate recycelt werden können

Sonne, Wochenende, Baggersee. An diesem Tag hatte ich vor, der Wortherkunft dieses Begriffs Rechnung zu tragen, und zupfte meinen Bikini Größe 40 zurecht. Ich tat so, als wäre ich in ein Buch vertieft, scannte die Umgebung aber regelmäßig und unauffällig nach Sixpacks, Lovehandels und rasierten Radlerwaden ab. Erfolglos. Heute war wohl kein guter Tag.

Ein Schatten schob sich vor mein Gesicht und über die Buchstaben. Als ich meinen Blick genervt hochnahm, um den Störenfried zu begutachten, erkannte ich nur die Umrisse eines riesigen Busens an einer winzigen Frau mit einem Kopfhaar aus der Wellawerbung und einem Po in einem Hauch von Bikini Größe 34. Sie piepste mich freundlich an: »Ist hier noch frei?«

»Ähm, ja …«

»Oh, danke!«, piepste es zurück. Ihre Oberweite musste ihr wohl so auf den Brustkorb drücken, dass sie gar nicht mehr richtig sprechen konnte.

Körbchen Doppel-D schüttelte ihr Handtuch aus und legte sich darauf. Aber nicht einfach so – zack, hingelegt, wie ich eben. Nein, sie drapierte sich darauf. Ein Bein leicht angewinkelt, das andere elegant lang, den Fuß grazil gestreckt, aber nicht so, dass es unbequem aussah – obwohl es das mit Sicherheit war. Sie stützte sich lässig auf ihre Ellbogen und schüttelte ihr langes Haar in einer sanften Bewegung nach hinten.

Ich bemerkte, dass sie die Leute ebenso nach Flirtmaterial abscannte wie ich. Aber ich konnte sie beruhigen: »Heute ist nicht viel los hier. Der Himmel zieht sich ja auch langsam zu.«

Doppel-D lächelte süffisant, setzte ihre Sonnenbrille auf und gab ein geheimnisvolles »Och …« von sich.

Nach ungefähr fünf Minuten wusste ich auch warum. Ein Sixpack cremte ihr den Rücken mit Sonnenschutz ein, obwohl sich die Wolken mittlerweile vor die Sonne geschoben hatten, ein Dreitagebart mit knackigen Radlerwaden stieß mit einem kühlen Bier mit ihr an, und der hübsche Bademeister hockte neben ihrem Handtuch und erzählte ihr die heroische Geschichte, wie er einem Kind das Leben gerettet hatte.

Und ich? Ich tat so, als lese ich in meinem Buch, und sinnierte darüber, ob Silikon schwimmt und ob angeklebte Wimpern so gut halten, dass man sie daran unter Wasser ziehen könnte und dort warten, bis das bisschen Luft aus ihrem Minibrustkorb entwichen war.

Vorher würde ich aber schnell noch die teuren falschen Fingernägel bei lebendigem Leib ausreißen, weil die bestimmt wiederverwertet werden können, und um sicherzugehen, müsste ich ihr dann doch die Brust- und Po-Implantate entfernen. Erstens kann man die auch noch mal benutzen, und zweitens kommt die Leiche sonst zu schnell wieder hoch.

85. GRUND

Weil man konsequent sein muss, wenn es heißt: Ohne Anruf Mord!

Oh, er war so süß! Eine Haarsträhne fiel ihm immer wieder frech in die Stirn. Ich mochte seinen Kleidungsstil. Genau mein Geschmack. Lässig. Coole Jeans, Chucks, dunkelblaues T-Shirt mit einem gelben Küken aufgedruckt … Wenn er lachte, dann bildete sich ein Grübchen in seiner Wange. Schade, dass er so früh von uns gehen musste.

Als ich ihn das erste Mal sah, schmolz ich dahin. Und er hatte mich auserwählt, den Rest seines Lebens mit ihm zu verbringen. MICH! Na gut, wir kannten uns gerade mal einen Tag. Genauer gesagt: zwei Stunden und 13 Minuten. So lange hatten wir auf dem Handtuch im Freibad nebeneinandergelegen. In Badehose sah er umwerfend aus. Er hatte seine Sonnencreme vergessen und bat mich um meine. »Aber so was von gerne«, sabberte ich in mich hinein, während ich im Geiste die Farbe der Gardinen für unsere gemeinsame Wohnung aussuchte.

Wir verabredeten uns für den Abend auf ein Bier in einer Bar.

Aus dem Bier wurden zwei, drei … fünf. Er erzählte mir viel von sich. Hätte ich zu diesem Zeitpunkt die Theorie gekannt, dass Männer, die viel erzählen, einen erhöhten Testosteronspiegel haben, dann würde er vielleicht noch unter uns weilen. Aber ich hing an seinen Lippen. Dass er mich wenig über mich fragte, störte mich nicht, denn so blieb mir erspart zu erzählen, was für ein langweiliges Leben ich führte.

Er hingegen war Inhaber einer Marketingfirma. Aufregend. Er kannte alle möglichen Celebrities. Über mich interessierte ihn nur, ob ich alleine wohne oder mit meinem Freund zusammen. Wie süß! So wollte er wohl durch die Blume herausbekommen, ob ich frei für ihn und unser gemeinsames Leben war. Ja, war ich. Und bereit. Nach dem fünften Bier waren wir bei dem Thema Intimrasur. Ich würde mir für ihn auch einen Irokesenschnitt verpassen lassen … als Geschenk zum Hochzeitstag.

Wir verstanden uns prächtig. So prächtig, dass ich ihn mit zu mir nach Hause nahm. Schließlich sollte er mich besser kennenlernen. Und eine Wohnung verrät ja viel über den Bewohner. Mein zukünftiger Ehemann beachtete meinen Wohnraum kaum, sondern zog mich zärtlich ins Schlafzimmer.

»Und du bist auch wirklich alleine?«, fragte er mich mit seinen wunderschönen Lippen und seiner sanften Stimme.

»Ja«, hauchte ich. »Du bist so wunderschön«, hauchte er zurück.

WOW! Dann zog er mich aus. Danach sich. Er küsste mich überall. Es war wie ein Rausch. Ich gab mich ihm hin, mit Haut und Haar, natürlich ohne Kondom, schließlich liebte er mich ja.

DAS war DER Mann, den ich immer gesucht hatte. Er war stark, witzig und erfolgreich. Aber leider bald tot. Aber daran war er ja selber schuld. Hätte er wenigstens einen Zettel hinterlassen, als er sich am nächsten Morgen heimlich davonstahl … Hätte er meine Anrufe beantwortet, und hätte er mich wenigstens gegrüßt, als er zwei Tage später diese Schlampe im Freibad um Sonnenmilch bat …

Aber so? So winselte er ja förmlich um die Chinaböller in seiner Hose, die ihm sein Genital zerfetzten, sodass er nie, nie wieder …

86. GRUND

Weil gute Tänzer ihre Schuhe zum Fressen gern haben

Ich liebe meine Freundin! Wirklich! Letzten Samstag war ich in unserem Dorf auf einer Ü30-Party. Ich muss gestehen, dass ich mich selbst nicht für einen guten Tänzer oder, besser gesagt, überhaupt nicht für einen Tänzer halte. Aber ich mag es, mich zum Rhythmus der Musik zu bewegen, auch wenn meine Bewegungen nicht unbedingt den vorgeschriebenen Tanzschritten entsprechen. Meine Freundin ist da ganz anders, sie tanzt wie eine junge Göttin. Sie hatte sogar einst erfolgreich einen Tanzkurs abgeschlossen. Leider muss sie mit mir so einige Abstriche machen.

Also auf zur Ü30-Party. 30 Euro Eintritt pro Person: 'ne ganz schöne Stange Geld, aber was tut man nicht alles, um seine Beziehung zu erhalten. An der Garderobe wollten die dann auch noch zwei Euro fürs Aufhängen der Klamotten haben. Von den Preisen für die Getränke ganz zu schweigen. Endlich im Saal angekommen, fanden wir sogar einen Platz an der Tanzfläche, im Nachhinein keine gute Entscheidung. Kaum hatten wir uns hingesetzt, kam doch tatsächlich so ein Schnösel mit glänzenden Tanzschuhen an unseren Tisch und forderte meine Freundin zum Tanzen auf. Sie warf mir einen entschuldigenden Blick zu: »Schatz, sei mir nicht böse, aber ich möchte gern mal richtig tanzen.«

Sie hauchte mir einen Kuss auf die Wange, und weg war sie. Elegant glitten die beiden zusammen im Takt der Musik über die Tanzfläche. Ich nippte einsam und angesäuert an meinem Wein und gestand mir ein: »Okay, der kann wirklich gut tanzen.«

Als meine Freundin nach dem dritten Song noch immer nicht den Weg zu mir zurückfand, beschloss ich, noch einen weiteren abzuwarten. Dann würde sie zu mir an den Tisch kommen, mich umarmen und herzen, und alles wäre wieder gut. Fünf Tänze später klebte sie immer noch an dem Schnösel und ließ ihren Körper von seinen Armen geschmeidig führen. Wie eine Schlange wand er sich um sie, berührte sie an Stellen, die ich nach einem halben Jahr Werben noch immer nicht berühren durfte. Seine Hände schienen auf jedem Körperteil meiner Freundin gleichzeitig zu liegen.

Jetzt reichte es mir! Ich schlich mich hinter den Bühnenvorhang, um das Hauptkabel für den Verstärker zu finden. Ein Ruck, und mit einem Schlag wurde es still im Saal. Aber nur für einen kurzen Moment. Dann begann ein wildes Durcheinander. Ich ging zu den Toiletten und betrat eine der WC-Kabinen. Dort wartete ich geduldig, bis ich endlich die glänzenden Tanzschuhe am Pissoir entdeckte. Ich versicherte mich, dass keine anderen Schuhe im Raum waren, dann öffnete ich die WC-Tür, packte seine Krawatte von hinten und zog ihn zu mir in die Kabine. Eigentlich war mein Plan ja nur, ihm seine Füße zu brechen. Aber als ich ihn so herrlich röcheln hörte, entschied ich mich anders. Ich zog die Schlinge am Hals einfach immer weiter zu. Als er langsam das Bewusstsein verlor, zog ich ihm einen seiner glänzenden Tanzschuhe aus und rammte ihn tief in seinen nach Luft schnappenden Mund, damit er Ruhe gab. Er wehrte sich noch ein wenig, dann ließen seine Kräfte sehr schnell nach. Seine Augen wurden immer größer, dann traten sie fast aus den Höhlen. Er lief blau an. Auf einmal erschlaffte er. Schluss. Da seine Hose sowieso schon offen war, zog ich sie noch ein Stück weiter herunter und setze ihn auf den Pott. Ich entfernte den Schuh wieder aus dem Mund, wischte ihn ab und zog ihn wieder über seinen Fuß. Wenn man ihn findet, wird man glauben, er wäre beim Scheißen eingeschlafen.

Dann richtete ich meine Kleidung und ging hinaus in den Saal. Dort ertönte inzwischen wieder Musik. Meine Freundin saß an unserem Tisch und fragte verwundert, wo ich denn gewesen sei.

Ich bin zwar kein guter Tänzer, aber als wir später zu Hause waren, fand ich dann doch den richtigen Rhythmus …

87. GRUND

Weil Schnorrer in keine WG mit Chemiestudenten ziehen sollten

450.000 Studenten wohnen in Deutschland in WGs. Es ist ja auch weitaus günstiger, wenn man sich als Bettelstudent die horrende Miete mit anderen teilt. Außerdem hat man immer jemanden zum Quatschen. Also: WG ja! Aber mit wem?

Es gibt verschiedene WG-Typen. Der aufmerksame Mitbewohner lernt so schon während der Studienzeit mehr über das Leben, als ihm manchmal lieb ist. Für angehende Psychologen oder Soziologen ist eine WG ein wahrer Fundus an lebendig gewordener Theorie.

Es gibt den chronischen Jammerer, der sich von Vitamintabletten ernährt und immer einen Schal trägt. Immer.

Den langhaarigen Heavy-Metal-Fan, dessen Musikgeschmack nach drei Monaten jeder »mitmoschen« muss, weil dieser Zeitgenosse aufgrund phonbedingter Überreizung nicht mehr hört, wenn man schreit: »Mach deinen Scheiß leiser!«

Den ordnungsliebenden Pedanten, dessen Schuhe immer nebeneinanderstehen und der selbst mit 2,9 Promille sein Hemd auf einen Bügel in den Schrank hängt. Und so weiter …

Ja, und dann gibt es auch noch den gemeinsam genutzten Kühlschrank. Kühlschränke sind lediglich zu dem Zweck erfunden worden, die Belastbarkeit und Leidensfähigkeit im Mikrokosmos eines studentischen Lebensraums zu testen. Während früher die Feuerstelle die steinzeitlichen Gemüter erhitzte, so ist der Stein des Anstoßes heutzutage eher abgekühlt: Es geht meist um Käse, Joghurt, Wurst, Bier, Butter und Milch in verschiedenen, den Eigentümern zugewiesenen Fächern.

Der gastfreundliche, wohlerzogene Philanthrop wollte nicht unhöflich sein und beschränkte seine Rache beim 24 Fehlen eines Joghurts aus seinem Fach darauf, seinem schnorrenden Mitbewohner in dessen Weihnachtsurlaub Kresse auf den befeuchteten Teppich zu streuen. Dieser fand das erwartungsgemäß nicht witzig und fühlte sich aufgefordert, von nun an noch hemmungsloser hier und da ein Stückchen Salami abzugreifen, mit den Worten: »Ach, komm schon. Es war doch nur ein Stückchen Salami. Stell dich nicht so an!«

Der Philanthrop, den ich hier der Einfachheit halber »Phil« nennen möchte, wurde durch seine gute Erziehung dazu gezwungen, den Schnorrer – nennen wir ihn der Einfachheit halber »Arschloch« – nicht sofort zu töten, sondern zu warten, bis ein vom Gericht bestellter psychiatrischer Gutachter ihn wegen dauerhafter seelischer Störung für schuldunfähig erklären würde.

Gern kam auch der Spruch: »Aaach, das war deine Salami … Oh, sorry, das wusste ich nicht …« Was darauf schließen ließ, dass sein IQ dem Arschloch nicht zu einem Studienabschluss verhelfen würde. Auch sein freundliches Angebot, Phil könne doch etwas von seinen Sachen nehmen, brachte nicht wirklich die erwünschte Ruhe ins Zusammenleben.

Bis … ja, bis zu dem Tag, an dem Phil es nach monatelanger Strategiearbeit geschafft hatte, die unnahbare Unischöne aus dem dritten Semester in sein WG-Zimmer zu locken. Er hatte an alles gedacht. Das Zimmer empfing die holde Maid in einem perfekten Zustand: Eine Kerze auf dem Tisch umspielte Phils markantes Gesicht mit schmeichelndem Licht, und sie musste sich nicht ständig darüber Gedanken machen, ob der Lipgloss noch saß, der ihren Mund so wunderschön voll und begehrenswert aussehen ließ. Unaufdringliche Musik schwebte sanft durch den Raum und verwandelte denselben in eine Oase der Entspannung. Die Unischöne glitt grazil auf das zum Sofa umfunktionierte Futonbett. Ihr hübsches Dekolleté schimmerte Phil entgegen.

»Was ist das für ein Gesang?«, wollte die bezaubernd Kluge mit den hübschen braunen Augen wissen.

»Das ist mein Mitbewohner. Der singt manchmal, wenn er was getrunken hat«, erklärte Phil achselzuckend.

»Oh, das geht mir auch so, ich vertrage überhaupt nichts. Ich verliere dann total die Kontrolle …«

JA! STRIKE! Phil konnte sein Glück kaum fassen.

Wie in Trance schwebte er auf drei Beinen Richtung Küche. Er öffnete den Kühlschrank und griff hastig in sein Fach an die Stelle, wo er den Sekt aufbewahrte. Aber seine Hand griff ins Leere. Aus dem Zimmer seines Mitbewohners lallte fröhlicher, von Alkohol beschwingter Gesang.

Welch ein Unglück sich am darauffolgenden Tag in einer Berliner Studenten-WG ereignete … unfassbar! Der junge Chemiestudent Ph. kann immer noch nicht glauben, welches Drama sich in seinen eigenen vier Wänden abgespielt hatte. Sein Mitbewohner hatte aus Ph.s Fach im Kühlschrank versehentlich die zu Studienzwecken aufbewahrte Lösung »aqua regis«, auch »Königswasser« genannt, getrunken. Königswasser ist ein Gemisch aus Salzsäure und Salpetersäure, das bei peroraler Aufnahme Arrosion (Anfressen) von Gefäßen, Blutungen, Erbrechen kaffeesatzartiger Massen und Diarrhö zur Folge hat. Bei leerem Magen auch Herzstillstand. Das war dann wohl auch die Todesursache.

88. GRUND

Weil Ratten fressen, wenn sie Hunger haben

Ich lernte ihn auf einer Datingplattform im Internet kennen. Carsten schien nett zu sein. Wir trafen uns in einem Café. Er war tatsächlich ganz nett. Wir hielten lose Kontakt per SMS. Wir trafen uns ein weiteres Mal und gingen ins Kino. Das war ebenfalls nett. Aber mehr auch nicht. Während der gruseligen Szenen bot er mir an: »Du kannst dich ruhig bei mir festhalten. Du bist doch meine Prinzessin, die ich beschützen muss.« Ich lehnte dankend ab.

Ab dann schickte er mir täglich SMS.

»Wie war's in der Sauna?«

Woher wusste er, dass ich in der Sauna war?

»Wie geht es deinem Hund?«

Woher wusste er, dass ich einen Hund hatte? Davon hatte ich nichts erzählt!

»Ich fand Blond besser, mein süßer Engel.«

»Wollen wir essen gehen? Du liebst doch asiatisches Essen.«

Woher hatte er all diese Informationen? Das war gruselig. Er schien an mir zu kleben wie ein Stück Kaugummi. Er schien überall zu sein, wo ich auch war, oder zumindest zu wissen, was ich tat.

»Der Kerl ist nichts für dich, glaub mir.«

Meine Freundin riet mir, ich solle einfach nicht mehr antworten. Da ich aber für Klarheit bin, schrieb ich ihm: »Ich will nichts von dir, lass mich bitte in Ruhe.«

Zurück kam: *»Machst du mit mir Schluss, mein allersüßester Hintern?«*

»Wir waren nie zusammen.«

»Warum nicht, du bist doch Single.«

»Das heißt doch nicht, dass ich dann mit dir zusammen sein muss.«

»Du wirst deine Meinung noch ändern. Da bin ich mir ganz sicher. Du wirst lernen, mich zu lieben, ich weiß es.«

»Was macht dich so sicher?«

»Weil ich Dinge kann, die keiner sonst kann.«

»Lass mich in Ruhe.«

»Oh, jetzt wirst du aber böse. Du bist wunderschön, wenn du böse bist. Ich mag böse Mädchen. Soll ich dir den Hintern versohlen?«

»Guten Morgen, meine Schöne, ich küsse dich überall.«

»Ich finde dich, egal wo du bist. Meine Liebe wird mich zu dir tragen.«

»Hast du meine Karte bekommen? Zum Beweis meiner aufrichtigen Liebe habe ich mit meinem eigenen Blut unterschrieben …«

»Es nützt nichts, die Nummer zu wechseln. Ich finde dich überall. Wir sind miteinander verbunden, spürst du es nicht?«

»DU bist meine Lebensaufgabe. Du wirst das bekommen, was du verdienst. Schön tief und fest. Magst du es fest?«

»Du bist krank!!!«

»Ja, komm und pflege mich. Ich bin schon ganz heiß. Mein Körper verlangt nach einer guten Pflege, überall. Sei ruhig hart zu mir. Magst du es hart?«

Ich erwirkte eine einstweilige Verfügung gegen ihn.

»... etwas zu verlieren tut weh. Das verstehst du doch. Wo ist denn dein Hund? Ist er dir weggelaufen? So ein süßes Hundchen ...«

»Okay, wir treffen uns.«

»Oh, nun hast du auch kapiert, dass wir zusammengehören. Ich freu mich, und ich bringe alles mit, was wir brauchen.«

»Ich auch.«

Als ich das schäbige Hotelzimmer mit einer großen Reisetasche betrat, wartete er bereits auf dem Bett auf mich, halbnackt in lasziver Pose, wie er es in einem 70er-Jahre-Softporno abgeguckt haben muss. Ich wusste genau, was ich zu tun hatte.

»Du hast recht, ich konnte es mir nicht eingestehen. Ich bin verrückt nach dir.«

»Ich wusste es! Komm her, meine kleine, geile Prinzessin.«

Sein nervöses Zittern fand ich ja nun doch irgendwie niedlich, es brachte mich aber nicht von meinem Vorhaben ab.

»Ich will etwas Besonderes mit dir machen. Unser erstes Mal soll etwas Unvergessliches bleiben.«

Ich sah, wie er in der Mitte seines Körpers ein paar Freudentröpfchen verlor, die sich am Stoff der Feinrippunterhose abzeichneten.

»Leg dich auf den Rücken«, bat ich ihn.

Als er nicht gleich reagierte, zog ich meine Bluse aus und stand nur noch mit BH bekleidet vor ihm. Dadurch wurde er mehr als willig und legte sich sabbernd auf den Rücken. Aus meiner großen Reisetasche zog ich vier Seidenschals und band ihn am Bettrahmen fest. Er sabberte immer noch: »Du kleine, geile Sau, das Spiel ... Und dann ...«

»Ähm, ja, so ähnlich. Jetzt darfst du aber nichts mehr sagen, ich muss mich konzentrieren. Hier, nimm das, damit machst du mich rasend ...« Ich steckte ihm vorsichtig den Knebel aus dem Erotikversandhandel in den Mund. Dann entnahm ich aus einem Karton eine Ratte, holte den Metallmülleimer aus dem Badezimmer, legte das ausgehungerte Tier vorsichtig hinein, stülpte den Eimer über sein Genital und zurrte ihn mit Klebeband fest um seine Hüften. Um die Ratte machte ich mir keine Sorgen, sie würde sich schon etwas zum Fressen besorgen, wenn sie Hunger bekam …

89. GRUND

Weil HIT ein schmerzhaftes Fitnessprogramm ist

Es gibt doch nichts Schöneres, als einen gut durchtrainierten Körper zu haben! Herrlich, wenn man bei jeder Bewegung seine Muskeln spürt und geschmeidig wie eine Raubkatze durchs Leben tigern kann.

Nur kommt dies leider nicht von alleine. Vor die adonishafte Figur haben die Götter den Schweiß und das Eisen gesetzt – das Fitnessstudio. Um eine Figur wie die Krieger im Film *300* zu bekommen, muss man sich schon mindestens viermal die Woche quälen. Nun gibt es ja sehr viele, die ins Studio kommen, ein paar Gewichte an den Maschinen auflegen, ein paar Mal unter den bewundernden Blicken der Bauch-Bein-Po-Mädels alles geben, um dann anschließend mehrere Minuten auf den Bänken Regenerationssitzen zu praktizieren. Das Dumme daran ist nur, dass dies eher zum Abtrainieren taugt als zum Aufbau der Muskeln. Was richtig durchzieht, ist das HIT-Training – »High Intensity Training«, zu Deutsch: »Training mit hoher Intensität«.

Wenn ich also ins Fitnesscenter gehe, bin ich meist nicht länger als eine halbe Stunde da. Ich wähle ein Gerät und übe dort so lange, bis ich der Schwerkraft nichts mehr entgegenzusetzen habe. Anschließend wird das Gerät gewechselt, und dort geht es genauso weiter. Dabei kommt es darauf an, keine Pause zu machen! Man muss schon richtig auf dem Zahnfleisch gehen, dann ist das Training perfekt. Die Idee ist, dem Körper vorzugaukeln, dass er in größter Gefahr ist und alle Kraft einsetzen muss, um zu überleben. Dieser Mechanismus stammt noch aus der Zeit, in der wir vor Mammuts und Säbelzahntigern flüchten mussten. Dabei haben wir sicher auch nicht alle paar Minuten eine Pause eingelegt.

Ist das Training dann vorüber, denkt der Körper: »Oh verdammt, das war knapp! Ich glaube, ich sollte noch ein paar Muckis zulegen, dann habe ich das nächste Mal eine größere Chance zu überleben.«

HIT-Training ist also allem anderen überlegen, hat aber einen Haken: Man braucht dafür freie Geräte oder zumindest freie Hantelplätze! Als ich letztens dabei war, mit meinem »Mammut« zu kämpfen, stellte sich – oder sollte ich besser sagen, setzte sich – ein großer, fetter Mann in meinen üblichen Trainingsweg. Er schaffte es doch tatsächlich, an jedem dritten Gerät ein ausgedehntes Päuschen zu machen. Da saß er und wartete. Dazwischen tummelten sich dann noch Hausfrauen und Rentner, deren sozialer Mittelpunkt das Fitnesscenter zu sein schien. Statt zu trainieren, saßen sie an den Geräten und quatschten. Wie sollte man da vernünftig trainieren? Wie sollte man da ins Schwitzen kommen?

Was ich auch versuchte, kaum hatte ich es geschafft, eine Übung zu absolvieren und mich zum nächsten Gerät zu begeben, saß der Dicke schon da. Wenn er wenigstens etwas tun würde! Nein, er saß einfach nur da. Für einen Moment glaubte ich, es müsste sich um Drillinge handeln. Es war doch nicht möglich – wie schaffte er es, ständig an den Geräten zu sitzen, die ich brauchte? Ich brach das Training ab und schwor mir, am nächsten Tag zu einer anderen Tageszeit zu kommen.

Am nächsten Morgen war ich dann zwei Stunden früher als üblich da. Doch da war die Bude noch voller.

Da die Kraftmaschinen alle belegt waren, beschloss ich, in den Freihantelbereich zu gehen. Ich muss ehrlich zugeben, dass ich diesen Bereich lange Zeit gemieden habe. Vor Jahren hatte ich dort mal eine Trainingseinheit falsch gemacht mit dem Erfolg, dass mir eine Bandscheibe rausgeflogen war. Nun gut, ich überwand meine

Angst und begab mich zum Hantelblock. Doch bevor ich ankam, stellte sich schon wieder eine Wand in Form eines übergewichtigen Menschen vor mir auf. Der Dicke war auch da! Er griff sich natürlich genau die Hanteln, die ich brauchte. Damit setzte er sich auf die Trainingsbank vor den Spiegel, legte sie auf den Boden und schaute sie sich an. Er trainierte nicht damit, sondern schaute sie tatsächlich nur an! Ich musste notgedrungen mit einer anderen Größe trainieren, konnte aber so wenigstens mein HIT-Programm starten. Glück hatte ich an der Klimmzugstange, die ließ er frei. Am Unterarmcurl saß er wieder da. Nach den Beugestützen ruhte er sich natürlich an der Schrägbank aus. Und nachdem ich meine Sit-ups gemacht hatte, lag er auf der Hantelbank fürs Armdrücken.

Wütend ging ich an dem Dicken vorbei. Da sprach er mich doch tatsächlich an! Er fragte mich, ob ich ihn mal »spotten« könnte. Er wollte also, dass ich ihm beim Bankdrücken helfe. Das tat ich mit großem Vergnügen. Ich fragte ihn, wie viel Kilo ich ihm denn auflegen solle. »20«, gab er zurück und meinte insgesamt 20. Ich tat ihm den Gefallen und packte auf jede Seite drei 20-Kilo-Scheiben. Zugegeben, ich hatte auch Probleme, die Stange aus der Halterung zu lösen, um sie in seine ausgestreckten Hände zu legen.

Kaum dass ich sie losließ, sackte das Gewicht nach unten, und der Stahl brach seine Rippen, als er auf dem Brustkorb aufschlug. Die Augen traten ihm aus den Höhlen, und sein Kopf lief rot an. Es zischte, als die letzte Luft aus der Lunge entwich. Zum Einatmen kam er nicht mehr. Ich wartete noch etwa fünf Minuten, weil ich ja sichergehen musste, dass eine Wiederbelebung keinen Sinn mehr ergab, dann lief ich gemütlich zur Rezeption des Centers.

Ich meldete, dass ich glaubte, da habe sich einer zu viel Gewicht aufgelegt. Ich hätte schon versucht, ihn zu befreien – ich musste ja meine Fingerabdrücke erklären –, aber das sei viel zu schwer für mich gewesen.

In letzter Zeit verläuft mein Training sehr entspannt. Nachdem bekannt wurde, dass ein Mann im Center gestorben war, hatten plötzlich all die Hausfrauen und Rentner keine Lust mehr zu kommen. Vielleicht war es ja doch zu gefährlich …

90. GRUND

Weil Sex eine Belohnung für ordentliches Verhalten ist

Ich fürchte, Sie müssen jetzt ganz stark sein. Denn ich werde Ihnen die Wahrheit sagen über »verzweifelte Hausfrauen« und darüber, warum Sie (als Ehemann) oft wochenlang auf Ihren gesetzlich vorgeschriebenen Sex warten müssen.

Frauen sind extrem leidensfähige Wesen. Einmal im Monat werden sie gebeutelt vom prämenstruellen Syndrom. Sie haben Bauchkrämpfe, müssen putzen, haben Heißhungerattacken und so weiter. Damit müssen Sie umgehen. Und sie erwarten in diesen Tagen Mitleid, Zuspruch und Aufmerksamkeit.

Dann kommt möglicherweise eine Schwangerschaft. Die Frauen werden fett, unansehnlich und können sich selber oft nicht ausstehen. Anschließend hängt das Ergebnis der Schwangerschaft an ihren Brustwarzen, will umsorgt, entkotet und getragen werden, und die Zeit der sexuell willigen, immer verfügbaren Ehefrau als eigenständiges, romantisches, hingebungsvolles Wesen ist vorbei. Aus. Ende.

Und was bekommen diese aufopfernden Übermenschen dafür? Einen Ehemann, der die gleichen Rechte einfordert wie vor der Geburt: Sex, Zuwendung, gemeinsame Stunden, ein sauberes Haus, hochhackige Schuhe …

Anstatt Verständnis für die emsige Putzfrau und Mutter aufzubringen, bekommt der Mann eine Putzmittelallergie und bleibt beim Einkaufen plötzlich mehrere Stunden weg. Ein vernachlässigter Ehemann muss mehrfach am Tag darauf hingewiesen werden, dass der Müll raus muss, und handwerkliche Tätigkeiten sind für ihn Dinge, die er immer »nächstes Wochenende – aber dann wirklich« – erledigen wird.

Es gibt keinen einzigen Grund, warum man sich eines Ehemannes entledigen sollte. Nein, es gibt Hunderte! Nur leider werden die Tötungsdelikte von der Polizei und der Presse immer verschleiert. Dort liest man dann von Eifersucht, Rache oder anderen niederen Beweggründen für die brutale Hinrichtung des Ehemannes. Wie sähe das auch aus, wenn die Wahrheit ans Licht käme: »Ehemann wurde mit herumliegenden Socken grausam erstickt!«, »Abartiger Fund – Ehemann starb an schwerer Zahncremevergiftung, weil er die Tube offen ließ. Frau streitet alles ab« oder »Ehemann bei laufendem Bundesligaspiel mit Fan-Schal erdrosselt«. »Rache an ungepflegtem Ehemann: Die Seife steckte in seinem Darmausgang. Nachbarn waren auf die Maden unter dem Türschlitz aufmerksam geworden.«

Da sind wir Frauen doch einfallsreicher, um nicht erwischt zu werden. Wie viele Unfälle passieren heutzutage beim Reifenwechsel? Oh, der Wagenheber war wohl nicht richtig arretiert. Hoppla, ein Stromschlag beim Lampenwechsel! Tut mir leid, ich habe die Leiter wirklich festgehalten. Nicht zu vergessen die plötzliche Amnesie bezüglich der hochsensiblen Erdnussallergie des an den Kochkünsten herumnörgelnden Ehemannes.

Liebe Ehemänner, wundert euch nicht, wenn ihr eine Weile mit Sexentzug bestraft werdet. Genießt es und freut euch, dass ihr noch am Leben seid!

10. KAPITEL

MORDE WEGEN ARGLISTIGEN BETRUGS

Weil Kinderarbeit besser belohnt werden sollte

Dingdong. Die Tür öffnete sich, und der betagte Herr Malafide blickte den Grundschüler auf seinem Fußabtreter grummelnd an. »Was willst du?«

Jochen suchte nach Worten: »Wir … also, ich wollte Sie fragen, ob ich Ihren Rasen mähen darf.«

»Wieso das denn?«

»Also, weil – dann müssten Sie das nicht tun, und ich könnte mir ein bisschen Taschengeld verdienen.«

»Hm«, überlegte Herr Malafide und rieb sich das Kinn. »Von mir aus. Komm am Samstag um 17:30 Uhr.«

»Oh toll. Danke, Herr Malafide! Ich werde pünktlich da sein«, versprach der Junge.

Jochen lief nicht nach Hause, er hüpfte. Das war ja leichter als gedacht! Herr Malafide hatte den größten Rasen in der Nachbarschaft, und den zu mähen würde bestimmt eine Menge Geld einbringen. Jochen brauchte nur noch 20 Euro zu seinem Ersparten, dann würde er Mama das teure Parfüm kaufen können. Es duftete so herrlich an ihr. Als sie neulich zusammen im Kaufhaus waren, besprühte sie eine dieser stark bemalten Frauen mit dem wunderbaren Duft. Mama hielt immer wieder ihr Handgelenk unter ihre Nase, sog den Duft ein und verdrehte verträumt die Augen. Aber das Parfüm war viel zu teuer. In drei Monaten war ihr Geburtstag. Bis dahin würde der Rasen noch einige Male gemäht werden müssen, und dann konnte er sich das Parfüm leisten. Seit Papa weg war, konnte Mama sich nicht mehr viel kaufen. Aber dieses Mal würde Jochen ihr ihren Herzenswunsch erfüllen. Und er war bereit, hart dafür zu arbeiten. Sehr hart. Sie sollte duften wie eine Königin.

Am Samstag verabschiedete sich Jochen zu Hause mit der Ausrede, er gehe zu einem Freund. Es war ein heißer Tag. Herr Malafide öffnete ihm die Haustür: »Da bist du ja endlich.« Er führte ihn in den Garten. Dort stand schon der Rasenmäher bereit.

»Da«, brummte der alte Mann.

Jochen schwitzte, während er den Rasenmäher geschickt und schnell Bahn für Bahn über die Fläche schob. Zwischendurch leerte er unter den beobachtenden Augen des Hausherrn auf der Terrasse gewissenhaft den vollen Sack aus. Als er mit der für einen kleinen Jungen ziemlich schweren Maschine fertig war und sich den Rasenkantenschneider holen wollte, trat Frau Malafide auf die Terrasse. Sie schlug entzückt die Hände vor der Brust zusammen: »Ach, das ist ja toll. Ein Heinzelmännchen! Warte, ich hole Kekse und Limonade.«

»Nein, das ist nicht nötig, er ist gleich fertig«, schob Herr Malafide zwischen seinen Zähnen hervor, während er an einem Glas eisgekühlter Limonade mit frischen Minzblättern nippte.

Jochens Lippen waren trocken. Frau Malafide reichte ihm ein Glas wunderbar kalter Limonade.

»Vielen Dank. Danke.« Jochen leerte das Glas in einem Zug. Danach trimmte er behände die Rasenkanten. Nach einer weiteren halben Stunde war sein T-Shirt schweißnass. Er war erschöpft, aber stolz und betrachtete sein Werk. Wenn seine Mutter ihn so sehen könnte, wäre sie auch stolz auf ihn.

»Ich bin fertig«, erklärte er selbstbewusst und trat an die Hängematte, in der Herr Malafide sich sanft hin und her wiegte. »Hm«, hob dieser kurz den Kopf, blinzelte unter seinem Hut hervor und murmelte, während er sich wieder in die Hängematte sinken ließ: »Du kannst in zwei Wochen wiederkommen. Schubst du mich noch einmal an?«

»Ähm, ja gerne«, freute sich Jochen. Das bedeutete für ihn, dass er das Geld schnell zusammenhaben würde. Wenn er jedes Mal mindestens fünf Euro bekäme, so wie er es von seinen Kumpels gehört hatte, dann hätte sich die Plackerei schon in zwei Monaten gelohnt. Herr Malafide hatte bestimmt gerade kein Bargeld im Haus oder wollte ihm das Geld in einem größeren Betrag geben. Deswegen bestand Jochen heute nicht auf dem Erhalt und ließ den alten Mann in der Hängematte ausruhen.

Die nächsten zwei Male lief es genau gleich ab. Beim vierten Mal nahm Jochen sich vor, den Lohn für seine Arbeit einzufordern. Mamas Geburtstag war nahe, und er wollte das Parfüm kaufen. Jochen sah schon ihre leuchtenden Augen vor sich. Sie würde sich so edel fühlen, wie sie es sich gewünscht hatte. Beschwingt rollte Jochen nach getaner Arbeit das Kabel zusammen. Ordentlich hängte er es ins Gartenhaus, trat vorsichtig an die Hängematte und räusperte sich. Herr Malafide hob nicht einmal den Hut, sondern brummte darunter hervor: »Was willst du?«

»Ich bin fertig.«

»Na und?« Die Lippen des alten Mannes bewegten sich nur wenig.

Jochen wischte sich die Hände an seiner Hose ab. Es machte ihn verlegen, um Geld zu bitten. Aber heute musste es sein. »Ich würde gerne meine Bezahlung haben.«

Der alte Mann bewegte sich keinen Millimeter. Aber er atmete. Jochen hob erneut an: »Ich würde gerne mit Ihnen abrechnen, Herr Malafide. Ich war jetzt viermal hier und habe insgesamt sechs Stunden für Sie gearbeitet …«

Langsam hob Herr Malafide seinen Hut mit der rechten Hand. Darunter blitzten Jochen zu bösen Schlitzen verengte Augen an: »WAS WILLST DU? Du hast meine Kekse gefressen, säufst dich hier an meiner Limonade voll, als wenn es kein Morgen gäbe, und jetzt willst du auch noch Geld dafür, dass du mir mit dem Lärm hier auf die Nerven gehst und ich kaum Ruhe finde?«

»Aber …«, Jochen stiegen die Tränen in die Augen, »aber ich habe doch gearbeitet, und Sie waren doch immer zufrieden, das hat auch Ihre Frau gesagt …«

»Was die Alte sagt, interessiert mich nicht, die ist doch eh halb blind. Verunstaltet hast du meinen Rasen, und dafür soll ich bezahlen? Ich werde deiner Mutter sagen, was für ein undankbarer

Kerl du bist. Frisst dich hier durch und zerstörst meinen schönen Rasen … und dann willst du auch noch Geld haben! Mach dich vom Acker und lass dich hier nie wieder blicken!« Damit ließ er sich wieder in die Hängematte zurücksinken und zog sich den Hut ins Gesicht. Zum letzten Mal.

Jochen holte den Rasenmäher aus dem Schuppen und steckte das Kabel ein.

Er trat erneut an die Hängematte. »Möchten Sie, dass ich Sie noch einmal anschiebe?« Noch bevor Herr Malafide antworten konnte, gab Jochen ihm einen Schubs, dass er sich überschlug und mit dem Gesicht auf dem frisch gemähten Rasen landete. Emsig und behände, wie immer, begann Jochen zu mähen. Er begann von den Füßen her und arbeitete sich über den Rücken zum Kopf vor. Das war nicht leicht, weil die Messer mittlerweile stumpf waren. Aber es ging. Vor und zurück und wieder vor. Die Arme und Beine überfuhr Jochen extra, denn es sollte ja ordentlich sein.

92. GRUND

Weil Messeverkäufer die Wurmfortsätze unter den Verkäufern sind

Mir passiert so was nicht!, dachte ich, als eine Freundin schimpfend eine kürzlich erworbene Superhightechmesseneuigkeit mit spitzen Fingern in die Restmülltonne fallen ließ.

Man kauft aber doch auch nichts auf Messen. Ich habe noch nie erlebt, dass man die Dinge tatsächlich benutzt.

»Grüne Woche« ist die Fressmesse in Berlin.

Ich schob mich erfolgreich und ohne etwas zu kaufen an diesen herrlichen martialischen Gartengeräten vorbei, ließ die Fensterputzer links liegen und ging auch NICHT auf das bestimmt lieb gemeinte Angebot des Whirlpoolverkäufers ein, mich in die zehn Meter lange Wanne zu legen.

Und dann stand ich mit großen Augen an einem Stand, an dem ein netter Herr mit ausladenden Bewegungen allerlei Gemüse schnitzte, raspelte und wundervolle Skulpturen und Dekorationen fertigte. Einfach so. Mit ein paar Handgriffen. Grandios. Ich wollte weitergehen, verharrte aber in der Bewegung und blickte zurück. Der Herr verkaufte gerade ein paar Schäler, und während er das Schneidebrett reinigte, flötete er in sein Mikrofon: »Ich zeige es Ihnen jetzt nur noch einmal, das ist dann das letzte Mal.« Aber keiner schenkte ihm Gehör.

Es muss ja auch immer einer der Erste sein, damit sich die anderen trauen heranzutreten. Herdentrieb. Ich erbarmte mich, und da ich eh eine Pause brauchte, fragte ich ihn neckend: »Also, ich würde mich ja jetzt hier hinstellen. Wie lange wäre es denn hilfreich?«

Er blickte auf, und sein Gesicht strahlte: »Bis 20 Uhr.« Und schon drängten von hinten weitere Besucher an den Stand. Er begann mit seiner Show.

Nach weniger als einer Gurke und einer Karotte hatte er mich mit seiner Vorführung gefesselt. DAS musste ich auch haben. Genau so etwas hatte ich immer gesucht. Und auch für Linkshänder geeignet! Toll! Ich bin zwar Rechtshänder, aber wenn ich Linkshänder wäre, könnte ich es selbst dann benutzen. Toll! Man konnte entweder Streifen oder normal schälen, man konnte Dekorationen kreieren – und das innerhalb von Sekunden. Zwischendurch klopfte er die Schale in ein Loch am Tisch aus, spülte den Schäler unter laufendem Wasser ab und nahm sich das nächste Gemüse vor. Und dann dieser Spiraldreher, mit dem man eine Kartoffel in eine Spirale verwandeln kann! Unglaublich! Erst jetzt wusste ich, was mir mein Leben lang gefehlt hatte. Ich kaufte alle drei Geräte. Zu einem horrenden Preis. 15 Euro für zwei Schälerchen und einen Plastikspiraldreher. Ohne Quittung. Glücklich und stolz schlenderte ich weiter durch die Halle.

Was war denn da für ein Menschenauflauf? Ah, ein »Wundermesser«. Die Dame hinter mir hörte ich zu ihrem Mann sagen: »Das kenn ich, das ist total super.« Die Wundermesserverkäuferin wirbelte und kreierte und schnitt exakt gleich große Scheiben von einer Kartoffel ab, legte sie nach der Hälfte weg und machte das Gleiche mit einer Zucchini. Eine ältere Dame wollte das auch probieren. Sie durfte aber nur zwei Scheiben abschneiden. Die Gemüseschnitzvorführerin nahm ihr die Zucchini wieder weg und lachte: »Nicht so viel, Zucchini sind teuer.«

Dann konnte man mit einem Dreifachwurmschnitzer Spiralen aus Kartoffeln und Möhren drehen. Toll! »Und was macht man aus dem Rest der Kartoffel?« Und schon zauberte die Wundermessermama eine Füllung aus Salat und Möhrenschnitzchen, steckte sie in die Kartoffel und schnitt diese in Scheiben. Großartig! So einfach geht das also! Ich kaufte das Wundermesser. Und den Dreifachwurmschnitzer. Ich würde die absolute Königin aller Gemüsedekorateusen sein. Meine Kinder würden den Schulranzen in die Ecke feuern und jubeln: »WO SIND UNSERE GEMÜSESPIRALEN!«

Endlich zu Hause, warf ich mich auf das Gemüse. Ich schnippelte an der Zucchini herum – bis zur Hälfte, dann konnte man sie nicht mehr festhalten. DESWEGEN hatte die Gemüselady die Scheibenschneiderei unterbrochen. Weil das Ding nur bis zur Hälfte einsetzbar ist!

Der Dreifachwurmschnitzer funktioniert nur bei ganz dicken Möhren. Das hatte ich mir schon gedacht, aber wenn man nur eine einzige dicke Möhre in seinem Paket findet, ist das echt frustrierend. Bei Gurken funktioniert es schon gleich gar nicht, weil das Mark zu weich ist. Die Kartoffel kann man auch nur bis zur Hälfte schneiden. Und die Schälfunktion des Messers funktioniert ÜBERHAUPT nicht! Das Messer berührt in »Stufe eins« gar nicht das Gemüse.

Die Schäler mit Raspelfunktion raspeln, aber natürlich auch nur bis zur Hälfte, dann muss man ein normales Messer nehmen. Und wie, zum Geier, hatte der noch mal diese Deko hinbekommen? Ich erinnerte mich nicht und schnitzte, drehte und schabte verzweifelt an einer Gurke herum. Der harmloseste Schäler sollte die Ehre der Messefehlkäufe retten und einfach nur eine Gurke schälen. Ging aber auch nicht, denn in der wundervollen Klinge blieb Schale für Schale hängen. Nun verstand ich auch, warum der Vorführer so heftig an dem Loch abgeklopft hatte. Und ich begriff auch, warum die Messer zehn Jahre scharf blieben: WEIL MAN SIE NIE WIEDER BENUTZT!

Stellen Sie sich vor, Sie setzen einen scharfkantigen Spiralenwurmdreher am Kopf eines Messeverkäufers an und drehen ihn dann durch, bis der Stiel unten wieder herauskommt. Stellen Sie sich vor, Sie würden ein Gemüsemesser an der Haut eines Messeverkäufers ansetzen und langsam und genüsslich nach unten ziehen. Auch das gezackte Schälerchen zum Streifenschneiden eignet sich für weiches Fleisch. Die Augen kann man mit dem Dekopulvorsatz herausploppen lassen. Ihrer Fantasie sind keine Grenzen gesetzt.

93. GRUND

Weil einer Geisterbahn ein bisschen Blut nicht schaden kann

Kirmes, die schönste Zeit des Jahres. Es duftet nach gebrannten Mandeln, Fischbrötchen, Würstchen und glutamatisierten Wokgerichten. Auf dem abgenutzten Tränenblech am Autoscooter paart sich billiges Parfum mit Zigarettenqualm, und pickelige, Lippenstift-berosate Gesichter buhlen um die Blicke der sich in Pose werfenden, männlichen Führerscheinanwärter. Ein paar Meter weiter lockt eine aufdringliche Stimme zwischen den Plüschtigern und Riesen-Minions in monotonem Singsang: »Immer wieder mitmachen, immer wieder dabei sein. Hier winkt das Glück, hier wird gewonnen. Jedes Los ein Treffer!« und paart sich mit dem anheizenden Gebrüll aus dem Häuschen an der wirbelnden Krake gegenüber: »Jetzt geht die wilde Fahrt wieder los! Wollt ihr noch? Könnt ihr noch? Na, dann gibt's jetzt noch 'ne Extrarunde, und auf geht's!«

Zwischen all dem Trubel, Zuckerwatte und wirbelnden Lichteffekten schieben sich Opa Horst und Enkel Frederick aufgeregt durch die menschenüberfüllten Gassen.

»Bleib schön bei mich, Fred, sonst finden wir uns nich wieder.« Freds kleine achtjährige Hand greift gehorsam in die faltigen, warmen Finger seines Opas. Stolz führt der seinen Enkel herum. Vor einer Bude mit vielen glitzernden Automaten bleibt er stehen: »Schau mal, Fred, dat is wat neu hier. Dat gab's früher nich'. Lass ma' gucken. Willste ma'?« Aber da muss er schon dem Ziehen an seiner Jacke nachgeben.

Fred und Horst stehen staunend neben einem Spieler an einem der blinkenden und schillernden Automaten. Darin liegen unzählige Münzen übereinandergeschoben auf einer waagerechten Metallstufe. Als der Spieler eine Münze in den Schlitz wirft, fällt sie auf die Metallfläche und schiebt einen ganzen Schwung Münzen über die Kante, wo diese auf einer weiteren Stufe liegen bleiben. Von dort fehlt nur noch ein winziger Schubs, bis die Münzen in den Auswurfschacht purzeln und dem emsigen Spieler durch lautes Geklimper zu verstehen geben, dass er nun nicht mehr weit vom Urlaub auf Hawaii entfernt ist.

Der Spieler an dem Automaten bemerkt die beiden Frischlinge, entnimmt seinen Gewinn und tritt lächelnd beiseite. Er führt Horst und Fred zum Chipumtausch und zwinkert dem Kassierer verschwörerisch zu. Dieser streicht sich sein fettiges langes Haar zurück und tauscht Horsts Euro gegen Coins. Horst füttert den Automaten emsig und hoffnungsvoll mit einer Münze nach der anderen, aber das Glück scheint ihm weniger hold zu sein als seinem Vorgänger. Die neu eingeworfenen Münzen schieben die anderen zwar immer ein bisschen weiter, aber über die Erhöhung an der Kante wollen sie einfach nicht drüber. Ab und zu klickern ein oder zwei Chips in den Auswurfschacht, aber letztendlich bleibt der größte Teil beharrlich auf dem Plateau haften, um dann später bei Kirmesfeierabend vom wahrscheinlich gut gelaunten Automatenbetreiber eingesammelt zu werden. Opa Horst nimmt Fred an der Hand und verlässt diesen unseligen Ort mit einem wütenden Grunzen. »Dat ist 'ne Abzocke, Junge!«

»Opa, können wir das da machen?« Fred zerrt seinen Opa zu einem Stand, an dem es auf Geschicklichkeit ankommt. Man muss Ringe über Gegenstände werfen und darf diese dann behalten. »Hier, Jung, du darfst dat werfen, du kannst dat besser als wie da Opa.« Fred wirft einen Ring. Daneben. Der nächste. Daneben. Schade. »Da, mach doch mal die Flasche für Opa!« Fred konzentriert sich und wirft. Schon am Flug des Rings erkennt man, dass das ein Volltreffer wird. Der Ring schlingert sich um die Weinflasche, und Opa klatscht erfreut in die Hände. Lächelnd nimmt der Budenjupp den Ring von der Flasche und grunzt mit derbem osteuropäischen Akzent etwas wie: »Was nix.«

»Wieso, der war doch drüber, der Junge hat getroffen!«, entrüstet sich Opa Horst.

»Nix was. Muss sein über ganze Podest, nix nur über Flasche. Liest du hier Regelen.« Lächelnd zeigt der selbst ernannte Herr der Ringe auf winzige Buchstaben, die unter dem Preis für fünf Ringe stehen: *»Der Ring mus komplet über dem fiereckigen Potest sein, um den Preis zu krigen.«*

Opa ergreift grummelnd Freds Hand, der traurig und verwirrt einen letzten Blick auf die fauligen Zähne des Budenjupps wirft, während dieser grinsend die Scheine zählt.

»Komm, ich kauf dir was Süßes«, muntert Opa Horst seinen Enkel auf, als er dessen enttäuschte Augen sieht, und schiebt sich mit ihm zu dem Stand mit dem hageren, beglatzten Schürzenträger hinter Bergen von Schokoladenäpfeln und Lebkuchenherzen. Wenige

Augenblicke später hält Fred glücklich einen Apfel mit klebrig süßer roter Zuckerglasur in der Hand. Nachdem er mit seinen kleinen Zähnchen endlich einen Weg ins Fruchtfleisch gefunden hat, zieht er angeekelt die Oberlippe hoch. »Opa, das schmeckt irgendwie komisch.«

»Ja, dat is dieses Zuckerzeug, dat schmeckt so«, beruhigt ihn Horst. Fred blickt ungläubig auf das faulige Innere, das ihm traurig entgegenschimmert. Mit einem tiefen Seufzer lässt er den vergammelten Apfel in den nächsten Mülleimer fallen.

Die Trauerphase wird jedoch schon im nächsten Moment jäh unterbrochen, als Fred die Geisterbahn entdeckt, aus deren oberem Fenster sich ein Grauen erweckendes Monster herausschiebt und mit tiefer, knarriger Stimme lockt: »Hier werdet ihr den grausamsten Moment eures Daaaseins erleben. Trauuut euch, ihr Angsthasen, und tretet eeein in den Vorhof zur Hölllleee!«

Freds Augen leuchten. Das ist genau nach seinem Geschmack. Opa Horst zückt seinen Geldbeutel. Er rückt seine Brille zurecht und holt ein paar Geldstücke heraus. »Willste da wirklich rin? Ich hab nicht mehr so viel Geld bei.«

»Ja, bitte, Opa, das ist bestimmt voll gruselig! Biiitteeee!«

Opa Horst bezahlt die vier Euro pro Person bei einer stark untersetzten Dame mit Zigarette im Mundwinkel. Dann steigen sie in den kleinen Wagen. Der Bügel geht zu, es ruckelt, und die Fahrt geht los. Langsam schiebt sich der Wagen durch eine Schwingtür. Dahinter ist es schwarz.

»Jetzt kommt bestimmt gleich ein Monster!« Fred kuschelt sich aufgeregt an seinen Opa. Tatsächlich, als der Wagen um die nächste Ecke fährt, erscheint plötzlich ein … Ding, das irgendwie aussieht, als wäre es vom Restpostenwühltisch im Karnevalsladen gefallen. Das Nächste ist ein Skelett, das so hell beleuchtet ist, dass selbst Opa Horst die Pressnähte vom Plastik gut erkennen kann. Dann kommt eine Art Fledermaus, die träge und mit schimmelbepilzten Stoffflügeln regungslos von der Decke hängt. Opa Horsts Griff um den

Bügel, der am Aussteigen hindern soll, wird fester. Kleine, wütende Dampfwölkchen entsteigen seiner Nase. »Bleib sitzen, Jung. Oppa kommt gleisch wieder.«

Am Ende der Fahrt steigt er wieder zu Fred in den Wagen, kurz bevor dieser die Schwingtür zum Ausgang durchbricht. »Wo warst du, Opa?«, fragt Fred. Opa Horst lächelt nur zufrieden und wischt sich seine Hände mit einem Brillenputztuch ab.

Als sie vom letzten Geld eine Zuckerwatte kaufen, genießt er aus den Augenwinkeln das Schauspiel, wie kreidebleiche Fahrgäste aus der Geisterbahn torkeln. Manche erbrechen sich über die Brüstung, andere stützen sich hilfesuchend auf ihre Partner, wieder andere machen ihr Handy klar zum Filmen und lösen schnell eine weitere Karte.

»Ey, Alter, war der nicht geil, der da an seinen Haaren aufgehängt ist, und mit dem ganzen Blut, das wo da runtersifft?«

»Nee, voll geil war der Alte, der wo so aussieht wie der Jupp von dem Scheißringedings da. Boah, war der abgefuckt ausgeblutet, Alter!«

»Ey nee, ne, der dünne Assi, der so voll in seiner Schürze hängt, dem so die Zunge aus dem Maul hängt und der so ein Apfelteil im Maul hat, der war voll geil, Alter!«

Opa Horst nimmt Fred an die Hand und spaziert zum Kettenkarussell. »Lust auf 'ne Runde, Jung?«

94. GRUND

Weil Lügner sich nicht vor ein Auto legen sollten

Wenn Sie Kinder haben, dann wissen Sie, dass das Auto ein Gegenstand ist, dessen Gebrauch der sorgsamen Einführung bedarf. Sie wissen, dass Sie dem Kind beibringen müssen, dass es im Auto keinen Joghurt verschmieren darf, dass es keine Bordtoilette gibt und dass Türen vorsichtig geöffnet und wieder geschlossen werden müssen. Beim Schließen kommt es nicht darauf an, wer den lautesten Ton erzeugen kann, und beim Öffnen muss man darauf achten, dass das danebenparkende Auto nicht beschädigt wird, sonst wird's teuer.

Meine Kinder wussten das. Na ja, das mit dem Joghurt war so eine Sache, aber das vorsichtige Öffnen der Tür hatten sie mit der Muttermilch eingeflößt bekommen. Ich fuhr also auf den Parkplatz eines Supermarkts, schnallte meine Kinder ab, und wir stiegen aus. Lautlos, wie es sich gehört. Brave Kinder.

Als ich wieder zurückkam, stand neben meinem Auto ein anderes. Ich packte die Waren sorgsam in den Kofferraum und setzte die Kinder in ihre Sicherheitssitze. Während ich meiner kleinen Tochter den Gurt anlegte, ragte mein Hintern aus der so weit geöffneten Tür, dass sie noch einen sicheren Abstand zum Fahrzeug daneben hatte. In diesem Moment fuhr das Auto neben mir los. Kratsch! Die Tür schlug an meinen Hintern. Ich zog erschrocken meinen Kopf aus dem Autoinneren.

Der Unfallverursacher stieg aus. Er besah sich kurz den Schaden, fuhr sich mit der Hand über das spärliche Haar, dann plusterte er sich auf: »Das war Ihr Kind mit der Tür!«

Ich versuchte mich zu sortieren: »Ähm, nein … Sie sind losgefahren und gegen meine offene Tür gestoßen.«

»Wollen Sie behaupten, dass ich lüge?«

»Ähm, ich habe gerade meine Tochter angeschnallt, die Tür war offen. Sie sind dagegengefahren.«

»Ihre Tochter hat die Tür zu weit aufgemacht und mein Auto beschädigt! Das Auto ist neu!«

Meine dreijährige Tochter sah mich mit großen Augen an. Ich sah, wie ihre Unterlippe zitterte. Sie hatte sehr wohl verstanden, dass sie wohl etwas kaputt gemacht haben soll. Das kannte sie gut. Nur in diesem Fall traf es nicht zu.

»Hören Sie, wir müssen hier nicht rumdiskutieren. Sie sind beim Rückwärtsfahren an meine offene Tür gestoßen und haben sich dabei die Delle geholt. Geben Sie's doch zu, was soll das denn jetzt?«

»Ha! Sie wollen sich rausreden, was?« Sein Gemüt erhitzte sich: »Wenn Sie Ihre Kinder nicht im Griff haben, kann ich auch nichts dafür. Also stehen Sie wenigstens dazu und bezahlen Sie den Schaden!«

»Mama, warum hat sich der Mann plötzlich hingelegt, nachdem du dein Knie hochgezogen hast? Und warum hat das Auto so geruckelt beim Zurückfahren? Und warum bist du danach immer wieder vor- und dann noch mal zurückgefahren? Und warum lächelst du jetzt so seltsam?«

95. GRUND

Weil Wasserstoffperoxid Friseuren nicht schmeckt

Ich rede hier nicht von Blondinen, die ihre Haare noch blonder machen wollen. Selbst mein nun leider fellloses Meerschweinchen weiß, dass da gerne mal ein paar Härchen brechen oder ausfallen können. Ich hörte von grünen Haaren nach Färbeversuchen, Rot in allen unerwünschten Schattierungen und horrenden Preisen für Glatzenstreicheln. Es ist doch egal, ob man zum Friseur geht, weil man ein Date hat, kein Date hat, aber eins möchte, heiratet oder gerade vom Scheidungstermin kommt und infolgedessen eine Veränderung braucht. Man geht zum Friseur, weil man sich die Zotteln nicht selber schneiden kann und weil es schließlich ausgebildetes Fachpersonal dafür gibt, das drei Lehrjahre hinter sich hat, um hilfesuchenden Mitmenschen gegen eine kleine Gebühr das Haupthaar zu verschönern. Sei es zum Zwecke der Paarungssuche oder auch nur, um es ein wenig zu kürzen, weil es das wildmähnige Weib leid ist, beim Toilettengang immer den Kopf vornüber hängen zu lassen.

Nicht selten geht ein solcher Versuch der äußeren Veränderung schief, daneben, in die Hose, endet mit Tränen, manchmal sogar mit starkem Blutverlust. Wenn man in einen Friseursalon geht, schließt man mit dem Friseur einen Vertrag ab – nämlich über das Werk eines Haarschnitts –, und zwar mündlich. Ich komme rein und sage: »Ich will einen Haarschnitt (o.ä.).« Der Friseur antwortet: »Gerne.« – Wenn er da nicht schon lügt … Ts …

Der Friseur hat das Werk frei von Sachmängeln herzustellen, darf also keine unerwünschten kreativen Experimente wie Wendeltreppen, Froschgrün oder Glatze statt Spitzenschneiden vornehmen. Materiellen Schaden kann man einklagen, zum Beispiel die Kosten für eine Perücke, Nachbehandlung bei einem anderen Friseur usw., wenn die Beweislage ausreichend ist.

Immateriellen Schaden wie Schmerzensgeld erstattet zu bekommen ist schwierig, denn Friseure, die ganz aus Versehen Wasserstoffperoxid oral zu sich genommen haben, liegen bald in ihrem eigenen Erbrochenen auf dem gefegten Boden und verenden an inneren Blutungen.

Und Friseure, die auf den klar gestellten Auftrag »Nur die Spitzen schneiden!« loslegen, als ob sie beim Schafscherwettbewerb die goldene Rosette gewinnen wollen, könnten spüren, was man mit einer Haarschneideschere noch so alles schneiden kann. FSK 18 …

96. GRUND

Weil Mängel beim Hauskauf hinter Mauern am sichersten sind

»Sie werden mit dem Haus noch viel Freude haben«, sprach der Makler und übergab der jungen Familie die Schlüssel. Der Mann hob seine Frau liebevoll über die Schwelle und küsste sie. Die beiden kleinen Kinder rannten hinein und spielten Fangen in den leeren Räumen. Die Frau schmiegte sich an ihren Mann: »Ich bin stolz, dass wir das geschafft haben. Und wenn wir uns ranhalten und viel arbeiten, werden wir deinen Eltern ihren Teil des Geldes schon in einigen Jahren wieder zurückgeben können. Ein eigenes Haus! Das habe ich mir immer gewünscht. Schön, dass es dich gibt, mein Schatz.«

Die finanziellen Modalitäten waren schnell erledigt. Im notariellen Kaufvertrag wurde Folgendes schriftlich festgehalten: *»Der Kaufgegenstand geht in seinem augenblicklichen, dem Käufer bekannten Zustand auf diesen über. Für bestimmte Größe, Güte und Beschaffenheit des Grund und Bodens und des Gebäudes wird keine Gewähr geleistet. Der Käufer hat das Objekt eingehend besichtigt.«*

Ja, das hatten sie, und es war toll. Der Voreigentümer war sogar so freundlich gewesen, einen Baugutachter kommen zu lassen, um zu bestätigen, dass das Objekt in einem Tipptopp-Zustand sei, es weder Hinweise auf Schimmel noch auf eindringendes Wasser geben würde. Auch das Dach sei vor drei Jahren neu gedeckt worden. »Deswegen auch der relativ hohe Preis«, fachsimpelte der junge Hausneueigentümer.

Voller Enthusiasmus machte sich das junge, stolze Ehepaar an die Arbeit. Während Herr Hausneueigentümer sich mit Brecheisen und Hammer im Dachgeschoss zu schaffen machte, um die Verkleidung abzureißen, packte auch Frau Hausneueigentümerin fleißig mit an und begann, im Partykeller die Tapeten zu lösen. Nach und nach fiel Schicht um Schicht und entblößte die Wand. Darunter kam eine weitere Wandverkleidung aus Kork zum Vorschein. Auch die musste abgelöst werden, denn es sollte später alles wunderschön verspachtelt werden. Als Frau Hausneueigentümerin den ersten Teil vom Kork abzog, schlug ihr ein moderiger Gestank entgegen. Sie legte ihre Hand auf den Beton. Er war feucht. Wie paralysiert zog sie Stück für Stück des porösen Korks ab, und als die Wand freigelegt war, offenbarte sich ihr die Katastrophe in ihrer ganzen Pracht: Das Haus war nass. Seit Jahren war das Wasser durch die dicke Betonmauer gedrungen und hatte sich unerbittlich seinen Weg gesucht. In diesem Moment kam ihr Mann aus der Dachetage herunter und stieß mit ihr auf der Treppe zusammen. Beide waren kreidebleich. Frau Hauseigentümerin platzte als Erste heraus: »Das musst du dir mal ansehen.«

Herr Hauseigentümer entgegnete: »Das wollte ich dir auch gerade sagen. Komm mal mit unters Dach. Als ich die Verkleidung gelöst habe, kam mir schon das Holz entgegen. Die Balken sind total morsch.«

»Ich bin nur der Makler, Sie müssen sich an den Verkäufer wenden. Aber im Vertrag steht Folgendes:

»Die Rechte des Käufers wegen eines Sachmangels des Grundstücks und des Gebäudes sind ausgeschlossen. Davon ausgenommen sind Ansprüche auf Schadensersatz aus der Verletzung des Lebens, des Körpers oder der Gesundheit, soweit der Verkäufer die Pflichtverletzung zu vertreten hat, sowie auf Ersatz sonstiger Schäden, die auf einer vorsätzlichen oder grob fahrlässigen Pflichtverletzung des Verkäufers beruhen. Einer Pflichtverletzung des Verkäufers steht die eines gesetzlichen Vertreters oder die eines Erfüllungsgehilfen gleich.«

»Was heißt das denn?«

»Sie haben wenig Chancen. Und selbst wenn, so ein Streit kann Jahre dauern und sehr teuer werden. Es tut mir schrecklich leid. Ich habe das auch nicht gewusst.«

»Schatz, unsere einzige Rettung ist der Bausachverständige, der uns bestätigt hat, dass das Haus in Ordnung ist. Über den können wir die Sache bestimmt klären. Wie hieß der noch mal?«

»Warte, ich suche den Namen … hier: Herr Aslockbruda.«

»Komisch, der heißt fast so wie der Verkäufer Herr Aslock.«

»Warte, ich googel mal … Das ist sein Bruder, und der ist kein Baugutachter, der ist einfach nur ein klugscheißender, kleiner Maurer.«

Bei der Eröffnungsparty wunderten sich die Gäste, dass der Partyraum ein kleines bisschen schmaler war, als der Grundriss es vermuten lassen würde. Das dumpfe Hämmern und Klopfen, die Todesschreie hinter der frisch gezogenen Mauer konnte keiner hören, dafür war die Musik einfach zu heiter und zu laut und die Stimmung zu ausgelassen. »Ist da noch ein Raum?«, fragte ein Partygast neugierig. »Aber nein, der wäre ja viel zu klein, da passten ja nicht mal zwei Erwachsene rein. Und siehst du vielleicht irgendwo eine Tür? …«

97. GRUND

Weil Hochstapler außer Golf nichts im Kopf haben

Werner Mayer war nie ein sportlicher Typ gewesen. Nur durch die Ausstattung mit sehr guten Genen hatte er es geschafft, mit Mitte 50 noch ganz gut auszusehen. Klar, auch er hatte schon einen leichten Bauchansatz. Aber Werner handelte nach dem Leitspruch: Wer braucht schon ein Sixpack, wenn er ein Fass haben kann. In der Gesellschaft hatte er sich ganz gut positioniert, und seine zwei Kinder waren groß und aus dem Haus. Mit seiner Frau war er schon über 25 Jahre verheiratet, und sein Sexleben war als durchschnittlich zu bezeichnen. Er war zufrieden.

Dennoch war da dieses Kitzeln in seiner eingefahrenen Alltagsroutine, das er spürte, wenn er in drei Zügen wie jeden Tag sein Auto in die Garage fuhr, dann die Tür zu seinem Haus aufschloss und in die Pantoffeln hinter der Tür schlüpfte, die an derselben Stelle standen wie am Tag zuvor und an jedem Tag in den vergangenen 20 Jahren.

Werner spürte, dass irgendetwas in seinem Leben fehlte. Und so fasste er eines Tages den Entschluss, mit einem »altersgerechten« Sport zu beginnen. Er wollte Golf spielen. Natürlich war Werner klar, dass er kein Tiger Woods mehr werden würde, aber vielleicht schaffte er es ja wenigstens, eines Tages mal einen Clubpokal mit nach Hause zu bringen. Noch ein Mal in seinem Leben etwas Besonderes erreichen – etwas, worauf er stolz sein konnte! Er stellte sich vor, wie seine Frau ihm um den Hals fallen würde und ihn so küssen, wie sie es vor vielen Jahren das letzte Mal getan hatte. Er stellte sich vor, wie sein Sohn ihn mit demselben Blick anstrahlen würde, den er damals hatte, als er ihm sein ferngesteuertes Segelboot aus dem See gerettet hatte.

Nach einem geeigneten Golfclub musste er nicht lange suchen. Keine zwei Kilometer von seinem Haus entfernt hatte im letzten Jahr ein neuer Club eröffnet. Werner fackelte nicht lange – ein Anruf, und er hatte einen Platzreifekurs gebucht.

Drei Tage später stand er auf dem Rasen, der für sehr viele der Inbegriff der Glückseligkeit bedeutet. Mit ihm waren noch zwei weitere Aspiranten angetreten. Obwohl sie alle zur verabredeten Zeit da waren, mussten sie warten. Der Golflehrer fehlte! Ganze 20 Minuten später schob sich dann endlich gemächlich ein Golfcar den asphaltierten Weg entlang. Heraus stieg ein großer, sportlicher Mann mit schulterlanger, blonder Mähne. Sein schneeweißes Outfit strahlte überlegene Kompetenz aus. Ein Auftritt wie aus einem Werbespot, dachte Werner. Der Golflehrer stellte sich kurz vor, sein Name sei Francis, und anstatt sich für seine Verspätung zu entschuldigen, murmelte er lächelnd etwas von »habt ihr aber Glück, dass ich noch da bin« und »Bahamas … sobald die Arbeitserlaubnis erteilt ist …«

Die Lehrstunden gingen dann sehr schnell vorüber. Natürlich traf Werner den Ball nicht, und natürlich hackte er große Löcher in den Boden. Die nächsten Tage verliefen ähnlich: Francis kam zu spät, und die Bälle wurden nur sehr selten getroffen. Werner hatte eigentlich gedacht, dass nach drei Tagen langsam ein Erfolg erkennbar sein müsste. Doch Francis beruhigte ihn, dies sei völlig normal. Golf lernte man nun mal nicht an drei Tagen. Werner solle nur immer schön aus dem Handgelenk spielen und immer nur dahin blicken, wo der Ball hin soll. Nicht auf den Ball, den würde er schon nach einiger Übung treffen. Aber keiner von ihnen traf. Insgeheim fragte sich Werner, ob Francis wirklich Lehrer war. Seinen beiden Mitgolfern ging es ähnlich. Der Erste warf seinen Golfschläger weniger sprichwörtlich, stattdessen buchstäblich ins Korn, als er am vierten Tag immer noch verzweifelt versucht hatte, einen vernünftigen Abschlag zu schaffen. Kurz darauf stöhnte der Zweite auf und verließ das Grün. Francis blickte ihm verwundert hinterher: »Schade, so kurz vor dem Ziel.«

Dann wendete er sich an Werner: »Heute Abend ist übrigens Prüfung für die Platzreife.«

Die Prüfung kam Werner erstaunlich leicht vor. Die Fragen konnte man beantworten, selbst wenn man noch nie etwas vom Golfen gehört hatte. Und so hielt Werner noch am gleichen Abend stolz sein Zertifikat in den Händen.

Am Wochenende sollte dann auch schon ein Club-internes Turnier stattfinden. Werner war zwar nicht in der Lage, den Ball auch nur annähernd genau zu treffen, aber mit seinem Handicap von 54 hatte er doch tatsächlich eine Chance, nicht Letzter zu werden.

Als er sich zum Turnier anmeldete, war Werner natürlich aufgeregt. Sein Flight wurde eingeteilt, sie stellten sich alle vor, und glücklicherweise war Werner nicht der Erste am Abschlag. Er schaute sich seine Mitgolfer an. Seltsam, wie sie die Schläger schwangen! So ganz anders, als er es gelernt hatte. Aber vielleicht hatte Francis eine ganz unorthodoxe Methode, die viel erfolgreicher war. Schließlich bekam er ja einen Job auf den Bahamas, und das war schon etwas Besonderes.

Als Werner schließlich an der Reihe war, beobachteten die Umstehenden jede seiner Bewegungen interessiert. Alle waren still. Werner holte aus – und hieb mit Schwung am Ball vorbei in die Luft. Und noch einmal! Erst beim vierten Anlauf traf er den Ball. Allerdings nur so leidlich, dass er nicht einmal über den Frauenabschlag hinauskam. Seine Mitgolfer amüsierten sich inzwischen nicht mehr nur unter vorgehaltener Hand, sondern lachten ganz offen und machten ihre Scherze. Mit Mühe und ungefähr 20 Schlägen schaffte es Werner schließlich, den Ball ins Loch zu befördern.

Das Lachen war den anderen inzwischen vergangen, denn schon wieder mussten sie wegen Werner eine andere Gruppe vorlassen. Bevor sie an die nächste Bahn gingen, nahm ihn ein älterer Mann aus seinem Flight beiseite. Er fragte ihn investigativ, ob Werner schon jemals einen Schläger in der Hand gehabt hätte. Werner wurde rot. Das alles war ihm furchtbar peinlich. Er hatte das dumpfe Gefühl, dass hier etwas ganz und gar nicht rundlief. »Klar hatte ich einen Schläger in der Hand. Aber ich habe erst letzte Woche die Platzreife bei Francis gemacht, vielleicht liegt es daran.«

»Wer ist Francis?«

»Na, Francis, ein Golflehrer des Clubs.«

»Nie von ihm gehört«, sagte der ältere Mann daraufhin. »Der Golflehrer des Clubs heißt Walther, und Walther ist schon seit zwei Wochen krank.«

Werner wusste jetzt gar nichts mehr. Wer war denn dann sein Golflehrer? Sein Gesprächspartner holte ihn aus seinen Gedanken: »Also, ich weiß nicht, wer oder was dir Golfen beigebracht hat, aber wenn wir hier weiterkommen wollen, musst du mir zusehen und dein Bestes versuchen.«

Werner nickte, war hochkonzentriert und schaute gespannt zu. Dann war er an der Reihe. Er legte seinen Ball auf. Die anderen des Flights tippten entweder genervt auf ihren Handys herum oder hielten tuschelnd und grinsend die Köpfe zusammen. Werner spürte die abschätzigen Blicke im Nacken. Aber er konzentrierte sich. Mit einem Schwung, so wie es ihm der alte Mann gezeigt hatte, holte er aus.

Da schob sich plötzlich ein Golfwagen den Weg entlang mit einem Fahrer, dessen Gesicht Werner bekannt vorkam. Der Mann trug einen blauen Overall, und als er ausstieg, nahm er eine Werkzeugkiste aus dem Wagen. Werner drehte sich zu seinem Flight um. Er fragte, ob ihm jemand sagen könne, wer der Mann da im

Overall sei. Ja klar, sagten sie unisono, das ist Frank Herbert, er ist für die Müllbeseitigung und kleine Reparaturen auf dem Golfplatz zuständig. Werner wollte wissen, ob sie sicher seien. »Klar!«

Werner spürte, wie die Wut in ihm hochkochte. Der Müllmann war Francis! Francis war der Müllmann! Werner wurde plötzlich ganz ruhig. Er peilte den falschen Golflehrer an und senkte dann den Blick bedächtig auf den Ball, atmete tief durch, schwang seinen Schläger hoch in die Luft und ließ ihn ohne Kraft durch den Ball gleiten. Genauso, wie es ihm der ältere Mann vorgemacht hatte. Er ließ den Blick auf der Stelle ruhen, wo der Ball gelegen hatte, und schaute nicht hinterher. Ein Bilderbuchabschlag!

Dann hörte er nur einen hysterischen Aufschrei aus seinem Flight: »FORE!!!!« und einen dumpfen Aufschlag. Erst das erschrockene »Oh, mein Gott« seiner Mitgolfer ließ ihn langsam den Kopf drehen. Dort, wo gerade noch der Müllmann gestanden hatte, zuckte eine verkrümmte Figur am Boden. Schnell eilten die Ersten hin und blieben entsetzt stehen. Da, wo eben noch die glatte Stirn von Francis alias Frank Herbert war, klaffte ein vier Zentimeter großes Loch. Werners Ball hatte sich tief ins Hirn des Hochstaplers gebohrt. Doch Werner hatte kein Mitleid. Jetzt hat er endlich ein wenig Golf im Kopf, dachte er.

98. GRUND

Weil Sicherheit am besten gewährleistet ist, wenn man nackt ist

»Ausziehen, ausziehen!« Gelangweilte Securitys am Flughafen, die den ganzen Tag nur Taschen und Mäntel durch eine Röhre schieben, dabei freundlich sein müssen, es aber je nach Laune nicht immer sind, gleiten bisweilen mit ihrem Gehirn in einen Strandurlaub ab, wenn sie junge Damen sehen, die von der Natur mit einer besonders guten Figur beschenkt wurden und sich anmutig durch die Sicherheitskontrolle schlängeln.

Eine solche Dame befand sich vor mir in der Wartereihe. Sie stellte ihre Tasche in die graue Box, ihr Handy und ihr iPad daneben.

»Haben Sie noch einen Laptop?«, fragte der Sicherheitsbeamte gewissenhaft. Die junge Dame lächelte entschuldigend und kramte auch noch ihren Laptop aus der Tasche.

»Flüssigkeiten?«

»Nein.«

»Sonst noch etwas in den Taschen?«

»Nein.«

»Dann müssten Sie jetzt noch Ihren Gürtel ablegen.«

Die junge Dame folgte der Aufforderung. Die modische Baggyhose rutschte ein wenig herunter. Sie hielt sie fest und ging durch den Sicherheitscheck. Es piepste.

»Sie müssten bitte noch das Jäckchen ausziehen.« Die junge Dame streifte auch das Jäckchen ab und stand nun in einem dünnen Shirt vor den Beamten. Ihr BH zeichnete sich darunter ab. In der Sicherheitskontrolle piepste es wieder.

»Haben Sie noch etwas in den Taschen?«

»Nein.«

»Bitte treten Sie herüber und leeren Sie Ihre Taschen aus.« Die junge Dame holte einen Haargummi hervor. »Sie hatten ja doch was in den Taschen.«

»Aber das ist doch nur ein Haargummi.«

»Bitte ziehen Sie die Schuhe aus.« Die junge Dame zog die Schuhe aus und ging ein weiteres Mal durch den Bogen. Es piepste wieder.

»Es tut mir leid, aber es scheint an der Hose zu liegen.«

»Leute, ich muss zum Flieger!«

»Ja, tut uns leid, aber Vorschrift ist Vorschrift. Sie können die Hose anlassen und wir untersuchen Sie am Körper, oder Sie …«

Die junge Dame zog wütend die Hose aus und knallte sie auf das Förderband. Dann schritt sie in Slip und T-Shirt durch den Bogen. Es piepste. Die Securitydame, deren Mundwinkel vor Vergnügen zuckten, stellte fest: »Das ist bestimmt der Metallbügel im BH.«

Die junge Dame riss sich wütend den BH unter dem T-Shirt hervor. Auf ihren wohlgeformten Rundungen zeichneten sich gut sichtbar die Brustwarzen unter dem dünnen Stoff ab. Sie stapfte energisch durch die Kontrolle. Der dicke Beamte war begeistert.

Als ich an der Reihe war, piepste es wieder so oft, bis ich ohne Schuhe und nur noch mit Rock und dünner Bluse vor dem dicken Beamten und seiner Kollegin stand. Aus dem Augenwinkel bemerkte ich, wie der dicke Beamte seiner Kollegin verschwörerisch zuzwinkerte und immer wieder eine Taste am Computer drückte. Als ich an dem weiter entfernten, bewaffneten Beamten vorbeiging, griff ich seine Waffe aus dem Holster, entsicherte sie, so wie ich es schon oft im *Tatort* gesehen hatte, und zwang den fetten Beamten, auf das Förderband zu klettern. Er war so dick, dass das Förderband ihn zwar hineinzog, er aber an der Seite stecken blieb. Das Band zog weiter und weiter, und ein Knacken in seinen Schultergelenken verriet, dass er gleich hindurchpassen würde. Tatsächlich rutschte er in die Röhre … und blieb am anderen Ende wieder stecken. Auf dem Röntgenbild sah man sein schmerzverzerrtes Gesicht, Knochen, die nicht mehr zusammenhielten, und auf dem Band zog sich ein Streifen von Blut und Gedärmen, was mich mit Wohlgefallen und einem erquickenden Gefühl von Satisfaktion erfüllte.

Weil Chop Suey »Art des Hauses« alles sein kann

Die alte Frau Lammbert schleppte sich mühsam die Treppe zu ihrer Zweiraumwohnung im dritten Stock des Altbaus in der Turmstraße im Berliner Stadtteil Moabit hinauf. Sie stellte ihre Einkäufe in der kleinen Küche ab und spürte gleich, dass etwas nicht stimmte. »Miezi?!«, rief sie nach ihrer Katze. Doch selbst nach mehrfachem Rufen hörte sie nicht das vertraute Mauzen ihrer grau-weiß gestreiften Katze. Entsetzt stellte Frau Lammbert fest, dass sie das Küchenfenster einen Spalt offen gelassen hatte. Frau Lammbert kümmerte sich nicht weiter um ihre Einkäufe, sondern machte sich auf den Weg, um ihre Katze zu suchen.

Der Briefträger Sonnemann fuhr mit seinem gelben Postfahrrad durch die Turmstraße. Noch 30 Jahre, dachte er bei sich: Wie soll ich das denn nur schaffen? Es musste doch noch etwas anderes geben, als Tag für Tag diese Touren zu fahren. Er hatte immer davon geträumt, ein Held zu sein und die Menschheit zu retten. Aber leider hatte er auch in der Schule zu viel geträumt, und so hatte er nur einen miserablen Hauptschulabschluss hinbekommen. Na ja, eigentlich kann ich ja froh sein, überhaupt einen Job zu haben, gestand er sich schließlich ein.

Er hielt vor dem China-Imbiss mit dem wohlklingenden Namen »Die edlen Köstlichkeiten«, stellte sein Rad ab, nahm die Post für den Imbiss aus der Tasche und betrat den Laden. Laut schellte der Türgong. Der Imbiss war wie so häufig leer, und nur aus der Küche waren Geräusche zu hören. »Hallo«, rief Sonnemann, »die Post ist da, ich lege sie auf den Tresen.« Er packte den Stapel auf den mit kitschigen asiatischen Plastiksouvenirs dekorierten Tresen.

»Bis morgen«, rief Sonnemann und ging zur Tür.

»Abel nicht so eilich.« Das Gesicht des Imbisschinesen erschien im Perlenvorhang, der die Küche vom Gastraum trennte. »Sie müssen doch essen elst.« Sonnemann drehte sich um. »Aber gerne doch!«, entgegnete er, indem er einen gewissenhaften Blick auf seine Uhr warf. So viel Zeit muss sein, dachte er und setzte sich an einen Tisch.

»Heute gebt es Chop Suey nach Alt des Hauses. Ein Moment.« Einen Augenblick später kam er mit einer dampfenden Schüssel heraus. Diese stellte er vor Sonnemann ab. »Lassen Sie schmecken!«

Damit verschwand er wieder in der Küche. Das Chop Suey duftete köstlich. Voller Genuss fing Sonnemann an zu essen. Dabei fragte er sich, wie der Chinese wohl überleben konnte. Einige Male wurde er hier schon zum Essen eingeladen, und er war immer der einzige Gast. Wahrscheinlich wusch hier die Chinamafia ihr Geld.

Das Fleisch schmeckte heute ein wenig anders als sonst. Wird wohl an der Würzung liegen, dachte Sonnemann. Dann stutzte er. Er spürte mit der Zunge so etwas wie ein Haar in seinem Mund. Angewidert zog er es heraus und ließ den Löffel sinken. Sollte er sich beschweren? Sonnemann entschied sich dagegen. Er wollte ja nicht riskieren, in Zukunft nichts mehr umsonst zu bekommen. Daher nahm er die Schüssel in die Hand und ging mit ihr auf die Toilette, um das Essen dort zu entsorgen. Dann stellte er die Schüssel auf seinen Tisch zurück und rief in Richtung Küche: »Danke, Herr Sheng Fui, war lecker! Aber ich muss jetzt los!«

»Ja gut, bis molgen«, erklang es fröhlich aus der Küche. Sonnemann öffnete die Eingangstür, dann stutzte er. Hatte er eben das panische Schreien einer Katze gehört?

Frau Lammbert war inzwischen verzweifelt. Sie hatte schon die ganze Straße abgesucht, aber konnte nirgends eine Spur von Miezi entdecken. Was soll ich nur ohne meine Katze machen?, dachte sie. Frau Lammberts Mann war schon vor über zehn Jahren an Lungenkrebs gestorben. Er war in gewisser Weise selbst schuld daran gewesen, hatte er doch geraucht wie eine alte Dampflok. Kinder hatten sie nicht, und so hatte Frau Lammbert in der Tat niemanden mehr, mit dem sie soziale Kontakte pflegen konnte. Und von Miezi war weit und breit nichts zu sehen.

Frau Lammbert sah den Briefträger Sonnemann aus dem China-Imbiss »Die edlen Köstlichkeiten« kommen. Aufgeregt lief sie zu ihm. »Gut, dass ich Sie treffe. Haben Sie zufällig meine Katze Miezi gesehen? Sie wissen schon, die kleine grau-weiß gemusterte? Sie muss heute irgendwie aus dem Küchenfenster geklettert sein!«

Sonnemann schüttelte den Kopf: »Nein, Frau Lammbert, tut mir leid, aber ich werde mich umschauen. Wenn ich sie sehe, melde ich mich bei Ihnen!«

»Danke«, sagte Frau Lammbert. »Miezi, Miezi« rufend entfernte sie sich. Arme alte Frau, dachte Sonnemann, hoffentlich ergeht es mir eines Tages nicht so wie ihr. Er ging zu seinem Fahrrad, wollte gerade aufsteigen, da spürte er ein Kratzen im Hals. Verdammt, hatte er doch ein Haar mitgegessen? Röchelnd versuchte er, das Haar aus seinem Hals zu würgen. Fast übergab er sich dabei, da gelang es ihm, das Haar in den Mund zu bekommen. Er holte es mit der Hand heraus.

Sonnemann wollte es gerade wegschnipsen. Da stutzte er. Moment mal, dachte er, das kann doch nicht sein! Das Haar war grauweiß gestreift! Der Chinese hat doch nicht? Oder etwa doch? In Sonnemann stieg ein Verdacht auf. Herumstreunende Katzen waren weitaus preisgünstiger, als teures Fleisch im Handel zu kaufen. In Sonnemann stieg wieder das Gefühl auf, das er immer dann hatte, wenn er davon träumte, ein Held zu werden. Heute würden seine Kunden ein wenig länger auf ihre Post warten müssen. Heute musste erst geklärt werden, womit Sheng Fui seine Gäste verköstigte!

Sonnemann ging zurück in den Imbiss. Vorsichtig öffnete er die Tür. So konnte er verhindern, dass der Gong ihn verraten würde. Wie vorhin war der Imbiss menschenleer. Leise schlich er sich zur Küche. Sheng Fui stand mit dem Rücken zu ihm am Küchentisch und schnitt einen Karton auf. Leise, sehr leise schob Sonnemann den Perlenvorhang beiseite. Das, was er da sah, ließ ihm das Blut in den Adern gefrieren. Sheng Fui entnahm dem Karton ein kleines Katzenbaby und ließ es neben einen großen Topf mit kochendem Wasser fallen. Routiniert holte er eine weitere kleine schneeweiße Katze aus der Kiste, legte sie auf den Küchentisch und hob sein Beil. Plötzlich hielt er inne.

Sheng Fui musste gespürt haben, dass er nicht mehr alleine in der Küche war. Er drehte sich langsam um, in der Hand das Küchenbeil. Stumm schauten sich der entsetzte Sonnemann und der überraschte Chinese an. Sheng Fuis Blick verdunkelte sich, und er murmelte drohend etwas auf Chinesisch. Wäre Sonnemann der Sprache mächtig gewesen, hätte er verstanden, dass Sheng Fui gesagt hatte: »Gut, gibt es heute also auch noch Schweinefleisch nach Art des Hauses.«

Blitzschnell ließ er sein Beil Richtung Sonnemanns Kopf sausen. Doch dieser hatte nicht nur davon geträumt, ein Held zu sein, er hatte auch endlos viele Filme über Helden gesehen und oft deren Bewegungen vor der Flimmerkiste nachgeahmt. Und so wunderte sich nicht nur Sonnemann über sich selbst, sondern auch Sheng Fui, dass Sonnemann mit einer eleganten Bewegung dem Schlag auswich. Sheng Fui setzte erneut an und versuchte, Sonnemann mit dem Beil zu erwischen. Der Postbote nutzte alles, was er in die Finger bekommen konnte, um sich vor den Schlägen mit dem Küchenbeil zu retten. Es flogen Pfannen, Kisten, Reis – eben alles, was da war.

Doch nach wenigen Minuten war Sonnemann in die Enge getrieben. Er hatte nichts mehr zum Werfen und stand mit dem Rücken an der Wand. Sheng Fui holte zu einem letzten, tödlichen Schlag aus, da bekam Sonnemann unerwartete Hilfe. Die Kiste mit den kleinen Katzen hatte sich durch deren Bewegung bis an die Tischkante vorgeschoben und fiel nun mit großem Tumult auf den Küchenboden. Sonnemann erkannte seine Chance. Er griff nach dem Küchenbeil in Sheng Fuis Hand und konnte es ihm tatsächlich entwinden. Schäumend vor Wut wollte dieser sich mit bloßen

Händen auf Sonnemann stürzen. Der erschrak, geriet in Panik und vollführte einen horizontalen Schlag durch die Luft. Gewollt oder nicht: Das Beil traf den Hals des Kochs.

Es war ein gutes, scharfes Beil. Mit einem schmatzenden Geräusch schnitt es durch das Fleisch wie ein heißes Messer durch Butter. Sheng Fuis Kopf löste sich und flog im hohen Bogen durch die Luft. Mit einem lauten Platsch landete er schließlich in dem großen Topf mit kochendem Wasser auf dem Herd, wo er sofort versank. Der kopflose Körper blieb noch einige Sekunden stehen und fiel dann in sich zusammen. An der Stelle, wo eben noch der Kopf gesessen hatte, kam stoßweise Blut hervor und ergoss sich schnell über den gesamten Küchenboden. Sonnemann stand wie angewurzelt da. Er sah auf das Beil in seiner Hand und warf es dann angewidert weg. Vorsichtig bemüht, ja nicht ins Blut zu treten, schlich er sich an den kopflosen Überresten des Katzen-Fremdverwerters vorbei. Ein niedliches Maunzen ertönte hinter ihm. Er drehte sich um.

Frau Lammbert saß an ihrem Küchentisch und starrte ins Leere. Die Lebensmittel hatte sie immer noch nicht weggeräumt. Sie wusste nicht, wie es weitergehen sollte. Da schellte es an der Tür. Auf dem Fußabtreter stand eine Kiste. Auf dieser lag ein Brief. Frau Lammbert hob den Zettel auf und las: »*Liebe Frau Lammbert, wie versprochen habe ich mich nach Ihrer Katze umgehört. Es tut mir unendlich leid, aber ein Nachbar hat sie tot aufgefunden. Wie es aussah, hatte die Katze wohl einen altersbedingten Herzinfarkt. Sie muss sehr schnell gestorben sein. Ihr Gesichtsausdruck war auf alle Fälle friedlich. Die Katze war dann dem Gesetz entsprechend abgeliefert worden. Es tut mir leid, dass ich sie nicht lebend gefunden habe. Aber Sie können mir einen Gefallen tun. In der Kiste wartet etwas auf Sie, was ich gerne in guten Händen wüsste! Ich hoffe, Sie kommen über Ihren Schmerz hinweg! Und ich freue mich schon wieder darauf, mit Ihnen ihm Hausflur einen kurzen Plausch zu halten. Ihr Briefträger Sonnemann.*«

Langsam ließ Frau Lammbert den Zettel sinken. Irgendwie ging es ihr besser, seit sie wusste, was mit ihrer Miezi geschehen war. Sie bückte sich und öffnete den Karton. Da schauten sie die Kulleraugen einer kleinen schneeweißen Katze an. Frau Lammbert kamen die Tränen. Vorsichtig nahm sie das kleine weiße Knäuel aus der Kiste. Die Katze mauzte und schmiegte sich an Frau Lammbert. »Na, dann komm doch erst mal rein.« Damit trug sie ihre neue Miezi in die Wohnung. Als sie sie aus der Kiste hob, sah sie, dass die Katze rote Flecken an den Tatzen hatte. »Na, wo hast du dich denn herumgetrieben? Aber keine Sorge, das waschen wir gleich mal ab!«

100. GRUND

Weil der Jahresurlaub nicht zum Baggern gedacht war

»Willkommene in biutiful Ägypte!«, begrüßte der ortsansässige Reiseleiter die vierköpfige Familie am Flughafen, und seine weißen Zähne blitzten grinsend aus dem dunklen Gesicht hervor.

Nach einer dreistündigen Busfahrt gelangten wir an den pompösen Hoteleingang unseres Fünfsternehotels. Genauso wie es im Prospekt abgebildet war. Wunderschön! Meine Frau nahm das Baby auf den Arm und die kleine Sandra an die Hand. Ich schleppte unser Gepäck hinter dem Hotelboy in die Lobby.

Der Hotelboy brachte uns nach dem Einchecken in unser Zimmer. Müde und erschöpft von der Reise wollte meine Frau gerade das Baby aufs Bett legen, als ich sie mit einem erschrockenen Aufschrei zurückhielt. »Halt!«

Ich klappte die Tagesdecke zurück, und ein adrettes Stockfleckenmuster zierte Kopfkissen und Laken. Während meine Frau das Fenster öffnete, um die herrliche Müllkippe davor zu bewundern, kam die kleine Sandra aus der Dusche gelaufen und hielt stolz einen Käfer in der Hand: »Wie heißen die Tiere, Mama?«

»Kakerlaken«, antwortete meine Frau trocken und ging ins Bad, um zu sehen, ob das arme Tier alleine war oder in Gesellschaft seiner großen Verwandtschaft. Es war alleine. Am unteren Ende des ehemals weißen Duschvorhangs erheiterte aber ein dekoratives Schimmelrot das triste Beigegrau des maroden Badezimmers.

»So können wir nicht wohnen, das kann ja wohl nicht wahr sein«, schimpfte ich. »Geht schon mal alle an den Pool, ich klär das.«

Meine Frau nahm die Kinder mit nach draußen. Ich suchte die Rezeption auf und beschwerte mich. Dort erfuhr ich, dass wir zwar kein neues Zimmer beziehen könnten, dass aber natürlich alles repariert werden würde. Der Reiseleiter folgte mir, um sich von der angeblichen Katastrophe persönlich zu überzeugen. Als ich ihn am Kissen riechen ließ, wehrten sich seine Augen sofort mit einem Schwall Tränenflüssigkeit gegen den beißenden Geruch. Er sagte: »Ich nix rieche.« Dann zeigte ich ihm die kaputte und verschimmelte Klimaanlage, den Duschhahn, aus dem das Wasser abwechselnd heiß und kalt tropfte, und gab ihm die Türklinke in die Hand, die beim Eintreten abgefallen war. Er zuckte nur die Schultern und versprach, dass schon heute Nachmittag alles in landesüblicher Ordnung wäre, ich solle inzwischen ruhig einen Drink am Pool nehmen.

Ich machte mich auf die Suche nach meiner Familie. Die saßen zu dritt auf einer Liege an einem kleinen Wasserbecken, das nicht größer war als der Pool unserer Nachbarn in Brunsbüttel. 27 Rentner standen – aus Platzgründen mehr oder weniger bewegungsunfähig – bis zur Hüfte in dem Kinderbecken und versuchten, ihre verschwitzten Falten mit ein bisschen Poolwasser zu kühlen.

Plötzlich durchfuhr uns ein donnerndes Geräusch. Wenige Meter entfernt erhob sich die große Schaufel eines Baggers aus einem Erdloch, kippte ihre Last auf einen Haufen Bauschutt und verschwand wieder im Loch. Als ich mich umblickte, sah ich, dass der hintere Bereich der Hotelanlage eine einzige Baustelle war.

Sandra verbrachte den Nachmittag damit, den Betonfußboden vor der Liege mit Spucke anzumalen, weil sich die Kinderanimation als vierstündige Kinderaufbewahrung in einem kleinen Raum ohne Klimaanlage mit einem Stapel Papier und Malstiften herausstellte. Meine Frau unternahm mehrere Versuche, ihr Buch zu lesen, legte es aber bei jedem Aufheulen des Baggers seufzend wieder weg.

Beim Abendessen mussten wir an einem Tisch Platz nehmen, an dem man erkennen konnte, welche Speisen der Vorgänger ausgewählt hatte. Das Fleisch war verbrannt oder zäh, das Gemüse landesüblich nicht identifizierbar, und die Pommes hatten außer ihrer Farbe nichts mit dem uns bekannten Kartoffelprodukt zu tun.

Das Zimmer war inzwischen optisch bewohnbar gemacht worden. Zumindest war das Bett bezogen. Aber das Baby wachte nachts auf und hatte überall am Körper einen großflächigen Ausschlag. Meine Frau weinte mit dem schreienden Baby mit. Ich nahm Sandra zu mir ins Bett, und wir versuchten, die Nacht irgendwie zu überstehen.

Als Antwort auf meine Beschwerde und die Forderung, dass wir in ein anderes Hotel wollten, wiegelte der Reiseleiter am nächsten Tag nur ab. Es sei nichts frei. Ich verlangte eine Erklärung. »Mache heute Erklärung am Pool. Kommen du 13 Uhr an Pool.«

Um 13 Uhr war es am Pool sehr ruhig. Kein Bagger rumorte, die Arbeiter machten Pause. Viele Gäste standen murrend und missmutig an der blauen Pfütze. Der Reiseleiter erschien. Er winkte uns zum Rande des großen Lochs an der Baustelle.

»Liebe Gäste und Gästinnen, im Namen die Reiseveranstaltung möchte geben Entschuldigung für Annehmlichkeiten mit Bauen. Wird großes Wellness gebautet in zwei Monate endet.« – »Na toll, wir sind aber JETZT hier, und wir haben ein Fünfsternehotel gebucht!«, echauffierte sich ein Gast. Der Reiseleiter hob beschwichtigend die Arme: »Musse lesen genau in Prospekt. Steht ›fünf Sterne landesüblich‹. Ist fünf Sterne Ägypten. Wusste du nicht?«

In diesem Moment sah ich, wie meiner Frau eine Träne über die völlig übermüdete Wange rollte, und mein Blick wanderte über den Ausschlag auf der bisher so reinen Haut meines Babys. Sandra kickte gerade gelangweilt einen alten Schuh vor sich her, den sie auf der Müllhalde gefunden hatte, zupfte mich am T-Shirt und fragte mit traurigen Kulleraugen: »Papa, wann können wir wieder nach Hause?«

Ich wollte schon immer mal Bagger fahren. Und es war einfacher, als ich dachte. Ich ließ den Motor an, verschob ein paar Hebel, trat ein bisschen auf den Pedalen herum, und schon setzte sich das Gerät unaufhaltsam in Bewegung. Der Reiseleiter war Baggergeräusche gewohnt und redete weiter.

Ich merkte nicht einmal, wie die schwere Schaufel seinen Körper erfasste und in das große Loch schob. Die Umstehenden blickten mich erst verdutzt an, dann aber erhellten sich deren Mienen und sie nickten mir voller Genugtuung ermunternd zu. Irgendwie tat es mir leid, dass ich die Arbeit der emsigen ägyptischen Tagelöhner wieder zunichte machte, aber offene Löcher sind nun mal eine potenzielle Gefahr für unsere Kinder und müssen zugeschaufelt werden. Der Reiseleiter versuchte noch hinauszuklettern, aber ein Gast beförderte ihn mit einem gezielten Tritt wieder in sein Grab zurück. Schaufel drauf. Ende.

11. KAPITEL

MORDE AUS »VERSEHEN« ODER IM AFFEKT

Weil Popcorn und Cola den Genuss eines Films nur bedingt fördern

Endlich mal wieder Kino! Ein Abend voller Spannung und Liebe … Und wenn dabei ein Tränchen kullert, dann haben die Drehbuchautoren und Filmmusiker es richtig gemacht. Kino funktioniert nur unter zwei Bedingungen: Zum einen, wenn ich einmal so lachen muss, dass mir mein Nebenmann ein Hustenbonbon reicht, weil er denkt, ich ersticke. Und zum anderen, wenn ich schluchzend eine Träne in mein Taschentuch oder den Pulliärmel rotzen muss, weil es so aussieht, als würde der tapfere, treue, gut aussehende Mann der wunderschönen Protagonistin, der, der sie in einem langen, erbitterten Kampf aus den Fängen des bösen Waffenschmugglers befreit hatte, kläglich an seiner Erdnussallergie zugrunde gehen.

Wichtig ist, dass man gute Plätze hat. Mitte hinten. Da, wo alle sitzen wollen. Egal. Ein bisschen rechts oder links davon geht auch. Hauptsache, der Film ist gut.

Aber ein Kinobesuch kann auch in einem Eklat enden. Mit Blut, Erstickungstod, in einem grauenhaften Anblick von offenliegenden Gedärmen in Reihe 18, Platz 9 und 10.

Denn da findet man sie meistens. Es bahnte sich an, als ich hörte, wie der debil lächelnde Mann sich über die Knie der bereits Sitzenden arbeitete: »Tschuldigung, darf ich mal, Verzeihung.« Ich drehte mich um und beobachtete, wie er zwei Eimer Popcorn, eine große Portion Nachos und zwei Eimer Cola mit Strohhalm in seinen Armen zu Platz 10 jonglierte.

Der Film war hervorragend. Emotional, mitreißend, aber auch intellektuell anspruchsvoll, will sagen, man musste ein bisschen zuhören, was sie und er zwischen den Sprüngen vom Hochhaus und der erotisch geladenen Szene im Schutz eines umgedrehten Holzbootes zu besprechen hatten.

Knrschn!, machte es hinter mir in Reihe 18, Platz 9. *Knrschn*? Der Protagonist auf der Leinwand beugte sich zu seiner Angebeteten und flüsterte ihr ins Ohr: »Ich ... ich ... *knschrn* dich.« Was? Was hatte er gesagt? Ich will dich? Ich enterbe dich? Ich WAS?

Bis zum Ende des Films hoffte ich, das Popcorn in Reihe 18, Platz 9 und 10, würde endlich alle sein und die Nachos auch. Und so war es dann auch. Irgendwann, als meine Halsader und die der 35 anderen Umsitzenden zum Platzen gefüllt waren und Platz 10 auf die zischende Ermahnung zur Ruhe von Platz 13 nur kichernd reagiert hatte, war Ruhe. Kein *Knschrn* mehr. Endlich. Der Film war fast zu Ende, fast hatte sie ihm ihre Liebe gestanden, fast er sein Leben für sie geopfert ... es fehlte nur noch die Auflösung. Warum hatte er so lange gezögert, ihr seine Niere zu spenden? Warum trug sie immer noch den Ring ihres verstorbenen Mannes? »Weißt du, ich muss dir etwas Wichtiges sagen ...« *Schlorrrps*!

»Dein Mann hat mir gesagt, dass ich dein ...« *Schlorrps*! Dieser Scheißarsch von Platz 9 und dieses besoffene Schrapnell von 10 saufen ihre Colaeimer in regelmäßigen Schlucken durch den Strohhalm aus, obwohl das schlorpsende Geräusch ihnen schon längst vermittelt haben sollte, dass der Eimer LEER ist! VERDAMMT!!!

Als die Zuschauer den Saal nach dem Film verließen, stiegen sie unbeteiligt über die reglosen Körper von Platz 9 und 10 hinweg. Einer schob noch das Bein der Frau mit zustimmendem Nicken unter den Sitz, um besser vorbeizukommen. Ein anderer machte ein Foto. Ein schrecklicher, aber irgendwie auch angenehmer Anblick. Dem Mann ragten die Strohhalme aus den blutigen Augenhöhlen, und seiner Frau war das Popcorn so lange in die Ohren gestopft worden, bis es ihr Gehirn erreicht hatte. War viel Platz dort. Tja, so kann's gehen.

SCHLÜRF!!
KNABB!!
KNABB!!
SCHLÜRF!!
KNABB!!

Weil die Bahn wegen der Freundlichkeit und Hilfsbereitschaft ihrer Mitarbeiter beliebt ist

Zuerst dachte ich, dass es keine Morde im Zusammenhang mit der Deutschen Bahn gäbe, da sie immer pünktlich ist, durch die Freundlichkeit ihres Personals gewinnt und mit lupenreinen Ansagen in Deutsch, Sächsisch und so etwas wie Englisch glänzt. Die Geschichte eines Freundes belehrte mich aber eines anderen, und ich bin froh, Sie nun mit dieser kleinen Anekdote aus dem Sumpf der Doppelgleisigkeit und Pfeifen erheitern zu dürfen.

Es war einmal ein tüchtiger Arbeiter, liebevoller Ehemann und Vater von 1,4 Kindern. Er war »auf Montage« für eine neue Brücke im Harz. Seine Tätigkeit hatte nun zwei Wochen am Stück gedauert, er hatte schnell und gewissenhaft gearbeitet, wie seine Firma das von ihm kannte. Jetzt endlich konnte er wieder nach Hause zurückkehren und seine Familie sehen. Seine geliebte Frau in den Arm nehmen und seine 1,4 Kinder herzen und küssen.

Schon im Zug Richtung Heimat flogen die SMS hin und her: *»Mein fleißiges Arbeitstier, ich hab noch Fingerfood und Sekt übrig. Freu mich sehr. Liebe dich. Kuss.« – »Kann es auch kaum erwarten, habe euch so vermisst. Wie war die Feier?« – »Tanjas Mann hat sich ohne dich gelangweilt, hihi. Wann bist du da? Bussi.« – »Noch umsteigen in Frankfurt, dann geht's schnell.«*

Noch während er die letzte SMS tippte, dachte er schon an die weiche Haut seiner Frau, die er bald wieder spüren würde, den Duft ihres Haares, den er einatmen würde, und ihr sanftes Lächeln, wenn sie ihn mit einem zärtlichen Kuss begrüßte.

»Muss jetzt raus, bis gleich, meine Süße.«

Der Zug hielt an, und der Heimreisende betrat mit seinem Köfferchen den Bahnsteig. Ein Blick auf das Ticket bestätigte ihm wiederholt, was er sich schon tausendfach eingeprägt hatte: Gleis

7, Abfahrt 22:54 Uhr. Er wollte auf keinen Fall zu spät am Gleis sein, er durfte den Zug unter keinen Umständen verpassen. Von seiner gefüllten Blase ließ er sich nicht weiter beeindrucken. Die Uhr zeigte 22:23 Uhr.

»Madlen hat gesagt, sie will auf Papa warten. Ich kann sie nicht dazu überreden, ins Bett zu gehen. Kuss« – »Oh, wie süß. Gib ihr einen Schmatz und sag, dass Papa gleich da ist.«

22:38 Uhr. Er zog seinen Mantel enger um sich, es war kalt geworden. In seinen warmen Gedanken öffnete sich zu Hause die Tür, und seine schwangere Frau und Madlen standen strahlend vor ihm. Plötzlich fand er, dass seine Frau zu ihrem Geburtstag mehr verdient hatte als die kleinen silbernen Ohrringe, die er schon vor vielen Wochen besorgt hatte.

Mit festem Griff packte er sein Köfferchen am Rollhenkel und eilte zu den Shops. Ein Blumengeschäft! Was für ein Glück, die hatten noch auf! Für seine Frau suchte er einen zauberhaften kleinen Strauß aus, mit drei wunderschönen, orange leuchtenden Gerbera, und für seine Tochter ein kleines Marienkäferchen aus Holz, das auf einem grünen Blatt saß und ihn mit großen, niedlichen Augen ansah. Jetzt schnell doch noch die Blase entleeren. Und zurück zu Gleis 7.

Dort stand schon der Zug. 22:52 Uhr. Das war gerade noch rechtzeitig. Die Türen waren geschlossen. Ungewöhnlich. Er drückte den Knopf. Nichts. 22:53 Uhr. Dann eben beim nächsten Waggon. Wieder blieben die Türen geschlossen. Nochmaliger Gegencheck mit den Informationen auf dem Ticket. Ja, er hatte den richtigen Zug und das richtige Gleis. Suchend blickte er sich um. Außer ihm war keine Menschenseele am Bahnsteig. Kein Reisender und auch kein Bahnangestellter. Plötzlich kam eine Durchsage: »An Gleis 7. Zurücktreten bitte, der Zug fährt ab.« Langsam und schwerfällig setzte sich der Zug in Bewegung.

Waggon für Waggon zog an den entsetzten Augen des nun nicht mehr Heimreisenden vorbei. Als der Zug bis zur Hälfte vorüber war, sah der einsame Mann mit dem Köfferchen und dem Blumenstrauß in seiner Hand die hinteren Waggons hell erleuchtet, Fahrgäste schliefen selig eingekuschelt in ihren Sitzen, unterhielten sich oder lasen in einem Buch. So verschwand der Zug in den Tiefen der Nacht Richtung Heimat. Und zurück blieb auf dem dunklen Bahnsteig ein einsamer Mann mit einem Köfferchen und einem kleinen Blumenstrauß in der Hand.

Da fiel sein Blick auf das Bahnhäuschen. Es würde wohl keiner drin sein, denn der hätte ihn ja gesehen und bestimmt darauf aufmerksam gemacht, dass der Zug nur im hinteren Teil Fahrgäste transportierte. Dennoch lugte er hinein. Ein Bahnangestellter blickte müde von seiner Zeitung auf: »Wenn Sie den Zug verpasst haben, da fährt noch ein IC um 23:41 Uhr …«.

»Waren Sie die ganze Zeit da??? Sie haben mich doch gesehen! Warum haben Sie mir nichts gesagt???«, fragte der Mann mit pochender Halsschlagader, dem Blumenstrauß und dem Köfferchen.

Um 3:15 Uhr rollte der IC am Heimatbahnhof ein. Ein einziger Fahrgast stieg aus. Er hatte ein Köfferchen dabei und einen kleinen, schlaffen Blumenstrauß, steckte sein blutverschmiertes Hemd in die Hose und machte sich auf den Heimweg.

103. GRUND

Weil ein schlechter Scherz nicht witzig ist

Ich bin ein fröhlicher Geselle und immer für einen erfrischenden Witz zu haben. Aber es gibt manche Scherze, die diese Bezeichnung nicht verdienen. Ein Scherz ist immer dann schlecht, wenn ein anderer zu Schaden kommt – sei es körperlicher, materieller beziehungsweise finanzieller oder emotionaler Art. NICHT WITZIG!

Nicht witzig ist, wenn ein Pilot in einem Hubschrauber plötzlich die Augen schließt und zur Seite kippt, um sich kurz vor dem drohenden Herzinfarkt seines Mitreisenden mit einem breiten Grinsen wieder aufzusetzen.

Nicht witzig ist, wenn eine Bande Hobbyloser einen Kinderwagen mit Erdbeermarmelade füllt und auf die Gleise einer S-Bahn schiebt.

Nicht witzig ist ein Drohbrief wegen einer angeblichen Affäre.

Nicht witzig sind Plastikspinnen vor dem Gesicht einer aufwachenden Arachnophobikerin.

Ein »schlechter Scherzer« versprüht so lange sein umstrittenes Gift, bis er über dem Brunnen bricht oder selbst in die Grube fällt und von den spitzen Speeren seiner eigenen Boshaftigkeit aufgespießt wird.

Meine Schwester ist heute noch von einem derartigen »Scherz« traumatisiert, dass sie bereits bei Dämmerung laut zu singen beginnt und einen Wald lieber eigenhändig mit einer Feile abholzen würde, anstatt ihn bei Anbruch der Dunkelheit zu betreten.

Wir waren 16 Jahre alt und damals mit zwei Jungs aus der Oberstufe befreundet. Einen von ihnen konnte ich meinen Freund oder auch Frank nennen. Meine Schwester war scharf auf den anderen, den Stefan. Um ihm näherzukommen, sagte sie der Nachtwanderung trotz schon vorhandener latenter Angst vor dem dunklen Wald zu. Stefan überredete meine Schwester mit Engelszungen mitzukommen. Er wich ihr nicht von der Seite. Während des Spaziergangs diskutierten die Jungs lautstark über wilde Tiere, die nachts im Wald nach Beute streunten. Angespannt suchte ich Franks Hand. Ich umschloss sie fest. Zum Glück war ich nicht allein. Er würde mich beschützen. Als wir die erste Abzweigung hinter uns gebracht hatten, hielt er mich ein wenig zurück. »Was ist los?«, fragte ich ihn irritiert.

»Nichts, lass die mal vorgehen«, flüsterte er geheimnisvoll.

»Warum?«

»Vertrau mir einfach.«

Plötzlich stoppte Stefan: »Seid mal still! Habt ihr das gehört?«

Meine Schwester blieb abrupt stehen, sodass Frank und ich aufschlossen. »Ich hab doch gesagt, das ist zu gefährlich. Lasst uns umdrehen. Ich hab keinen Bock mehr. Bitte«, presste sie leise durch ihre Zähne.

Stefan fixierte einen Punkt ungefähr fünf Meter von uns entfernt im Schwarz des Waldes an einem Baum. Der Mond spendete nur spärliches Licht. »Da liegt doch was!«, flüsterte er.

»Mach keinen Scheiß, Stefan. Lass uns gehen!« Die Stimme meiner Schwester bebte.

Stefan bat uns zurückzubleiben: »Ich sehe mal nach, was das ist. Das … sieht aus wie ein Mensch.«

»Stefan, hör auf, lass uns bitte gehen!«

»Quatsch, wenn da einer liegt, müssen wir ihm helfen. Oder es ist eine Leiche oder sonst was, dann müssen wir das melden.« Und schon war er im Unterholz verschwunden und ließ uns mit nichts zurück außer dem Geräusch der Äste, die unter seinen Füßen knackten. Plötzlich zischte er aus dem Dunkel: »Da liegt echt einer!«

Meine Schwester klammerte sich an mich, ich klammerte mich an sie. »Komm, wir gehen.«

Frank warf ein: »Nein, wir können Stefan doch hier nicht alleine lassen.« Ich spürte, wie meine Schwester am ganzen Leib zitterte.

In diesem Moment schrie Stefan auf: »Scheiße, der lebt! Der bewegt sich! Au Kacke!« Und dann ging alles sehr schnell. Wir hörten ihn um Hilfe schreien, Würgelaute, Kampflaute, Holz schlug auf Holz. Stefan kämpfte sich mit der Gestalt in unsere Richtung: »Helft mir! Der bringt mich um! Aaah!« Frank stand völlig regungslos und starrte in die Dunkelheit zu der Stelle, von der die Kampfeslaute kamen. Ich bohrte meine Finger in seinen Arm. »Oh Gott!«, schrie meine Schwester in Todesangst.

Da sprang Stefan, mit der Gestalt ringend, auf den Weg, warf sie auf den Boden und schlug auf sie ein. Sie gab keinen Laut von sich. Wir hörten nur die dumpfen Schläge. Und dann war plötzlich alles still.

»Scheiße … ich glaub, … ich hab ihn umgebracht.« Nun zitterte auch Stefans Stimme. Meine Schwester verlor die Fassung. Ich spürte, wie ihr die Beine versagten und sie hemmungslos zu schluchzen anfing. Stefan blickte verunsichert zu ihr herüber. Vorsichtig trat er einen Schritt auf sie zu und nahm sie in den Arm: »Hey, ist doch alles okay. Ist doch gar nichts passiert.«

Als sie weiterschluchzte und auch ich um Fassung rang, stieß Stefan mit dem Fuß gegen das am Boden liegende tote Ding. Es gab nach. Ich blinzelte irritiert. Es sah aus wie ein Mensch, aber es lag komisch steif da. »Hier, schau, das ist deine ›Leiche‹!« Er stieß ein weiteres Mal dagegen. Dann leuchtete er mit seiner Maglite auf das Ding. Es war ein ausgestopfter Neoprenanzug mit Schuhen und einer schwarzen Rennfahrerstoffhaube.

Stefan wollte sich gerade ausschütten vor Lachen, als ihm die Maglite mit der Batterieseite voran in den Rachen gerammt wurde. Wochen später wurde ein Skelett gefunden. In einem Neoprenanzug. Mit einer Maglite im Schädel.

104. GRUND

Weil Pistenrowdys Skistöcke im Bauch tragen

Endlich! Nach acht Stunden zähen Verkehrs und einem scheinbar endlosen morgendlichen Stau war unsere kleine, fröhliche Fahrgemeinschaft im wunderschönen Skigebiet vom Sölden angekommen. In der Pension würden wir schneehungrigen Jungs am Abend einchecken. Jetzt hieß es erst mal: Ab auf die Piste! Voller Vorfreude stellte ich mich am Skipassschalter an. Auch hier war eine große Schlange. Kein Problem, das gehörte schließlich dazu. Alle standen gesittet an. Bis auf einen! In seinem orangefarbenen Overall nicht zu übersehen, drängelte er sich, als Einziger seine grell-orangefarbenen

Ski geschultert, unverschämt vor. Der Typ war geschätzte 2,20 Meter groß, und keiner traute sich, ihn zurechtzuweisen. Als er sich an mir vorbeidrängte, erwischte mich einer seiner Skistöcke an meinem glücklicherweise bereits behelmten Kopf. Auf mein entrüstetes »Hey!« drehte der Rüpel sich nicht einmal um. Mein Kumpel legte beschwichtigend seine Hand auf meine Schulter. Ich beschloss, die Sache auf sich beruhen zu lassen. Ich war hier, um Spaß zu haben, und nicht, um mich von solchen Vollidioten provozieren zu lassen.

Wenig später lag die lange Gondelfahrt zur Bergstation hinter uns, und vor uns breitete sich der weiße, in der Sonne glitzernde und frisch präparierte Hang majestätisch aus. Meine Kumpels und ich verabredeten uns an der nächsten Station – und weg waren sie. Ich würde etwas länger brauchen, weil ich erst in der letzten Saison gelernt hatte, nicht mehr nur auf dem Skianzug, sondern sogar teilweise auf den Brettern hinabzugleiten. Der Schneepflug war mein bester Freund. Gemütlich und ordentlich pflügte ich mich in einer für die von oben kommenden Skifahrer gut berechenbaren Spur Bogen für Bogen den Hang hinab. Ich arbeitete mich gerade konzentriert einen für mich schwierigen Hügel hinunter, da hörte ich dicht hinter mir die knarzenden Geräusche, die entstehen, wenn die Kanten der Ski in die Piste schneiden. Es klang verdammt nah. Nur nicht hingucken, befahl ich mir. Sonst liegst du wieder auf dem Hintern. Im nächsten Moment spürte ich einen harten Schlag am Rücken. Ich wirbelte um die eigene Achse, meine Beine verdrehten sich, die Ski lösten sich von meinen Schuhen und schossen davon, und ich blieb flach auf dem Bauch liegen, die Arme und Beine wie ein zertretener Frosch ausgebreitet. Hilflos blickte ich meinen Ski nach und konnte so auch den orangefarbenen Verursacher meines Sturzes erkennen.

Doch der hatte gar keine Zeit, sich nach meinem Befinden zu erkundigen, denn längst hatte er eine andere Frau versehentlich touchiert und war danach als kleiner oranger Farbklecks in der Ferne verschwunden.

Im Tal wollten mir meine Kumpels die Geschichte gar nicht glauben. Sie witzelten, ich hätte alles nur erfunden, um meine langsame Fahrweise zu entschuldigen.

Bei den nächsten Abfahrten wurde ich einmal von seinem Stock erwischt, und ich beobachtete, wie er einer Frau vor mir über die Ski bretterte, als sie vorsichtig quer über die Piste glitt. Sie erschrak so sehr, dass sie stürzte und vor Schmerzen weinend mit verdrehtem Knie liegen blieb. Schnell waren Helfer bei ihr, sodass ich mich nicht um sie kümmern musste. Aber etwas anderes musste ich! Und zwar diesem Treiben ein Ende bereiten!

Bei der nächsten Abfahrt sah ich zu, dass ich schnell hinter einer schlecht einzusehenden Kurve genau dort zum Stehen kam, wo die schnellste Linie gefahren werden konnte. Ich verwettete einen Germknödel darauf, dass er hier entlangkommen würde. Dann stieg ich von meinen Skiern, nahm meine Stöcke und bohrte diese mit den Griffen nach unten so tief wie möglich in die Piste, sodass die spitzen Enden parallel wie Speere hangaufwärts zeigten. Stolz betrachtete ich mein Werk. Da hörte ich auch schon das nur allzu gut bekannte kratzende Geräusch hinter mir, aber weiter oben am Hang. Es war nicht nötig, mich umzudrehen. Mit voller Geschwindigkeit raste er in die Phalanx aus meinen Skistöcken. Und obwohl diese ja einen kleinen Teller an der Spitze hatten, bohrten sie sich vollständig durch den orangefarbenen Overall. Sie nahmen nicht nur eine große Ladung Fleisch mit, sondern sinnvollerweise auch gleich das Leben. Es war schon ein bizarrer, aber erfreulicher Anblick, wie der orangefarbene Klops aufgespießt die Landschaft dekorierte. Selbst der Winter schien sich zu freuen, dass dieser Idiot die Piste nicht mehr unsicher machen würde. Es fing nämlich plötzlich an, stark zu schneien. Und binnen Sekunden war nichts mehr von dem neuen Monument zu sehen. Da bemerkte ich, dass ich ja nun keine Skistöcke mehr hatte.

Als ich endlich meine Kumpels beim Après-Ski traf, wunderte sich auch nur einer von ihnen. »Sag mal, waren deine Skistöcke schon immer orange?«

Weil ein Antiaggressionstraining gegen fehlenden IQ nicht ankommt

Die Höhe der Bezahlung von Türstehern richtet sich nach der Höhe von deren IQ-Punkten. Manche Türsteher verdienen sehr wenig. Und das wiederum müssen Sie ausgleichen mit dem Ausspielen ihrer Macht.

Der Fotograf Ralf war pünktlich, und er hatte die richtige Akkreditierung um den Hals hängen. Wenn er gut arbeiten und gute Fotos von Katie und Suri mit in die Agentur bringen könnte, würde der Chef ihn vielleicht endlich einmal wahrnehmen und er würde auch mal reisen dürfen: Nizza, Hollywood, Cannes oder Egal-Hauptsache-weg-Land. Nur zehn handverlesene Fotografen von zehn verschiedenen Agenturen waren die Auserwählten, die Fotos von den beiden machen durften. Da hatte man eine berechtigte Chance, die Fotos für gutes Geld verkaufen zu können.

Ralf fuhr durch die für ihn geöffnete Schranke, nachdem er dem »Pförtnertürsteher« seine Akkreditierung gezeigt hatte. Das war für die Presse gut organisiert, denn so mussten die Fotografen die schwere Ausrüstung nicht so weit schleppen. Ralf stellte sein Auto auf dem Parkplatz ab, den ihm ein »Parkplatztürsteher« anwies, schulterte seine Objektive und die beiden Fotoapparate und betrat die Eingangshalle durch den Haupteingang. Dort wurde er von einer netten Dame in den ersten Stock geschickt, weil dort Frau Holmes in wenigen Minuten für die Interviews bereitstünde. Ralf fuhr mit der Rolltreppe in den ersten Stock. Dann ging er einen gläsernen Gang entlang bis zu einer großen Tür. Er hielt dem »Securitymanntürsteher« seine Akkreditierung hin und wollte schon weitergehen, als der ihn aufhielt.

»Ist das hier nicht der Eingang zum Aufenthalt für die TV-Gäste?«, fragte Ralf verwundert.

»Doch.«

»Ah, dann bin ich hier richtig.« Ralf hob noch einmal seine Plastikkarte hoch, sodass der Securitymann sie auch gut lesen konnte. Die Zeit drängte, es musste nun endlich ein wenig vorangehen. Fotos mit einem Kind waren immer anstrengend, und meistens hatten die Fotografen gerade mal ein paar Augenblicke Zeit, bevor die Kleinen die Geduld verloren.

»Nein, Sie kommen hier nicht durch.« Der uniformierte Schrank ließ sich nicht beirren.

»Aber ich habe doch eine Akkreditierung. Hier, sehen Sie. Ich muss da rein, um ein Foto zu machen.«

»Nein, Sie kommen hier nicht durch.«

Ralf atmete durch und hörte die Stimme seines Antiaggressionstrainers in seinem Kopf: »Halten Sie sich bei Konfliktsituationen an die Sache. Bieten Sie selbstständig Lösungsmöglichkeiten an.«

»Hören Sie, wenn ich HIER nicht durchkomme, würden Sie dann bitte einen Kollegen mit dem Walkie-Talkie da an Ihrem Gürtel anfunken und fragen, WO ich denn dann reinkomme? Ich habe einen Termin.«

Der Mann an der Macht schüttelte den Kopf. Aber nur zweimal, und sehr langsam, sonst hätte er womöglich zu viel Energie verbraucht, dann blickte er wieder geradeaus.

Ralf überlegte angestrengt, wie er hineinkommen sollte. Er musste zum Termin – komme, was wolle. Die verstreichenden Sekunden drückten schwerer auf der Schulter als sein riesiges Objektiv.

»Gut, also, Sie wollen mich nicht durchlassen, richtig?«

Der Securitymann schien sich zu freuen, dass Ralf verstanden hatte. »Ja.«

»Und Sie wollen auch niemanden anfunken?«

»Nein.«

»Können Sie mir dann bitte sagen, wie ich da reinkomme? Ich muss wirklich ganz dringend das Foto machen.«

»Nein.«

»Dann sagen Sie mir wenigstens, wer mir sagen kann, wie ich reinkomme, wo ich hingehen kann und an wen ich mich wenden kann!« Ralf schrie bereits, Speicheltropfen landeten auf der Uniform des Gegenübers.

»Nein.«

In diesem Moment sah Ralf eine Gruppe Menschen den gläsernen Gang auf ihn zukommen. Katie mit Suri auf dem Arm und dahinter und daneben ihre Entourage plus neun Fotografen. Ralf starrte durch die dicke Scheibe auf den kleinen Pulk, der sich gerade in sicherer Entfernung an ihm vorbeischob. Gerade als sie auf Höhe der nächsten Tür waren, stürzte ein übereifriger Fotograf und fiel der Länge nach hin. Suri begann zu lachen und Katie mit, die Kameras klickten, Blitze zuckten auf. Katie half dem verdutzten Fotografen unter wildem Blitzlichtgewitter wieder auf die Beine. Das Eis war gebrochen, und Mutter und Tochter strahlten um die Wette.

Alle waren glücklich. Nur der Securitymann und Ralf nicht. Der Securitymann deshalb nicht, weil er einen Schädelbasisbruch erlitten hatte. Und da sich im Inneren wenig Gehirnmasse befand, ist er an den Blutungen verschieden. Und Ralf nicht, weil ihm dabei sein teures Objektiv kaputtgegangen war.

106. GRUND

Weil Sex gegen Wohnung ein schlechter Deal für den Vermieter ist

Es besteht Wohnungsnot in Berlin, und diese Geschichte steht stellvertretend für alle, die bei der Wohnungssuche das zweifelhafte Glück haben, weiblich und in begattbarem Alter zu sein.

Meike war 21 Jahre alt und Studentin der Medizin. Sie suchte eine Wohnung. Das machte sie übers Internet. Auf verschiedenen

Plattformen war sie seit Monaten angemeldet. Sie war nicht die Einzige. Aber vielleicht die Einzige mit Katze. Die hatte sie von zu Hause gerettet, als ihr Vater ins Krankenhaus musste und ihre Mutter mehr Zeit dort verbrachte als in ihrem Heim.

Eigentlich hatte Meike eine schöne Bleibe. Sie war vor einem halben Jahr mit ihrer Kommilitonin Tessa zusammengezogen. Bis der Vermieter sowohl spitzbekam, dass Tessas neuer Freund regelmäßig dort übernachtete, als auch, dass Meikes bis dato geduldete Katze eine tote Maus vor die Haustür gelegt hatte. Das gefiel seiner Frau nicht, was man daran merkte, dass sie schreiend vom Wohnzimmer in Richtung Haustür auf die tote Maus deutete: »Töte sie! Töte sie!« Nachdem der Vermieter seine Frau beruhigt hatte, klingelte er an Meikes Tür und erklärte verschämt – denn er mochte die ruhigen Studentinnen eigentlich sehr –, dass sie raus müsse, denn das Verhalten der Katze wäre für das Haus leider nicht tragbar. Bald. Mit Katze.

Meike stand vor der übervollen Zettelwand in der Uni. Gerade zum Semesteranfang platzen die Schwarzen Bretter fast vor Wohnungsgesuchen, aber es gibt auch einige Angebote. Da waren unglaubliche Offerten dabei: *»5er-WG-Zimmer. 14 qm. 350 €.«* Oha. Mehr als 400 Euro waren für Meike nicht drin. Und da müsste sie sich schon sehr einschränken, was das Essen angeht.

Also stöberte sie weiter. Internet, Mundpropaganda, Schwarze Bretter. Sogar die antiquierte Form der Zeitung als Informationsbeschaffungsvehikel zog sie in Betracht. Alles erfolglos. Zu viele waren ebenfalls auf der Suche, und es gab einfach zu wenige bezahlbare Wohnmöglichkeiten. Oder Meike fand sie nicht. Jeden Tag ging sie die Anzeigen in den Portalen durch. Nichts. Bei Wohnungsbesichtigungen günstiger Objekte erschienen stets so viele Interessenten, dass man schon gut einen Eindruck bekommen konnte, wie viele Menschen in die Räume passten.

Der Tag des Auszugs rückte näher. Wenn sie nicht bald eine Bleibe finden würde, müsste sie auf der Straße sitzen. Mit einer Katze zum Wärmen in kalten Nächten.

Verzweifelt scrollte Meike die Anzeigen im Internet durch. Zu teuer ... zu weit weg ... Ofenheizung und dann so ein Preis? Vergiss es. Es war schon spät, und Meike scrollte nur noch lustlos. Da stieß ihr plötzlich ein Angebot ins Auge, das ihre Aufmerksamkeit erregte: *»Schönes, möbliertes Zimmer, 15 qm, 250 Euro, Uninähe«*.

Wow! Zu perfekt? Nein. Meike kannte sich inzwischen aus. Es gab hin und wieder solche Glückstreffer. Seit wann war denn das Angebot drin? Wiedereingestellt seit heute? Also war das Zimmer gerade frei geworden. Großartig! Sie kontaktierte den Vermieter und teilte ihm mit, dass sie Interesse an einer Besichtigung habe und wer sie sei und wie lange sie es brauche. Sofort bekam sie eine Antwort. *»Morgen Besichtigung möglich. 11 Uhr.«*

Kurz vor elf stand Meike vor dem Gebäude. Es war ein Einfamilienhaus. »Uninähe« war etwas großzügig ausgelegt, aber dafür war das Haus ruhig und schön. Sehr schön. Meike freute sich. Die Tür wurde von einem dicklichen, ein wenig ungepflegten Mann in dunkelgrünen Plastikcrocs geöffnet. Aber egal, sie musste ihn ja nicht heiraten.

»Guten Tag, ich bin die Meike.«

Die Augen des Vermieters in spe begannen zu leuchten.

»Ich bin der Fritz. Komm doch rein. Ist doch okay, wenn wir uns duzen?«

»Ähm, ja gut. Danke.«

»Wir müssen die Treppen hoch, hier unten wohnt meine Mutter. Die hört aber nicht mehr so gut, also, du kannst ruhig laut sein.« Ein Lächeln huschte um seine Mundwinkel.

Die Wohnung im ersten Stock war bieder, aber okay. Das zu vermietende Zimmer war einfach eingerichtet. Für 250 Euro konnte man ja nun wirklich keine Luxusvilla erwarten. Ein schmales Bett, ein kleiner Tisch, ein Schrank, aber kein Fernseher.

»Du kannst bei mir im Wohnzimmer fernsehen, wenn du willst. Ich hab da nichts dagegen. Das haben wir bisher immer so gemacht.« Er führte sie ins Wohnzimmer. Er zeigte ihr sogar sein

Schlafzimmer, das ein großes, geräumiges Ehebett fast ganz ausfüllte. Sie spürte seinen Blick an ihr auf und ab wandern.

»Lass uns setzen und reden. Komm hier aufs Sofa«, bat er sie freundlich ins Wohnzimmer zurück.

»Also, gefällt dir das Zimmer?«

»Ja.« Vor allem der Preis, dachte sie bei sich.

»Also, du gefällst mir auch. Möchtest du es haben?«

»Ähm, ich habe noch eine Frage. Hätten Sie ... du ein Problem, wenn ich meine Katze mitbringe?«

Der Vermieter überlegte kurz. »Die macht ja ganz schön viel Dreck, oder? Ich weiß nicht.«

»Nein, die macht überhaupt keinen Dreck, sie ist ganz reinlich.«

Der Vermieter blickte Meike unverhohlen ins Dekolleté und entschied dann schmunzelnd: »Gut, Katze ist erlaubt.«

»Oh, super!« Meike würde ihn am liebsten vor Freude umarmen, diesen großzügigen, alten Mann.

Er lächelte: »Der Preis ist übrigens nur die Kaltmiete, da kommen noch mal Nebenkosten und so weiter dazu, da kommen wir schnell auf 450 Euro. Hast du so viel? Jeden Monat?«

Meike fiel jegliche freudige Regung aus dem Gesicht.

»Nein.«

»Dir gefällt das Zimmer doch, oder?«

»Ja, natürlich.«

»Also, wir können das auch anders regeln.«

»Was meinen Sie?«

»Na, was meine ich wohl? Nur die Nebenkosten in Höhe von 50 Euro bei Erbringung spezieller Leistungen.« Er berührte sie leicht am Arm. Meike zuckte zurück.

»Gut, wenn du nicht willst, dann lass es einfach. Geh mit deiner Katze eine andere Wohnung suchen.«

In Meikes Kopf drehte sich alles. Sie dachte an all die Tage und Stunden, die sie verzweifelt auf Wohnungssuche war. All die erfolglosen Unternehmungen. Berlin war voll.

»Hör mal, du brauchst eine billige Wohnung. Und ich brauche ein bisschen Sex. Ich denke, viermal die Woche wäre ein guter Deal. Was meinst du?« Er berührte sie noch einmal am Arm. Diesmal zuckte sie nicht zurück. Ihre Augen wurden kalt.

»Gut«, gab sie ihm tonlos zur Antwort.

»Super! Dann kommen wir ins Geschäft.«

Meike starrte vor sich hin.

»So, dann zeig mal, was mich erwartet.«

»Wie bitte?«

»Na, ich muss doch wenigstens mal sehen, was ich mir da ins Haus hole, mach mal die Bluse ein bisschen auf. Je nachdem, wie lieb du sein willst, werde ich die Miete reduzieren. Die Nebenkosten musst du allerdings schon noch tragen. Das wären dann so 50 Euro.«

Alte Eier beginnen relativ schnell zu stinken, wenn sie einmal den heimatlichen Sack verlassen haben. Die Kastration eines älteren Menschen ist um ein Vielfaches einfacher als bei einem jungen Körper, weil der Hodensack tiefer hängt und mit einem gezielten Schnitt schnell entfernt werden kann. Gerade für eine Medizinstudentin im ersten Semester stellt das eine willkommene Übung dar.

107. GRUND

Weil Kampfhunde harmoniesüchtig sind

»Klar kannst du bei uns übernachten«, sagte er nach der Anfrage seines alten Schulfreundes zu, drehte sich zu ihr um und bemerkte: »Schatz, der Erwin hat am Donnerstagabend einen Job in der Stadt und übernachtet bei uns. Macht dir doch nichts aus, oder?«

»Nein, wenn es ihm nichts ausmacht, dass wir morgens um sechs Uhr aufstehen und durch das Wohnzimmer schleichen.«

»Bestimmt nicht. Neben dem kann eine Bombe einschlagen, der wacht nicht auf. Ich leg den Schlüssel unter die Matte, dann muss er uns nicht rausklingeln.«

5:30 Uhr. Bett.

»Guten Morgen, Schatzi.«

»Guten Morgen.«

»Ist Erwin gestern gekommen?«

»Glaub schon, ich hab was gehört.«

»Okay.«

»Du, Schatz. Ich hab vergessen, dir was zu sagen.«

»Was denn?«

»… ähm, er ist ganz lieb. Er greift nur an, wenn er sein Herrchen bedroht glaubt.«

»WAS?«

»Ich weiß, ich hätte es dir früher sagen sollen, tut mir leid.«

»Du weißt, dass ich panische Angst vor Hunden habe!«

»Aber der ist ganz lieb. Nur zweimal hat er bis jetzt jemanden gebissen, aber da waren die Leute selber schuld. Und mit anderen Hunden versteht er sich fast auch immer ganz gut. Wie gesagt, man darf ihn nur nicht reizen. Aber das ist bei Bullterriern nun mal so, sagt Erwin.«

»Scheiße! Ich geh da nicht vorbei. Ist der im Wohnzimmer?«

»Ja, der schläft bestimmt vor dem Sofa auf dem Boden. Wir müssen nur ganz leise sein und ihm nicht das Gefühl geben, dass wir seinem Herrchen was tun wollen.«

»Er wird uns zerfleischen, sobald wir die Schlafzimmertür öffnen!«

Mit spitzen Fingern griff sie sich ihre Kleidung. Duschen war heute wohl nicht drin, das würde den Hund wecken. Also galt es jetzt, durch das Wohnzimmer zu schleichen und die rettende Tür zu erreichen. Um zur Haustür zu gelangen, mussten sie durch die Schlafzimmertür in den Flur und durch das offene Wohnzimmer, hinter dem Sofa vorbei. Sie hatten einen Vorteil: Sie kannten die

Wohnung, der Hund nicht. Das Licht konnte aus bleiben. Bis sich der Köter orientiert hatte, wären sie längst auf und davon, und die Haustür würde mit einem erlösenden Klack hinter ihnen ins Schloss fallen.

Leise, fast unhörbar zogen sich beide an. Zwischendurch immer mit dem Ohr an der Schlafzimmertür. Stand dahinter vielleicht schon eine zähnefletschende, blutdürstige, ausgehungerte Kampfmaschine? Einer musste die Klinke herunterdrücken. Sie schob ihn vor. Schließlich hatte er Erwin angeschleppt.

Er öffnete die Tür einen winzigen Spalt, sodass man sie schnell wieder zuziehen könnte. Bei Gefahr im Verzug. Aber alles blieb ruhig. Sie horchten ins Wohnzimmer. Erwin schnarchte. Angespannt lauschten sie. Kein Hundeschnaufen, kein Rasseln von Ketten. Ohne auch nur das leiseste Geräusch zu verursachen, schlichen sie zur Haustür. Fast geschafft. Sie beugte sich zu ihren Schuhen, um sie aufzuheben und mit hinauszunehmen. Da blickte sie plötzlich in zwei rotglühende Schlitze genau vor ihr. Ihr stockte der Atem. Jetzt hing alles davon ab, keine Angst zu zeigen. Aber da war es schon zu spät. Sie konnte fühlen, wie sich Schweißflächen unter ihren Achseln bildeten und größer wurden.

»Rrrrrrrr«, knurrte es böse unter den Schlitzen hervor.

»Bloß keine Angst zeigen«, hauchte es ihr mit bebender Stimme in den von Angstschweiß nassen Nacken.

»Rrrrrr«, knurrte es erneut.

»Scheiß Köter!«, dachte sie. Gleich würde er seine scharfen Zähne in ihr Fleisch bohren und erst wieder loslassen, wenn man ihm den Kiefer bräche. Aber sie hatte keine Wahl. Sie konnte nicht bis in alle Ewigkeit mit Schuhen in der Hand auf den Knien kauern, sie musste zur Arbeit. Was würde ihr Chef sagen, wenn sie ihm erzählte, dass ihr ein Bullterrier den Weg nach draußen versperrt hatte? Bis zur Tür waren es zwei Meter. Zwei lächerliche Meter. Die beiden Hundefutteraspiranten gaben sich einen einvernehmlichen Blick.

»JETZT!«, schrie sie, warf die Schuhe in Richtung des Knurrens und rannte zur Tür, die er schon geöffnet hatte.

Monate später.

»Wie geht's eigentlich Erwin?«

»Schlecht, er ist tot.«

»Was?«

»Sein Hund hat ihn totgebissen, als er und seine Frau Streit hatten.«

»Ach so. Noch einen Kaffee?«

108. GRUND

Weil eine Hausfrau und Mutter sich die Nägel feilt

Ein kinderloser Mann fragte mich (zweifache, arbeitende und alleinerziehende Mutter) neulich: »Was machst du eigentlich den ganzen Tag?«

Meine Antwort: »Ich schlafe bis elf Uhr, während meine beiden kleinen Kinder sich alleine wecken, für die Schule fertig machen und sich dorthin befördern. Manchmal stört mich der Paketbote, dem ich dann im Bademantel aufmachen muss. Dann bade ich gemütlich, gehe shoppen, bis die Kinder aus Kindergarten und Schule gekommen sind und mit dem Mittagessen fertig sind. Danach treffe ich Freunde, feile mir die Nägel und versuche, der Langeweile zu entkommen, indem ich den ganzen Tag Gerichtsshows im TV gucke, während die Kinder Klavier üben und Hausaufgaben machen, sich dann selbst zu ihren Freunden bringen und abends wiederkommen, um noch eine Ladung Wäsche zu machen und die Wohnung feucht durchzuwischen …«

Was passiert eigentlich, wenn man jemandem eine vollgekotzte Mullwindel in den Mund stopft und dann Strom durchfließen lässt?

109. GRUND

Weil gelbe Rosen nicht unbedingt das beste Mitbringsel zu einem romantischen Date sind

Die eigenen vier Wände schaffen die Höhle eines Menschen. Da fühlt er sich wohl, da fühlt er sich beschützt. Da kann er so sein, wie er ist. Wenn wir jemandem in diesen sehr intimen Teil unserer eigenen Welt Eintritt gewähren, dann ist das ein Ritterschlag für die Beziehung zu dieser Person. »Komm doch mal zu mir«, tirilierte ich einem potenziellen Kandidaten für eine tiefer gehende Bindung euphorisch entgegen. »Ja, gerne«, tirilierte er zurück.

Wenige Tage später war es dann so weit. Ich war stolz auf mein Haus, das in wenigen Jahrhunderten sogar abbezahlt sein würde. Als ich es damals entdeckt hatte, war ich sofort verliebt. Die Nachbarschaft war nett, das Haus lag sensationell schön in Waldnähe, und Stellplätze hatte ich zwei plus Garage, die nur zwei Häuser weit entfernt war.

Ich bin nicht gerade mit handwerklichem Geschick gesegnet, aber ich werkele gern und habe viel selber gemacht. Tapezieren kann ja wohl jeder, ein bisschen Verputzen ist ein Klacks, und das Malern hat mir richtig Freude bereitet. Alles, aber auch wirklich alles in diesem Haus habe ich gefühlt selbst gemacht. Ich zupfte noch die Kissen zurecht und stellte zwei Gläser auf den Tisch. Ich war vorbereitet. Pünktlich zur verabredeten Zeit klingelte es an der Tür. Er stand mit einer Rose davor. Einer gelben Rose. Was das wohl heißen sollte? Aber wie ich die Männer kannte, wusste er vermutlich nicht, was Gelb bedeutete, und traute sich einfach nicht, mir eine rote zu schenken. Zu früh für das Stadium unserer »Beziehung«.

»Wie war die Fahrt hierher?«, fragte ich freundlich. Er nickte: »Gut, aber die Straße hier ist ganz schön eng. Und Parkplätze sind wohl auch Mangelware, was?«

Wenn er lächelte, sah er einfach umwerfend aus. Ich knuffte ihn scherzhaft in die Seite: »Du kannst nur nicht Auto fahren.«

Als er den Vorraum betrat, rümpfte er die Nase: »Wonach riecht's denn hier?«

Ich schnupperte, konnte aber nichts feststellen. Nun ja, das war wahrscheinlich der hauseigene Geruch, der sogenannte »Familiengeruch«. Den hat nun mal jedes Haus und jede Wohnung.

»Ich mach gleich ein Fenster auf«, erwiderte ich freundlich und nahm ihm die Jacke ab. Während ich in der Küche eine Vase für die einzelne Blume suchte, betrat er das Wohnzimmer.

Ich reichte ihm ein Glas Prosecco. Lächelnd nahm er es an, sah sich um und fragte neugierig: »Wann fangen die Bauarbeiten denn an?«

»Bitte?«

»Hattest du nicht erzählt, du müsstest hier noch einiges tun?«

Ich schwieg betroffen. Klar, da waren im Flur noch der ausgewaschene Farbroller und der Farbeimer, weil ich doch gerade heute erst mit dem Wohnzimmer fertig geworden war.

»Weiß nicht … halt, wenn ich Zeit habe«, entgegnete ich schmollend. Er sah einfach zu gut aus, als dass ich ihn so schnell wieder verlieren wollte. Wenigstens ein bisschen Knutschen musste drin sein.

»Darf ich mir mal die Hände waschen?«, fragte er höflich. Oh, ein sehr reinlicher Mensch, das mochte ich.

»Zweite Tür rechts«, navigierte ich ihn zur Gästetoilette. Hervorragend, denn das war das Prachtstück der Wohnung! Die Wände hatte ich eigenhändig mit italienischem Marmorlook gespachtelt. Nicht echt, aber ich fand's toll. Das Waschbecken war zwar nicht groß, aber in kleinem Mosaik eingelassen. Ich liebte das sehr, und es war gar nicht so einfach gewesen, das alles zu verlegen. Monsieur Rumnörgler würde mich bewundern und vom Fleck weg heiraten wollen.

Ich hörte die Spülung und das Wasser im Waschbecken.

Als er ins Wohnzimmer zurückkam, sagte er mitfühlend: »Oh mein Gott, was haben die denn da drin veranstaltet? Kannst du die nicht verklagen?«

Meine Unterlippe begann zu zittern. Ruhig bleiben, er meinte es nicht so …

»Da hast du ja noch eine Menge zu tun …« Mr. Wundervoll setzte sich aufs Sofa. Gleich würde ich ihn zum ersten Mal berühren. »… aber wenn man Kinder hat, dann ist es ja auch schwer, Ordnung zu halten.« Er stieß mit mir an. Lächelnd fügte er hinzu: »Bei mir gäb's so was nicht.«

Wie schade, dass immer die Besten unter uns so früh gehen müssen. Auf der Beerdigung schüttelte die schwarz gekleidete Frau vor mir schluchzend den Kopf: »Der arme Mann, so ein furchtbarer Tod. Wie kommt man nur darauf, einen ganzen Eimer Malerfarbe zu trinken …?«

Gelbe Rose: Etwas stimmt nicht in der Beziehung.

110. GRUND

Weil Weihnachtsmänner auch mal saufen wollen

»Aber natürlich gibt es den Weihnachtsmann«, sichern die Eltern ihrer vierjährigen Marie zu, die von ihrem Bruder gehört hat, dass die Kinder im Kindergarten das Gegenteil behaupten. Das seien immer nur die Eltern, die sich einen roten Mantel anziehen, einen Bart ankleben und die Geschenke bringen. Aber Eltern betrügen ihre Kinder doch nicht auf so infame Weise! Weihnachten ist neben Geburtstag das schönste Fest des Jahres. Der Weihnachtsmann sieht nämlich alles und hört alles, und die Kinder müssen sich in den Wochen vor dem großen Geschenketag immer gut benehmen, sonst würden sie unter dem Weihnachtsbaum in Spinnweben gehüllte, gähnende Leere vorfinden. Diese Drohung ist weit verbreitet. Und sie funktioniert. So lange, bis die Eltern entlarvt sind, die Nase vom Papa über dem angeklebten Bart erkannt, die Stimme eindeutig als die des Vaters identifiziert wurde und man entdeckt hatte, dass die Schuhe unter dem langen roten Mantel »genauso aussehen wie Papas Winterstiefel«.

Zur Rettung der pädagogisch verwerflichen Weihnachtsmanndrohung musste also eine List her. Nicht ganz billig, das musste man eingestehen, aber äußerst wirkungsvoll, wenn die Kinder nach drei Jahren endlich gemerkt hatten, dass Papa immer verschwand, kurz bevor der Weihnachtsmann erschien. Und deshalb: Ein externer rotbemantelter, weißbebarteter Mann mit dickem Sack musste her!

An Heiligabend saßen alle am Esstisch bei Kartoffelsalat und Würstchen. Die Kinder zappelten auf ihren Stühlen herum.

»Papa, wann musst du denn ins Büro?«, fragte der fünfjährige Junior, wohl wissend, dass es zeitnah Geschenke gäbe, wenn Papa verschwunden war. Aber der blieb auf seinem Stuhl sitzen und trank in aller Seelenruhe sein Bier.

Die Kinder wurden nervös. Die Eltern nicht.

In wenigen Minuten würde es an der Tür klopfen und »Santa for rent«, der engagierte Mietweihnachtsmann, würde das Familienfest um ein neues, aufregendes Erlebnis bereichern.

»Papa, wann gehst du denn?«, fragte Philipp noch einmal.

Gelassen und sich seiner Sache sehr sicher antwortete Papa: »Wohin?«

»Ins Büro, du musst dein Kostüm anziehen.«

»Philipp, ich gehe nicht. Zum letzten Mal, es gibt den Weihnachtsmann! Warst du denn auch schön brav?«

»Nö. Es gibt ihn nämlich nicht.«

»Wetten doch?«

»Wetten nicht?«

»Wenn doch: einen Monat lang keinen Computer und kein Fernsehen und eine Zwei in Mathe, einverstanden?«

Philipps Mund verzog sich zu einem überlegenen Grinsen. »Okay.« Doch plötzlich gefror sein Grinsen, als es an der Tür laut klopfte: Tock, tock.

»Wer mag das wohl sein?«, fragte Mama geheimnisvoll und flötete: »Ich geh schon.« Papa zündete mit einem extralangen Gasfeuerzeug die Wunderkerzen an.

»Santa for rent« schlich bedenklich wankend durch die Tür in die Wohnung. Im Wohnzimmer standen die Kinder regungslos vor dem von Kerzen erleuchteten Weihnachtsbaum und starrten den Mann in dem roten Mantel mit offenem Mund an.

Der unverkennbare Geruch einer frischen Alkoholfahne breitete sich im Wohnzimmer aus.

»Sooo, ihr seid aso die Kinner, die die Geschenge habn wolln?«, brummte es angetrunken unter dem Bart hervor. Verschüchtert schüttelten beide den Kopf.

»WAS? NEIN?«, wurde »Santa«, der Mietweihnachtsmann, lauter. Mama und Papa schnappten nach Luft. »Santa« bemühte sich, nicht das Gleichgewicht zu verlieren, und stützte sich auf dem Sessel ab.

»Sooo, dann wolln wir ma sehn, was ihr so vabrochn habt ...« Er kramte umständlich sein goldenes Buch unter dem Umhang hervor, klappte es aber sofort genervt wieder zu und steckte es in seinen Sack. Er hielt inne, seufzte und fixierte Philipp mit glasigem Blick.

»Ach, egal. Kinder sind doch imma gleich. Ihr wart bestimmt su laut, su nervig und habt nie dea Mama geholfen. Das da ist doch die Mama. Uiuiui, da hättich aber auch gerne mal anner Zitze gehangen.« Er zwinkerte Mama zu. Papa trat wutentbrannt einen Schritt auf ihn zu, aber da hob »Santa« schon abwehrend die Hände, steckte seinen Kopf in den Jutesack und kam mit zwei Geschenken wieder heraus. »Das is für dich. Und das für dich. So, und schüß.«

Papa brachte ihn zur Tür. Bevor er ihm die vereinbarten 50 Euro gab, kam er versehentlich an den Auslöser des Gasfeuerzeugs, das er noch in der Hand hielt. Der rote Polyestermantel fing sofort Feuer und stand innerhalb weniger Sekunden in Flammen. Der alkoholgetränkte Bart zischte kurz und brannte sich in das Gesicht des jaulenden Säufers. Als dieser in Panik wie eine brennende Olympiafackel davonlief, steckte Papa die 50 Euro wieder ein und zuckte mit den Schultern.

Philipp stotterte paralysiert: »Kannst du b...bitte n...nächstes Mal wieder der Weihnachtsmann s...sein, Papa?«

111. GRUND

Weil neue Autos Heiligtümer des Todes sind

Es war einmal ein wunderschöner sonniger Tag auf deutschen Autobahnen. Der Strom der Pkws schlängelte sich in geordneten Dreierreihen zügig über den Asphalt. Die linke Spur gehörte getreu dem darwinschen Gesetz »Der Stärkere überlebt« den Oberklasselimousinen. Auf der Mittelspur tummelte sich der Rest der deutschen Automobilindustrie, darunter ein kleiner Golf. Nagelneu. Dunkelblau, weil Dunkelblau meine Lieblingsfarbe ist. Der Innenraum duftete nach neuen Polstern und erinnerte mich jeden Atemzug daran, dass gerade ein neuer Lebensabschnitt begonnen hatte. Denn nicht eine neue Liebe, sondern ein neues Auto ist wie ein neues Leben! Mit dieser und anderen fröhlichen Melodien auf den Lippen glitt ich gemütlich über das graue Gold, genoss die sauberen Scheiben, das staubfreie Armaturenbrett, und mein Blick fiel auf die noch einstellige Kilometeranzeige: sechs Kilometer. WOW! Als das Schild am Straßenrand das Nahen meiner Ausfahrt ankündigte, setzte ich den Blinker und fädelte mich hinter einem kiesbeladenen Kipper ein. Minder belustigt las ich die Aufschrift auf dem Aufkleber an seiner Heckladefläche: *»Meiner ist vier Meter lang«*. Meine Mundwinkel verzogen sich zu einem gequälten Grinsen.

Noch zwei Kilometer, und meine Familie würde genauso wie ich ehrfurchtsvoll über das glänzende Mitternachtsblau des neuen Familientransporters streicheln können. Aber nur mit weißen Stoffhandschuhen. So wie sich das gehörte.

Ich drosselte die Geschwindigkeit und machte mich bereit, geschmeidig von der Autobahn herunterzugleiten. Plötzlich tat es einen Schlag. Ich erschrak, hielt das Lenkrad fest und lenkte instinktiv in die Ausfahrt. Der Kipper entschwand rasch in weiter Ferne. Was war passiert? Ja, was wohl? Auf der Scheibe meines neuen Wagens drängte sich der sternförmige Einschlag eines Kieselsteins oder Meteoriten (je nach subjektiver Wahrnehmung) in mein Sichtfeld. MEIN NEUES AUTO!!! WAS FÜR EIN ARSCH!

Gibt es da keine Gesetze? Doch, gibt es: Wenn Sie die Fahrzeugmarke und das Kennzeichen des Verursachers haben und möglicherweise Zeugen und möglicherweise beweisen können, dass der Kiesel vom Lkw gefallen ist, nicht von der Straße hochgeschleudert wurde und auch nicht vom Profil des Baustellenfahrzeugs stammt … DANN bekommen Sie den Schaden erstattet. Sie können aber auch nach Hause fahren und weinen. Oder in Gedanken den Fahrer der nicht mehr ermittelbaren und beweislastlosen Kieselkutsche hinter seinem Fahrzeug festbinden, seinen Mund auf Maximalgröße aufreißen, die Augenlider mit Klebeband an den Augenbrauen fixieren und den roten Knopf drücken, über dem steht: *»Ab«*.

BONUS

Rezept für den perfekten Mord

Für den perfekten Mord benötigen Sie folgende Zutaten: Wurzelbürste, Langhaarschneider, Rasierer, Rasierschaum, Shampoo, Haarabfälle aus einem Friseurgeschäft, eventuell mehrere gebrauchte Kondome aus einem Bordell, Gummihandschuhe, Mundschutz, nagelneue Kleidung, werksverpackt, Malerüberziehanzug,

Fußüberzieher, einen Schraubenzieher, Fahrkarten, einen Toaster, wahlweise auch eine Drahtschlinge oder ein scharfes Filetiermesser, ein Opfer und ein Alibi.

Da heute jeder aus Fernsehserien wie *CSI* weiß, dass fast alle Morde mithilfe einer DNA-Spur aufgeklärt werden, heißt es, unbedingt zu verhindern, dass Sie Ihre DNA am Tatort hinterlassen. Zu diesem Zweck nehmen Sie als Erstes den Langhaarschneider und entledigen sich Ihrer Haarpracht, am besten an allen Körperstellen. Um auch die letzten Haarpartikel daran zu hindern, Sie als Mörder zu entlarven, rasieren Sie auch noch den Rest unter Zuhilfenahme des Rasierers und Rasierschaums ab. Auch wenn Sie sich danach wie eine nackte Ratte fühlen werden, Ihr Leben in Freiheit wird es Ihnen danken. Nachdem an Ihnen alles glatt wie ein Babypopo ist, kommt die Wurzelbürste an die Reihe.

Unter der Dusche schrubben Sie Ihren Körper so lange, bis er rot glüht. Damit entfernen Sie einen großen Teil Ihrer Hautpartikel, die sich sonst unpassenderweise auf oder neben Ihrem zukünftigen Mordopfer niederlassen würden.

Solchermaßen geglättet, ziehen Sie sich als Nächstes die Gummihandschuhe über. Mit diesen werden Sie jetzt die noch originalverpackte Kleidung öffnen. Ziehen Sie auf keinen Fall Sachen aus ihrem Schrank an! Selbst wenn diese frisch gewaschen und gebügelt sind. Ihre DNA ist überall! Sie müssen sich beim Erwerb dieser Kleidungsstücke nicht in Unkosten stürzen. Wichtig ist allerdings, dass Sie diese am besten in einem großen Discounter zur Rushhour einkaufen und unbedingt bar bezahlen. Nicht dass Sie am Ende durch die Spur ihrer Kreditkarte überführt werden!

Dann packen Sie das von Ihnen gewählte Mordinstrument ein und fahren zu Ihrem Opfer. Aber auf keinen Fall mit dem eigenen Pkw! Irgendjemand würde Sie sehen, und anhand Ihres Kennzeichens wüssten die Herren von der Kripo sehr schnell, wen sie für die nächsten Jahre hinter Gitter bringen müssen. Also bleibt Ihnen nur ein öffentliches Verkehrsmittel für den Transport, und dies auch nur zur Hauptverkehrszeit. Sollten Sie nachts mit dem Bus alleine unterwegs sein, wird sich sicher der nette Busfahrer an Sie erinnern.

Jetzt stehen Sie also vor der Tür Ihres Opfers. Passen Sie auf, dass nicht zu viel Angstschweiß an Ihnen hinabläuft. Dieser könnte die ganze Vorarbeit zunichtemachen. Da Sie mit sehr hoher Wahrscheinlichkeit jemanden töten werden, den Sie kennen, machen Sie sich nicht die Mühe und brechen in das Domizil ihres Opfers ein. Klingeln Sie einfach und sorgen Sie dafür, dass Ihnen Einlass gewährt wird. Dass das Opfer allein zu Hause sein muss, ist ja wohl selbst verständlich.

Nachdem Sie nun kurz vor Ihrer Tat stehen, überlegen Sie noch einmal, ob es sich wirklich lohnt. Denn töten können Sie vielleicht, aber lebendig machen können Sie sicher nicht wieder! Gut, Sie haben sich entschieden. Bringen Sie also Ihre Tat zu Ende! Sie müssen damit sehr schnell sein, denn keiner lässt sich freiwillig umbringen. Auch wird das Opfer nicht schlecht staunen, wenn Sie in einem Malerüberzieher mit Mundschutz und Füßlingen vor ihm stehen.

Wenn dann schließlich die Leiche vor Ihnen liegt, kommen Sie nicht auf den Einfall, sie irgendwie zu drapieren, um das Ganze schön aussehen zu lassen! Durch eine solche Anordnung wird den Kripospezialisten nur klar, dass Sie in einer persönlichen Verbindung zum Opfer stehen. Es sei denn, Sie arbeiten im Auftrag. Dann könnte dieses Vorgehen sehr gut zur Verwirrung beitragen.

Jetzt verteilen Sie überall Haare, die Sie vorsorglich aus einem Friseurladen beschafft haben. Damit wird eine solche Menge von unterschiedlicher DNA ausgelegt, dass die Spuren, die Sie möglicherweise trotz gründlichster Vorbereitung hinterlassen haben, nicht auffallen. Sollte es sich um ein weibliches Opfer handeln, könnten Sie auch Spermareste verteilen, die Sie den Kondomen aus einem Bordell entnehmen. Zwar kann es sein, dass dadurch ein armer Unschuldiger für Sie in den Knast wandert, aber für solche Sentimentalitäten haben Sie jetzt sicher keinen Nerv.

Dann verlassen Sie die Wohnung. Sie dürfen nicht vergessen, am Türschloss Kratzer mit dem Schraubenzieher zu hinterlassen. Es soll ja nach einem fremden Täter aussehen. Nun entledigen Sie sich des Maleranzugs. Bitte nicht direkt vor Ort wegschmeißen! Dann fahren Sie mit dem nächsten öffentlichen Verkehrsmittel mindestens 100 Kilometer in die Ihrer Wohnung entgegengesetzte Fahrtrichtung. Dort – vielleicht auch im Wald – ziehen Sie sich um und verpacken die Kleidungsstücke so, dass sie sicher in der nächsten Kleiderspende ankommen. Umgezogen und als frischer Mörder können Sie jetzt nach Hause fahren.

Sollten Sie aber dennoch von einem netten Nachbarn gesehen worden sein, dann brauchen Sie ein gutes Alibi. Darüber müssen Sie sich jetzt allerdings alleine Gedanken machen. Und wenn Sie so dämlich waren und Ihr Handy bei der Tat dabeihatten, können Sie sicher sein, dass Sie in einigen Tagen Besuch bekommen werden. Eins ist sicher: Sie können IMMER gesehen werden! Und es kann Ihnen IMMER ein Fehler unterlaufen!

Darum folgender Rat: Wenn Ihnen wirklich jemand so sehr auf den Keks geht, dass er es verdient, um die Ecke gebracht zu werden, töten Sie ihn oder sie in Ihrer Fantasie! Malen Sie sich in den schillerndsten Farben aus, wie Sie Ihr Opfer meucheln, bis es in Einzelteilen vor Ihnen liegt. Dann gehen Sie schlafen. Wenn Sie in den nächsten Tagen auf die Person treffen, die Sie über den Jordan geschickt haben, dann lächeln Sie diese an! Es kann doch nur jemand anderes sein. Ihren alten Feind haben Sie ja ins Jenseits befördert!

SCHWARZKOPF & SCHWARZKOPF

DER UNENTBEHRLICHE BEGLEITER ...

XÓCHIL A. SCHÜTZ NIMMT SICH DER ORIENTIERUNGSLOSEN AN UND ZEIGT IHNEN, WORAUF ES ANKOMMT IM LEBEN

DER UNENTBEHRLICHE BEGLEITER
FÜR DIE MODERNE FRAU VON HEUTE
VERWEGEN DURCHS LEBEN!
Von Xóchil A. Schütz
216 Seiten, Hardcover 9 x 15 cm
ISBN 978-3-86265-294-5 | Preis 10,00 €

Ganz schön irritierend, was den Frauen heutzutage als Lösung ihrer Probleme aufgetischt wird. Vermeintliche Profis in Sachen Seelenheil drängen mit immer neuen Patentrezepten für ein glückliches Leben auf den Buchmarkt.

Alles Scharlatane!, hat sich Xóchil A. Schütz gesagt und den einzig wahren Ratgeber für das weibliche Geschlecht geschrieben. Denn eine erfahrene, verliebte und verärgerte Frau wie die Autorin ist die geborene Ratgeberin für andere Frauen.

»Der unentbehrliche Begleiter für die moderne Frau von heute« enthält lustige, böse und verwegene Geschichten, bierernst gemeinte Essays und erleuchtende Gesprächsprotokolle von Unterhaltungen mit der besten Freundin oder dem Handwerker. Ein Buch, das Spaß machen will ... und wild!

WWW.SCHWARZKOPF-SCHWARZKOPF.DE

YVONNE DE BARK ist Schauspielerin, Bloggerin und Autorin. Sie lebt mit ihren zwei Kindern in der Nähe von Köln. Nach ihrem Sport- und Englischstudium auf Lehramt war sie in zahlreichen TV-Produktionen (u. a. DIE MOTORRAD-COPS, ALARM FÜR COBRA 11, UNTER UNS, EIN FALL FÜR ZWEI) auf den Bildschirmen der Republik zu sehen. Während sie sich als Autorin bisher auf humorvolle Erziehungsratgeber spezialisierte (u. a. PIMP YOUR KID), zeigt sie sich in ihrem mittlerweile siebten Buch von ihrer diabolischen Seite.

Yvonne de Bark
111 GRÜNDE, EINEN MORD ZU BEGEHEN
Ein Loblied auf die konsequenteste Art der Konfliktlösung

ISBN 978-3-86265-402-4

KATALOG
Wir senden Ihnen gern kostenlos unseren Katalog.
Schwarzkopf & Schwarzkopf Verlag GmbH
Kastanienallee 32, 10435 Berlin
Telefon: 030 – 44 33 63 00
Fax: 030 – 44 33 63 044

INTERNET | E-MAIL
www.schwarzkopf-schwarzkopf.de
info@schwarzkopf-schwarzkopf.de